ことのは文庫

わが家は幽世の貸本屋さん

—春風の想いと狐面の願い—

忍丸

JN109324

MICRO MAGAZINE

Contents

▽

わが家は幽世の貸本屋さん

―春風の想いと狐面の願い―

序章　瑠《る》璃《り》色《いろ》の春

「ねえ、水明《すいめい》。これから一緒に出かけない？」

ある日のこと。夏織《かおり》がどこかソワソワした様子で、俺を誘った。

「行かない」

しかし俺は、当たり前のようにそれを断った。

『幽世《かくりよ》の冬は明けない』

件《くだん》の予言から始まる、冬に起きた一連の騒動を忘れてはいなかったからだ。

かの事件の裏には、恐らく人間の祓い屋が関わっている。なにが目的だったのか想像もつかないが、決して友好的な意図があったとは思えない。

それに——あの騒動の原因は、俺なのかも知れないとも思うのだ。

俺は元祓い屋で、同業者とはそれほど折り合いがいいわけでもなかった。なにかの拍子に誰かから恨みを買っていた場合、仕返しを考える輩《やから》がいないとも限らない。

だから断った。夏織を巻き添えにしたくない……その一心だった。

正直なところ、内心では後ろ髪を引かれるような思いだったが。夏織と出かける機会をむざむざ捨てるなんてもったいないと、頭の中で誰かが叫んでいたが無視を決め込む。

こういう時は感情よりも理性を優先すべきだろう。そう思ったのに……。

「ええ？　どうして？　特に用事ないって言ってたじゃない」

夏織が不機嫌そうに頬を膨らませている。次の瞬間、ふわりと蕾《つぼみ》が綻ぶように笑った彼女は、桜色の唇の影から白い歯を覗かせて言った。

「一緒に行こう。そんなに遠くないし、君に見せたいものがあるの」

大きな栗色の瞳が煌めいている。悪戯《いたずら》っぽく目を細めた彼女は、手を差し伸べてきた。

「…………」

思わず顔を逸らす。……馬鹿野郎。顔が近いんだよ。頬が熱い。

――ああ。感情がコントロールできない。

ふとした瞬間の夏織の仕草に、表情に、ここまで心を乱されるなんて！

建前とか理由とか、俺の本心を覆い隠していたものが、生じた熱に解かされていく。

残ったのは〝理性的な〟部分を失った、まっさらで年相応に未熟な俺だ。

「……はあ。お前は本当に仕方がない奴だな」

平気な風を装って、とくんとくんと高鳴る鼓動を必死に宥《なだ》める。

固く目を瞑《つぶ》って――構わない、と小声で夏織の申し出を受け入れた。

「やった！」

その瞬間、ギュッと手を握りしめられる。

身長は俺より少し高い癖に、一回り小さく、か細い手。

自分とはまるで違う温度を持ったそれが、俺の手に触れている。

――ああ、やめろ。やめてくれ。

お前の手から伝わってくる熱で、魂の形すら変わってしまいそうだ。

＊　＊　＊

それから一時間後。俺は、幽世の町から少し離れたある場所へとやってきていた。

「私が小さい頃、ここでよく東雲《しののめ》さんと星の観察をしたんだよ。今の時期、幽世で一番綺麗な場所だから、君にも見せてあげたくて」

「…………そうか」

俺は、夏織に上手く言葉を返せなかった。目の前に広がる光景があまりにも美しくて、一瞬、息をするのも忘れたくらいだったからだ。

そこは小高い丘だった。

森に囲まれているものの、ぽっかりと穴が空いたように一本の木も生えていない。

まるで手入れされた花壇のように、一面が花で覆われている。

「この……花は？」

言葉を紡ぐのに苦労しながら夏織に訊《たず》ねる。蝶避《ちょうよ》けの香炉を手に持った彼女は、僅かに目を細めると、月明かりを気持ちよさそうに浴びている花の名前を教えてくれた。

「ネモフィラって言うんだよ。綺麗な青色でしょう？」

その瞬間、柔らかな風が吹き、辺りにさわさわと葉擦れの音が満ちた。

背の低いネモフィラの間をすり抜けた春風は、俺の頬を撫で、小さな花を揺らしながら、気まぐれにどこかに飛び去っていく。直径二センチほどの花が揺れると、まるで海原のようにうねる。葉擦れの音が波音のようにも思えて、一瞬、潮の匂いがしないことを不思議に思ったくらいだ。

「……すごいな」

花の陰から妖精が顔を覗かせてもおかしくないほどの光景に、胸が熱くなった。

ふと空を見上げると、そこに見慣れない色を見つけて目を細める。

幽世は常夜《とこよ》の世界だ。太陽が昇ることは決してない。

空の色も現し世《うつしよ》とはまるで違う。星がちりばめられた夜空を彩るのは、桜の花びらを思わせる桃色だ。時折、夏の気配を感じさせる碧《みどり》が入り交じる春の空が、小高い丘を覆うネモフィラの色を、よりくっきりと際立たせているようだ。

その時、ふわりと光る蝶が眼前を横切っていった。

――幻光蝶《げんこうちょう》。それは人の魂が変じたものだ。新しい生に絶望し、転生を拒んで蝶へ身を落とした彼らは、人恋しさのあまり人間に寄ってくる。正体を知っているからには、単純に綺麗だとは思えない。だが、今日ばかりは……夏織が俺に見せたいと連れてきてくれた、地上に現れた紺碧《こんぺき》の海の中では――燐光《りんこう》を零しながら飛ぶ姿は目に染みるほど美しい。

「ねえ、丘の上に行こうよ。ネモフィラの花畑が絨毯《じゅうたん》みたいなんだよ！」

夏織の誘いに小さく頷いて――なんとなしに彼女の手を握る。

「……っ！」

途端、パッと夏織の頬が色づいた。瞳を僅かに揺らして、じっと俺を見つめている。

俺まで恥ずかしくなって、どうしてこんなことをしてしまったのかと後悔の念が募る。

でも――夏織の手から伝わってくる熱が心地よくて。彼女に触れていたい気持ちがどんどん溢れ、手を離すのがもったいなくなってしまった。

「どうした？」

「……う、ううん……」

だから、まるでなにもなかったかのように装った。

こうすれば、夏織から手を離そうと言い出せないだろうと考えたからだ。

――俺はずるい男だな。

この時ばかりは、感情を殺せと自分を育ててくれた親や老爺《ろうや》たちに感謝する。

何故《なぜ》なら俺の表情筋は、奴らの忌々しい教育の結果、他人よりかは少しばかり不器用にできている。だから、ポーカーフェイスはお手の物だ。

丘の頂上からの眺めも、見事のひと言に尽きた。

なだらかに下る丘に沿って、数え切れないほどのネモフィラが咲いている。国によっては、青を貴色とするところもあるという。確かに、思わず背筋を伸ばしたくなるほどに凛《りん》とした空気を纏《まと》う色だ。その意味をしみじみと噛みしめる。

「晴れて本当によかった。ここ最近、雨が続いてたでしょう？」

夏織は、どこかホッとした様子だった。

――俺にこの光景を見せたいと、日々の天気を気にしてくれていたのだろうか……。それが事実なら擽《くすぐ》ったく思う。万が一にでも違ったら恥ずかしいので、絶対に口に出したりはしないが――夏織ならやりかねない、なんて考えている自分もいる。

「連れてきてくれて……なんだ、その……ありがとう」

口籠《くちご》もりつつ礼を言うと、夏織は心底嬉しそうにふにゃっと笑った。

彼女の笑顔には、まるで仔犬みたいな愛嬌がある。俺は頬が熱くなるのを感じながら、繋いだままだった手に軽く力を籠める。

「お前といると、いつも見たことのない景色を知れるな。幽世に来てよかった」

夏織が大きく目を見開く。何度か瞬きをすると――じんわりと涙を滲《にじ》ませた。

「なっ……！　お、おい？　泣くようなことを言ったか？」

慌てている俺に、夏織は首を横に振った。涙を手で拭って、照れくさそうに頬を染める。

「ごめんごめん。水明の言葉があんまりにも嬉しかったから」

「嬉しいと涙が出るのか？　理解できないな」

「そういうこと、今までなかった？」

「ない。そもそも、感情が揺さぶられることを許容できたのは、つい最近だからな」

「そっか。そうだよね。そうだったよね……」

夏織は寂しげに呟くと、なにか物言いたげにじっと俺を見つめた。

途端に心臓の鼓動が速くなっていって、思わず身構える。夏織の口からどんな言葉が飛び出すのか。聞きたいような、聞きたくないような気がして落ち着かない。

「ここに来たばかりの頃、水明言ったでしょう？　帰りたい家なんてないって」

「……そんなこと、言ったか？」

「言ったよ。私が、現し世に帰れって言ったら即答してた。すごく思い詰めてるように見えたし、顔色も真っ青だった。まるでどこにも自分の〝居場所〟がないって思ってるみたいで。そんなの寂しいなって思ったんだよね」

当時を懐かしんでいるのか、夏織は目を細めると、俺に向かって手を伸ばした。

優しげな手付きで頭を撫でると、潤んだ目で俺を見つめる。

彼女の瞳の中に映り込んだ、ネモフィラの深い青がやけに鮮やかで印象的だった。

「ねえ、君の〝居場所〟は見つかった？　そこが幽世のどこかだったら嬉しいな」

――泣きたい。

「……っ、子ども扱いするな」

そんざいな仕草で夏織の手を払って、パーカーのフードを被る。

なにがポーカーフェイスは得意だ！　アホらしい!!

動悸がして汗が滲む。今の俺はきっと、とんでもなく情けない顔をしているに違いない。

今にも溢れ出しそうになる感情を堪《こら》え、そっとフードの陰から夏織の様子を覗き見る。

手を振り払われたのがショックだったのか、夏織はしょんぼりと肩を落としていた。少し言い過ぎたかも知れない。

「夏織」

「ん？」

後悔の念に駆られて、夏織に手を伸ばす。人差し指と中指の背で頬に軽く触れる。思いのほかひんやりしているそれを優しく撫でて、彼女の澄んだ瞳をじっと見つめた。

「頭を撫でるのは駄目だ。俺は男だからな」

「……っ、う、うん」

「わかってくれればそれでいい」

柔らかく微笑む。その瞬間、パッと夏織の頬が薔薇色《ばらいろ》に染まった。

――ああ。コイツ、なんて顔をするんだ。

胸の奥で、じわりと粘着質のなにかが滲む。夏織はというと、両頬を手で押さえて「自分は気安く触る癖に!?」となにやらブツブツ言っている。

俺は、更に夏織に声をかけようとして――なにかが近づいてくる気配を感じ、腰のポーチに仕舞われた護符へ手を伸ばした。

「待って、あたしよ」

その時、足音ひとつ立てずに姿を現したのは、夏織の友人である黒猫のにゃあだ。

どこかふてぶてしい顔をした黒猫は、金と空色のオッドアイを眇《すが》めると、軽やかな足取りで俺たちの足もとへやってきた。そして、まるでなんでもないことのように言った。

「捜しちゃったわ。帰りましょう。幽世の町が殺気立ってる。外にいたら危ないわ」

「どうかしたの？」

「冬に生まれたばかりの子が攫《さら》われたって、土蜘蛛《つちぐも》たちが大騒ぎしてるの。アイツら、キレるとなにするかわからないから、数日は引き籠もっている方がいいかも知れないわね」

「ええ……!?　バイトあるのに！」

「諦めて。移動中に襲われたら面倒なことになるわ」

有無を言わさぬ様子の黒猫に、夏織はぶうぶう文句を言っている。

どうにも嫌な予感がする。俺は三本の尻尾を揺らし、大あくびしている黒猫に訊ねた。

「それは……この間の騒動と関わりがあるのか？」

黒猫はピクリと髭《ひげ》を動かすと、ツンとそっぽを向いてしまった。

「知らないわ。ぬらりひょんが色々調べているようだけれど。興味がないもの」

黒猫はそう言うと、花畑へと足を踏み入れた。夏織と顔を見合わせ、急ぎ足で後に続く。

——なにが起こっているんだ……？

どうにも胸がざわついて仕方がない。息をひとつ吐いて、なんとなしに鬱蒼《うっそう》とした森へ視線を向ける。瞬間、ゾクリと背中に悪寒が走り、思わず立ち止まった。

常夜の闇に沈む森。物言わぬまま静かに立ち並ぶ木々の合間――。

そこに、月光に青白く浮かび上がる狐の面を見た気がしたのだ。

「水明？」

夏織に声をかけられて、ハッとした。その時には、狐の面はなくなっている。

「どうしたの？　なにかあった？」

「いや……なんでもない」

――あの狐面。夏織を見ていた気がする。

俺は小さく首を横に振ると、どこか不安げな夏織に向かって言った。

「お前は俺が守るから」

「へっ……？」

「やっと見つけた〝居場所〟を失いたくないんだ」

唐突な俺の宣言に、夏織は困惑しているようだった。

俺は前を見据えると、さわさわと風に揺れるネモフィラの花を強く睨《にら》みつけた。

第一章　麗らかな季節に戯れ遊ぶは山の神

季節は巡る。そこに住む者たちの意志とは関係なく、ダンスのように軽やかなステップを踏みながら、自由気ままに新しい風を吹き込んでくる。

ふと過ぎ去った季節を顧みてみると、この冬は本当に色々なことがあった。

延滞料金を取り立てに、はるばる北海道《ほっかいどう》まで行ったり、幽世に現れた吉原《よしわら》に恋愛ものの本を借りに行ったり、クリスマスパーティをしたり……。

なにより印象深いのは母の話を知れたことだ。胸の中にぽっかり空いていた穴を、親友が語る母との思い出で埋めていったような、優しいけれど、少し苦い経験。

母が迎えた結末は、決して幸せなものではなかった。けれど、連綿と続いてきた想いや優しさの結果、自分がここにいるとわかったのは本当によかったと思う。

そうして、現し世の桜の蕾が綻び始めた頃。常夜の世界にも、暖かな風が吹いた。

冬籠もりをしていたあやかしたちが、町に繰り出す。往来には賑《にぎ》やかな声が行き交い、冬の間、見なかった顔を見つけると、どうにも嬉しくて長話をしてしまう。

——この優しい風は、どんな出会いを連れてきてくれるのだろう？

自然と心がソワソワするような季節に、私――村本《むらもと》夏織は、どこかで聞いたことのある台詞《せりふ》を耳にして、数瞬の間、思考を停止させた。

「急ですまないが……しばらくここに、俺を置いてくれないか」

「へっ……？」

――嘘！　本当に⁉

思わず間の抜けた声を出してしまい、慌てて口を閉じる。ちゃぶ台に人数分のお茶を並べながら、相も変わらず無表情な彼を見つめる。

その人の名は、白井《しらい》水明という。

まるで月光を写しとったような白い髪、幻光蝶の明かりが差し込むと、金色にも見える薄茶色の瞳。透けるような肌に、スッと通った鼻筋。薄めの唇はほんのり桜色に色づいていて、文句なしの王子様顔。無愛想なのが玉に瑕《きず》だけれど、時々見せる笑顔の破壊力が凄まじい年下の男の子。

元祓い屋の彼は、わが家を訪ねてきたと思ったら、突然、そんなことを言い出したのだ。

「なにかあったの？」

「ここ最近、祓い屋が怪しい動きをしているだろう？」

「ああ、この間の……」

水明が言っているのは、〝件〟の予言に関わる一連の事件のことだろう。

去年の暮れのこと。幽世に現れた件が残した言葉――『幽世の冬は明けない』。

それはその時に妊娠していたあやかしが無事に出産を終えないと、幽世に春が訪れないという恐ろしいものだった。結局、無事に春はやってきたのだが……。

その際、はっきりとはわからないが、祓い屋の関与が疑われるできごとがあったのだ。

事実、わが家の隣家に棲む鬼女、お豊《とよ》さんの出産を阻止しようと、産女《うぶめ》らしきあやかしが、姑獲鳥《こがくちょう》を引き連れて襲ってきていた。どうも、水明はそれを気にしているようだ。

「東雲、土蜘蛛の件を聞いたか？」

「ああ……子どもが攫われたって騒いでいた話な。お前はあの件と、祓い屋が関係していると思っているのか？」

「そうだ。もし、あの産女を遣わした祓い屋がまだ幽世にちょっかいを出すつもりなら、子を攫い、引き出した負の感情を媒体として、なにかを仕掛けようとしている可能性は大いにあるだろう。その場合、夏織が狙われる可能性が高い。大勢のあやかしたちに好かれ、しかし無力な人間であるコイツは、格好の標的になるだろうからな」

どうやら、彼は私を慮《おもんぱか》って居候を申し出たらしい。

——そこまで私のことを考えてくれているんだ。

じん、と胸が熱くなる。彼の気遣いを嬉しく思っていると、それまで黙って話を聞いていた東雲さんが、おもむろに口を開いた。

「おめえが言いたい内容はわかった。……が」

無精髭だらけの顎を、しょり、と手で撫ぜると、胡乱《うろん》げな眼差しをジロリと水明に向けた。

「そんなに、俺が信用ならねえか」

私の養父でもある東雲さんは、龍が描かれた掛け軸の付喪神《つくもがみ》だ。かなり由緒ある品で、一時期、時の権力者たちがこぞって所有権を争ったこともあったのだという。

そんな東雲さんは幽世の町でも随一の実力を持っている。ナナシによると、付喪神の力は過ごしてきた年月と本体の品質や価値に比例するそうなのだが、東雲さんは強い部類に入るらしい。今までも、あやかし絡みでトラブルに巻き込まれたことはあったが、その度に、東雲さんがすんなり解決してくれていた。東雲さんの実力は確かだ。

「東雲のことはもちろん信用している。だが、お前たちには今まで随分世話になった。同業者が迷惑をかけるのを見過ごせない。どうか、ここでの滞在を許してほしい」

ひたむきな水明の態度から、彼の本気がひしひしと伝わってくる。流石《さすが》の東雲さんも無下にできないようだ。一服すると、苦み走った表情で呟いた。

「チッ……。自分の娘くらい、自分で守れるが……ったく、仕方ねえな」

バリバリと雑な手付きで頭を掻いた東雲さんは、小さく肩を竦《すく》めた。

「そこまで言うなら別に構わねえ。だが、一度口にした言葉はやり遂げろよ」

「……！　ああ！　もちろんだ！」

パッと表情を輝かせた水明は、心底嬉しそうに笑う。

そして勢いよく私に顔を向けると――途端に、怪訝そうに眉を顰《ひそ》めた。

何故ならば、私が滝のような汗を流しているのを目撃してしまったからだ。

「……どうしたんだ？　夏織」

「あ、いや……お構いなく……」

水明から顔を背け、好き勝手に暴れている心臓を必死に宥める。

——うっ……！　あっさり決まっちゃった……！

実は、水明は私の想い人だ。そのことを自覚したのは、つい先日だったりする。

しかも初恋だ。自慢ではないが、この歳になるまで恋愛にとんと縁がなかった。

——なのに。なのにだ!!

前置きもなく、好きな人との同棲が始まるなんて……！

朝から晩まで一緒なんて、想像しただけで汗が滲んでくる。なにか粗相して幻滅されたら……なんて、ネガティブな考えが頭を過《よぎ》り、みるみるうちに血の気が引いていく。

——前に、水明が居候していた時、私ってばどうしていたんだっけ……？

すると、当時の光景が脳裏に浮かんできた。

それは去年の梅雨時期——水明が、わが家に滞在し始めたばかりの頃のことだ。

朝の忙しさにかまけて、自分の恰好をおろそかにしていた私は、寝起きの水明にタンクトップとホットパンツだけの姿を目撃されてしまったのだ。「大人の女性としての自覚を持て」と忠告してくれた水明に、確か……私はこう言った。

『変なもの見せてごめ〜ん』

「グフッ……！」

「夏織!?」

「お、お構いなく！　ちょっと自己嫌悪に陥ってるだけだから……！」

──酷《ひど》い。酷過ぎる……！

襲い来る強烈な羞恥心に、その場でゴロゴロ転がりたい衝動に駆られる。

あの時、間抜け面を晒《さら》して、馬鹿みたいに宣《のたま》った自分が愚かしい。

有罪確定。むしろ前科一犯。情状酌量の余地なし！

あああああああ、無理。絶対に無理！　今、幻滅されたら軽く死ねるもの！

……だがしかし、頭の隅でこう囁く自分もいるのだ。

──朝から晩まで、いつでも水明《すきなひと》の顔が見られるって……最高じゃない？

「お、おい。本当に大丈夫か……？」

真っ赤になって固まってしまった私を、水明が心配そうに見つめている。

「だ、大丈夫。大丈夫。なにもないよ」

流石に挙動不審が過ぎたなと反省しつつ、必死に表情を取り繕って顔を上げる。

すると、東雲さんと目が合った。

「…………」

東雲さんは、目玉が零れそうなほどに大きく目を見開き、私を凝視している。

口に咥えていた煙管《キセル》がぽろりと落ち、畳の上をコロコロと転がっていった。

――あ、ヤバイ。

サッと血の気が引いた。しかし時すでに遅し。プルプルと小刻みに震え始めた東雲さんは、ジロリと水明を睨みつけると、鬼のような形相で首を横に振った。

「だっ、駄目だ、駄目だ！　やっぱり駄目だ！」

「……なっ、なんでだ！　去年は問題なかっただろう!?」

「そういう問題じゃねえんだよ、そういう問題じゃ！　年頃の娘がいるってえのに、男を居候させるわけねえだろ!?」

すると水明は小さく息を漏らした。鞄から、あるものを取り出してちゃぶ台の上に置く。

「わかった。できれば、この手段はとりたくなかったんだがな……」

それはお金の入った封筒だ。しかも、結構な厚みがある。

――ああ、またデジャブ……！

それこそ、去年の晩春を思わせるやり取りに頭を抱える。

水明の現金攻撃は、ここ最近お財布事情が厳しかった東雲さんには効果抜群だったらしい。大きく呻《うめ》くと、心底悔しそうに顔を歪めた。

「お……おめえ……卑怯だぞ！　誰があやかしを狩って得た金なんか」

「これは俺が薬屋で働いて貯めた金だ。遠慮なく受け取れ」

「…………うぐっ」

脂汗をたらたら流しながら、東雲さんは半目になって茶封筒を見つめている。震える手を封筒に伸ばし……ちょん、と指先で視界の外へと追いやって苦しげに言った。

「お、おおお俺を馬鹿にするなよ？　か、金で解決できる問題じゃねえんだ……」

「なら、この倍を出せば満足か？　なに、ただ飯食らいになるつもりはない」

「うっ！　……そういうことじゃねえって言ってるだろ！」

「やれやれ。我が儘《わがまま》だな」

「誰が我が儘だ、この横暴小僧！」

話はひたすら平行線を辿り――仕舞いには、ふたりは睨み合いを始めてしまった。

――あああ。どうしよう……。

ひとり途方に暮れていると、勢いよく貸本屋と居間を繋ぐ引き戸が開く。

そこにいたのは、やけに目をキラキラ輝かせている烏天狗《からすてんぐ》の青年だった。

「話は聞かせてもらったよ～！　なになに、揉めてんの？」

まるでスキップのようなふわふわした足取りで入ってきた彼は、水明と東雲さんの間に座った。好奇心いっぱいの金色の瞳をふたりに向けて、悪戯っぽい笑みを浮かべる。

「別にいいじゃん。ここに置いてやれば？」

彼の名前は金目《きんめ》という。私の幼馴染みで、彼がまだ普通の烏の雛だった頃、双子の弟と一緒に地面に落ちているところを拾ってあげたのだ。

性格は自由奔放。面白いことをなによりも好み、興味がそそられたものには首を突っ込みたがるきらいがある。どうも、水明と東雲さんのやり取りが彼の琴線に触れたらしい。

ソワソワと落ち着かない様子で、険しい表情のふたりを眺めている。

「絶対に駄目だ！　敵は外だけじゃねえ、内にもいるかも知れねえんだぞ……！」

「アッハハハ！　なにそれ。本気で言ってんの。ウケるんだけど」

血走った目で水明を睨みつけている東雲さんに、金目はケラケラ楽しげに笑う。

金目は思う存分笑い転げると、ポンと手を叩いてぱあっと明るい表情になった。

「あっ！　僕、いいこと思いついちゃった〜！」

すっくと立ち上がった金目は、ウキウキした様子で店舗へ続く引き戸へ向かう。戸の向こうに手を伸ばすと、なにか大きなものを引きずりながら戻ってきた。

「……って、銀目《ぎんめ》!?」

「うう。夏織……」

それは双子の片割れ、銀目だった。見かけは金目とそっくりだが、垂れ目な兄と違い、ややつり目で瞳が銀色をしている。彼は、両手で顔を覆ってさめざめと泣いていた。

「ど、どうしたの!?　なんで泣いてるのよ」

「そっ……それは。お前がまた水明と一緒に暮らすかも知れねえと思ったら……」

銀目は、なにやら口籠もっていたかと思うと、仕舞いにはそっぽを向いてしまった。

弟分の不可解な行動に首を傾げていると、金目がニッと白い歯を見せて宣言する。

「というわけで、今日から僕たちもこの家に住もうと思いま〜す」

「「「はっ……!?」」」

東雲さんと、銀目、水明、私とで素っ頓狂な声を上げる。

金目はどこか自信たっぷりな様子で、そこにいる全員を見回して言った。

「年頃の男がひとり、女がひとりって状況が駄目なんでしょ。だったら人を増やせばいいだけの話じゃない～？　昔はさあ、銀目とふたりして泊まりに来たでしょ～？　最近、修行だのなんだの忙しくて、夏織とあんまし遊べなかったし」

「おめえら、自分の図体《ずうたい》のでかさを自覚しろ！　どこに寝るんだ、どこに！」

「え～？　二階の客間に男三人で布団を並べたらいいでしょ。あ、なんなら」

金目はちろりと私を見ると、心底楽しげに目を細めた。

「僕は夏織の部屋でもいいよ？　昔はよく夜中まで話をしたよね～」

「「絶対に駄目だ!!」」

その瞬間、水明と銀目が金目の話を遮った。キン、と鼓膜が痛くなるほどの大音量に顔を顰《しか》めていると、視線をあちこち彷徨《さまよ》わせた銀目が焦ったように続けた。

「し、仕方ねえなあ。夏織に危機が迫っているってんなら、俺も黙っちゃいられねえ。東雲、世話になるぜ。水明、俺たち一緒の部屋でいいよな!?」

「そ、そうだな。狭いだろうが……別に構わない」

「わ～。決まりだねえ。お泊まり楽しみだな～。銀目、荷物を取りに鞍馬山《くらまやま》に戻ろう。夏織、悪いけどお布団の用意、お願いね～」

「夏織。また後でな！　あ、肉とか山菜とか持ってくるわ。家賃代わりに！」

「おい。勝手に話を進めるな。ここの家主は俺だ!!　頼むから、話を聞け……!」

東雲さんの制止もどこへやら。双子はウキウキとした様子で立ち上がった。

呆気に取られてその様子を見ていると、居間を出ようとした金目が私に手招きをする。

不思議に思って近づくと、彼は私の耳もとで囁くように言った。

「とりあえずは、これでうやむやになったでしょ。やったじゃん。この機会に、水明といい感じになれればいいねえ」

「なっ……」

金目は悪戯っぽく笑うと「頑張って」と私の肩を叩き、居間を出て行ってしまった。

「うう……金目ったら」

顔がどうしようもなく熱くなるのを感じながら、そっと水明と東雲さんの様子を窺う。

すると、ふたりは同時にため息を零すと、小さく首を横に振った。

「俺のせいで大事になってしまって、悪かった」

「もういい。くそ、どうしてこうなった……」

真面目な顔で謝る水明。それに心底嫌そうな顔をしている東雲さん。

ふたりの様子がどうにも面白くて、思わず笑ってしまった。

「アハハ。今年は、賑やかな春になりそうだねえ？」

すると、水明はグッと眉根を寄せた。

「状況を理解しているのか、馬鹿」

更には、東雲さんは疲れ切ったかのように天井を仰ぐ。

「ああ、めんどくせえ……」

クスクス笑みを零した私は、双子のための布団を用意しようと押し入れに向かう。

心臓が高鳴っているのを感じながら、ソワソワ落ち着かない自分にちょっぴり呆れる。

――ああ。新しい季節。突如決まった同居。この先、私にはなにが待っているのだろう。

ちら、と覗き見た先には、無表情のまま、温《ぬる》くなってしまったお茶を啜っている水明。

私はともすればニヤけそうになる顔を必死に引き締めながら、仕舞い込んでいた布団に手をかけたのだった。

＊　＊　＊

――拝啓、天国のお母さん。元気ですか。

好きな人と暮らし始めて、早一週間。

正直、初めの頃はかなり緊張しました。変なところを見られたらどうしようとか、自分の作ったご飯を美味しく食べてくれているかな、とか。

普段とはちょっぴり違う生活に、ドキドキしたりハラハラしたり……。

まあ、確かにそういう一面もあったのですが。

待っていたのは、甘酸っぱい、青春的な暮らしではまるでなく――。

楽しいような楽しくないような、ちょっと微妙な日々を送っています……。


「夏織。ひとりで外に出るなと、何度も言っているだろう」

「ごめん……」

お隣から醤油を借りてきた私は、待ち構えていた水明を前に肩を落とした。

ちらりと視線を上げると、怒り心頭な顔。心底泣きたい気持ちになって項垂《うなだ》れる。

あの日から、水明はわが家に居候することになった。

もちろん、金目銀目の双子も一緒だ。皆がいるだけでなにをするにも大騒ぎ。

賑やかな日々を、私も嬉しく思っていたのだけれど――。

「ちょっと出ただけじゃない。別に、そんなに目くじら立てなくても」

「そういう問題じゃない。なにかあってからでは遅いんだ」

「それはわかるんだけど」

ここ最近、私は悩んでいた。

どうにも水明の過保護っぷりが激しく、やりづらくて仕方がないのだ。

「お前を守ると東雲と約束したんだ。理解してくれ」

「うっ……」

真面目な顔で言われると、なにも言い返せなくなる。しかし、買い物に行くにも、庭で洗濯物を干すにも、掃除をするのだって許可を取らなければいけないのは、正直勘弁して欲しい。こちとら、なにもできない子どもじゃないのだ。

「にゃあさ〜ん……」

店先で毛繕いをしていた親友に助けを求める。冷静な彼女なら、はっきり言ってくれるはずだ。なのに、オッドアイを眇めたにゃあさんは、ツンとそっぽを向いてしまった。

「別にいいんじゃない。夏織が我慢すればいいことだわ」

「ええ!?　私の幸せを見守ってくれるんじゃなかったの！」

「馬鹿言わないで。必要最低限の努力で実現するなら、願ったり叶ったりだわ。あたし面倒ごとは嫌いなの。知っているでしょうに」

「うう……！」

——ここで猫っぽさを発揮してくれなくてもいいのに！

あまりにも自由な親友に途方に暮れる。すると、ぬっと頭上から影が差し込んだ。

顔を上げると、そこには目をキラキラさせた双子の幼馴染みの顔がある。私よりも頭ふたつぶん大きいものだから、まるで大人と子どもみたいだ。

「意外。水明ってば、束縛するタイプなんだ〜？」

「気持ちはわかるけどよお、あんましアレコレ言うと夏織が可哀想だろ」

銀目はニッと無邪気な笑みを浮かべると、私の頭に腕を乗せて体重をかけてきた。

「俺らに任せておけって。夏織のアルバイトだって一緒に行ってやってるだろ？」

なにも危険なのは幽世だけではない。現し世で襲われる可能性を鑑みて、最近はアルバイトだって付き添いつきだ。勤務先のオーナーは河童《かっぱ》の遠近《とおちか》さんだから、護衛役の銀目や金目を、臨時アルバイトとして雇ってもらっているのだ。

「てかさ、雑貨屋って意外と忙しいんだね〜？　お客さんにいっぱい商品のことを聞かれるから、結構大変。現し世って本当に人間ばっかりで、疲れちゃうよ」

「だなあ。まあ、働いて金をもらえるのは悪い気分じゃねえし！　俺は好きだぞ！」

双子はケラケラ無邪気に笑った。けれど、私はちょっぴり複雑な気分になっている。考えてもみて欲しい。大通りにも面していない、東京《とうきょう》の合羽橋《かっぱばし》の隅にある雑貨屋が、そんなに繁盛するわけがない。ＳＮＳでイケメンの双子がアルバイトをしていると噂になり、彼ら目当ての客が詰めかけているだけだ。まあ、客寄せパンダになっていいじゃないかと、遠近さんは笑っていたけれど。

——イケメンはどこに行っても強いんだなあ……。

そんなことをぼんやり考えていると、徐々に銀目の重さに耐えきれなくなってきた。

「ねえ、銀目。重い……」

遠慮なしにのしかかってくる幼馴染みに文句を言う。すると、銀目は悪戯っぽく目を細めると、更に体重をかけてきた。

「ヒヒ、これくらい重いうちに入らねえだろ？　夏織は弱えからな〜。水明が心配するのも仕方ねえよな。ちっとくらい鍛えたらどうだ」

「やめて。私は普通の人間だもの。アンタたちが規格外なの！」

「そりゃ、毎日修行してるからな！　見るか？　俺の腹筋。割れてきたんだぜ～！」

「ええい、ここで腹を出さないの！」

思わず拳を振り上げると、銀目はぴょんと大袈裟《おおげさ》に後退《あとずさ》った。子どもの頃からまるで反応が変わらない銀目に、内心で呆れていると――突然、誰かに背後から抱き寄せられた。

「……えっと？」

困惑しつつも相手を確認する。それは水明で、彼はやたら不機嫌そうな顔で、じとりと銀目を睨みつけている。なにがあったのかは知らないが、突然、断りもなく好きな人に触れられたものだから、全身にじんわりと熱が滲んだ。

「ど、どどど……どうしたの？」

「んんー？　なんだ水明。怒ってんのか？」

「…………別に」

銀目と同時に首を傾げる。その瞬間、盛大に金目が噴き出した。

「アッハハハハハ！　ヤバ……なにこれっ……ひっ……アハハハハハ……」

突然、お腹を抱えて笑い出した金目に、私たちは困惑しきりだ。

するとそこに、やけに上機嫌な声が聞こえた。

「あら！　楽しそうでなによりね～」

それは、薬屋のナナシだ。色鮮やかな緑色の髪を腰まで伸ばし、頭から牛の角を生やした彼は、私の母代わりのあやかしでもある。細い腰をくねらせ、コツコツとハイヒールを鳴らしながら歩いてきたナナシは、私たちを呆れ混じりに見ると、肩を竦めた。

「金目、笑い過ぎよ。みんなポカンってしてるじゃない」

「だっ……だって！　アハ、アハハハ！　揃いも揃って鈍過《にぶす》ぎてっ……ヒヒヒッ……」

「まあねえ。ある意味、純粋培養よねえ……」

ナナシは琥珀色《こはくいろ》の瞳を細めると、真っ赤に染めた唇を三日月型に形作った。

「まあ、今はこれでいいんじゃないかしら。この子たちには、この子たちなりの進み方ってものがあるでしょうし？」

「ええ～。待ってるだけ？　それじゃつまんないじゃん。崖の上から突き落とそうよ」

「アンタはサバンナの獅子か」

――なんの話をしているのだろう……。

ナナシと金目が楽しそうに会話しているのを、私たちはただ呆然と眺めている。

「それでなんの用だ、ナナシ。今日、お前が来るとは聞いていなかったが」

笑われたことが不愉快だったのか、益々不機嫌な顔になった水明がナナシに訊ねた。

ナナシは意味ありげに目を細めると、やたらウキウキした様子で言った。

「夏織と、毎年恒例行事の相談に来たのよ」

「……あっ！」

――そうだ、そうだった。もうそろそろ、あの時期じゃないか！

「すっかり忘れてた。ナナシ、今年はどうするか決めているの？」

「食材は一通り頼んであるわ。手つかずなのは、衣装合わせと、新しい本の選定くらい」

「流石、ナナシ！　手際がいいね〜！　ありがとう！」

「いいのよ。一年で一番の稼ぎ時だもの。気合いが入るのは当然だわ」

すると、私を抱き寄せたままの水明が、不思議そうに首を傾げた。

「なんの話だ。どこかへ行くのか？　今は、なにがあるかわからないから駄目だ」

その瞬間、それまで上機嫌だったナナシの顔が曇った。

コツコツと靴音を立てて傍へ来ると、私を水明の腕の中から奪って抱きしめる。どこか冷めた眼差しを向けると、やたらドスが効いた声で言った。

「いい加減にしなさいよ。守るだなんて大層な決意をするのは結構だけど、夏織はお人形じゃないの。知っている？　女ってね、束縛されると逃げ出したくなるものなのよ」

「……っ！　馬鹿なことを。そうじゃない。今の状況を鑑みて、俺は――……」

「なら」

ナナシはびしりと水明に指を突きつけると、フフンと鼻で笑った。

「男なら、女に不自由を感じさせないくらいに、完璧に守ってやんなさい！　相手の行動を制限して悦に入《い》るだなんて論外だわ。紳士の心で以て、自然に……そう、まるでエスコートするようにあらゆる危機から守るのよ。それがマナーってものよ！」

「…………」

なにか思うところがあるのか、水明は悔しげに眉を顰めている。

ナナシは途端に上機嫌になると、私の顔を覗き込んで言った。

「さあ、これで問題ないわね。フフフ、今年の衣装は、少し気合いを入れているのよ〜」

「わ、本当？　いつもと違う恰好できるから、毎年楽しみなんだよね……！」

手を合わせてキャッキャとはしゃいでいると、銀目と金目が会話に交じってきた。

「おお、もうそんな時期かあ。俺、ああいうの苦手なんだよな……」

「僕は好きだよ？　結構楽しいよねえ」

「マジか。金目すげえな……。俺、いつも頭真っ白になっちまう」

「いいんじゃない？　銀目は銀目のままで」

ワイワイ話していると、痺れを切らしたらしい水明が話に割り込んできた。

「まったく話が見えないんだが……。完璧に守れと言う前にきちんと事情を説明しろ」

私とナナシは顔を見合わせると——にんまりと笑んだ。

「あのね、水明。幽世の貸本屋と薬屋にとって、春は稼ぎ時なのよ！」

「春……それは眠っていた生命が起き出す季節。なにもそれは、動物やあやかしに限ったことじゃないわ。神様だってそう！」

「冬の間、退屈にしていた神様は娯楽に飢えている。そこを狙うの……！」

私とナナシは興奮気味に頬を染めると、ほうと熱い息を漏らした。

「神様って結構太いお客さんが多くてね。眷属のぶんの本まで借りてくれるから、大量受注が見込めるんだよ……！」

「それにね、女神は冬の乾燥でカサカサになってしまった肌を悩ましくも思っているの。そこで！　アタシ特製の化粧品を売りつけるってわけね。腕が鳴るわあ！」

ナナシは逞《たくま》しい腕に力こぶを作ると、うっとりと目を細めた。

「この春の売れ行き次第で、今後が決まると言っても過言ではないわ。アタシ、新作のヒールがどうしても欲しくって」

「私もー！　これが上手く行けば、話題作の新書を仕入れ放題なんだよ！　ああ……！あれもこれも買える！　楽しみだなあ……！」

目をキラキラさせて語る私たちに、水明はやや引き気味だ。

「お前ら落ち着け。説明になってないぞ。それで結局、なにをするんだ。なにを」

「なにをって……水明、お客様にお金を払ってもらうための方法ってなんだと思う？」

「お得意様のご機嫌取りに最適なもの。相手の購買意欲を擽り、お財布の紐を緩めて頂くためにすることとなんて、そんなのひとつに決まっているじゃない！」

私はナナシと両手を合わせると、満面の笑みを浮かべて声を揃えて言った。

「――そう。そ・れ・は……接待!!」

その瞬間、水明がカチンと固まった。そして、ゆっくりと口を開き――。

「……………はあ!?」

と、普段はクールな少年は、聞いたこともないような素っ頓狂な声を上げたのだった。

＊＊＊

——山岳信仰のひとつに〝山の神〟という概念がある。

春になると山におわす神が里へ下りてきて〝田の神〟へと変じるというものだ。

山で生きる民と里で生きる民によって山岳信仰は様々な顔を持つが、これは主に農村部に於いて信じられていたものだ。田の神になった神は、秋の収穫後に山へと帰り、再び山の神となると信じられている。案山子《かかし》はこの山の神が田の神になった姿だ。長野《ながの》県や新潟《にいがた》県では、田の神を山へ送る作法として「案山子揚げ」と呼ばれる行事が執り行われる。

そして今日は、ここ三重《みえ》県で山の神が田の神となる日。

私たちがお得意様としている神は、ここ三重県伊賀《いが》市御斎峠《おとぎとうげ》におわす。御斎峠は、かつて「本能寺《ほんのうじ》の変《へん》」の際に、徳川家康《とくがわいえやす》が峠越えしたことで有名な場所だ。

その神とは、東雲さんが貸本屋を開いた当初から付き合いがあるらしい。

普通、神はあまり人やあやかしと関わり合いを持とうとはしない。

限りなく人に近い場所に存在する神もいるにはいるが、基本的には自分と眷属以外のものの間に、明確な線引きをしているのが大多数だ。何故ならば、時には天候さえも操るほど強大な力を持つ彼らは、人を己と同格だとは見なしていない。だから、それらの生活に基づいた本や化粧品などに興味を持つこともないのだ。

しかし、うちの常連客である神はそうではなかった。

ここの〝山の神〟は変わり者だ。人の生活に興味を持ち、肌の調子が悪ければ化粧品を欲し、オシャレに気を配り、時間がある限り本などの娯楽に興じる――そんな神様。

それには理由があった。ここ上野《うえの》盆地は伊賀盆地とも呼ばれ、中世の頃には、この地に住まう人々は「伊賀忍者」として傭兵稼業に身をやつしていた。彼らがそうしなければならなかったのは、かつてここが湖底にあったがために、土壌が粘土質で、稲作が困難な土地だったからだ。

――つまりはこういうことだ。ここでは、春になって山の神が下りてきたとしても、田の神になるための受け皿が他の土地に比べると少なかった。

暇を持て余した山の神は、たまたま知り合った東雲さんやナナシに娯楽を求めたのだ。

とはいえ、土壌改良の技術が進んだ現代では、ここ伊賀盆地にも多くの水田がある。

昔のように暇で仕方がないということはなくなったようだが、山の神と私たちの関係は今もなお続いている。人間は非常に欲深い生き物だ。彼らが創り出した娯楽やケア製品を一度知ってしまったら、神といえど簡単に戻れるものではないのだろう。


水明が、驚きのあまりに固まってしまったあの日から数日。

「ぜっっっったいに、駄目だ!!」

「水明ったら、往生際が悪いわねえ」

「夏織を気遣ってるんでしょ。いやあ。僕、感動しちゃったなあ！」

「なんだよ、金目。俺だって夏織のことはちゃんと考えてるぞ！」

暴れる水明をナナシが逞しい腕でがっちりと押さえ込んでいる。水明は必死にもがいているが、完璧に決まっているのかナナシはびくともしない。双子はそんなふたりをケラケラ笑いながら眺めている──いつも通りの賑やかな光景。とある昼下がりのことである。

私たちは、三重県御斎峠展望台のほど近くにある山の中へやってきていた。

広場のようにぽっかりと開けたその場所からは、普段なら伊賀盆地を一望できるはずだった。しかし一面濃い霧で覆われているせいで、数メートル先を望むことすら難しい。

この辺りは、かつて湖底であったこともあり、かなり霧が出やすい場所だ。広場の隅にある苔むした磨崖仏《まがいぶつ》──自然石などに彫られた仏像──が、ぬらぬらと動く霧の中からたまに顔を覗かせては、独特の雰囲気を醸し出している。

そんな場所で、私たちは接待が始まるのを今か今かと待っていた。

「そもそも！　今日は山の神が田の神になる祭事の日だ！　女である夏織が山へ入るのは禁忌だろう!?　神の機嫌を損ねかねない。一刻も早く帰るべきだ！」

ぜいぜい肩で息をしながらも、水明が必死に叫ぶ。

確かに、山岳信仰では、女性の入山が許されていない日というのがある。

それは山の神が女性だからだ。かの神は嫉妬深く、出産や月経を忌み嫌う。

すると、澄ました顔で水明を押さえつけていたナナシが口を開いた。

「毎年のことだし大丈夫よ。雌のにゃあは置いてきたし、夏織が女の子だってバレないように準備もしているしね」

私に視線を移したナナシは、ニッコリ笑って言った。

「ああん！　今年は本当にいいできだわ～！　うちの子が可愛い！」

「えへへ。ありがとう」

私は照れ笑いを浮かべると、自分の恰好を見下ろした。

白シャツにチェック柄のベスト、黒のパンツに革靴。黒い棒タイに、ベストのポケットからは金のフォブチェーン。手には革手袋を嵌めている。それらは明らかにメンズで、胸はサラシで潰して、衣装と違和感がないように髪もワックスで上げているのだ。

そのおかげで、高校生くらいの男の子に見える……と思いたい。

「まさか、男装しているからバレないとか言わないだろうな……？　見た目だけで神を騙せると思っているのか？」

水明は疑わしそうに私を睨みつけている。実は、そんな水明も私と揃いの恰好をしていた。もちろん烏天狗の双子もだ。彼らはニコニコ笑いながら言った。

「大丈夫、大丈夫。ナナシ特製の香水をかけてあるから、匂いで女の子だってわからないようになってる。その辺りはぬかりないよ」

「ワハハ！　水明は心配性だなあ。男の恰好してたらわかんねって！」

「本気か？　危機感がなさ過ぎるだろう！」

「「そうかな～？」」

双子がハモって返事をすると、水明は脱力して天を仰いだ。

「くそ……っ！　俺がしっかりしないと」

ナナシはクスクス笑うと、抵抗を止めた水明を解放して、私たちの前に立った。

「さあ、みんな。話を聞いてくれる？」

今日の彼も、普段とは違う恰好をしている。クラブのオーナーを思わせるベスト姿で、派手派手しい普段の恰好からするといやに地味だ。化粧も控えめで、濃緑の長髪は頭の天辺近くで結っていた。しかし、うなじから零れる後れ毛や、眩《まぶ》しいほどに白いウィングカラーシャツ、深緑のタイ、口紅を塗らずともぽってりとした唇、アイメイクが薄いからこそ強調される睫毛の長さ。ベスト姿だからこそはっきりと浮かび上がる、体の細いライン……挙げればきりがないほど、色気が増しているように感じる。

ナナシは薄桃色の唇を自信たっぷりに歪めると、私たちに向かって威勢よく言った。

「今日は頼むわよ！　お客様に気持ちよくお金を出して頂く……ただそれだけを考えて。羞恥心？　そんなもの捨てておしまいなさい。たくさんお金を使わせるなんて申し訳ない？　お金を払うことでお客様の心が潤うの。遠慮なんて必要ないわ。困ったことがあったら言って。すべての責任はアタシが負うわ！」

私と双子は大きく頷くと、逸《はや》る心を抑えきれないまま返事をする。

「私、頑張るね！　本をたくさん貸して、新書をいっぱい買うぞ！」

「僕も精一杯やれることをやるよ〜。なんか面白そうだし」

「ああ腹減った！　早く始まんねえかなあ。今年もご馳走いっぱい食えるかな？」

「……はあ。お前ら……いい加減に――」

水明がため息混じりにそう言った瞬間……辺りの空気が一変した。

肌がひりつくような威圧感を感じる。周囲に満ちていた濃厚な霧が一斉に動き出して、みるみるうちに視界が白く染まった。

「……きた」

次の瞬間、どこかハレの日を思わせる陽気なリズムが聞こえてきた。

とん、とこ、とん。ぴぃ、ぴぃ、ぴぃひゃらら。

こくりと唾を飲み込み、ぬらぬらと蠢《うごめ》く乳白色の霧の向こうを見つめる。

やがて大勢の人影が見えてきた。みな狩衣《かりぎぬ》を纏っている。すべて男性だ。面布《かおぎぬ》で顔を覆っていて、表情は窺えないものの、耳や尻尾がある者もいれば、は虫類のような長い尾がはみ出している者もいる。彼らは山の神の眷属だ。つまり人ならざるものたち。それらが鼓や横笛を手にして、縁日を思わせる音を紡いでいる。

「お待ちしておりましたわ！　夜万加加智《ヤマカカチ》様！」

大仰に両手を広げたナナシが主賓を出迎える。

「……ホホホホホホ！」

すると甲高い笑い声と共に、霧の向こうに巨大な影が動いているのが見えた。

――山の神だ。

背中に冷たいものが伝い、緊張感が高まっていく。毎年のこととは言え、自分よりもはるかに巨大なものがすぐ傍で動いている事実に恐怖を覚える。

しかし、怯えの感情を露わにするわけにもいかない。じっと耐えていると——ぬう、と乳白色の壁の向こうから、女性の顔が浮かび上がってきた。

「一年ぶりか？　いつにも増して美しいのう。ナナシ」

「お褒め頂いて光栄ですわ、夜万加加智様」

姿を現したのは、この山に棲まう神で蟒蛇《ウワバミ》の化身だ。

森を煮詰めたような濃緑の鱗《うろこ》を持つ大蛇で、下半身は蛇そのものだが、へそから上は人と同じ作りをしている。ラミアーと呼ばれる半人半蛇の姿に近いかも知れない。大蛇部分が恐ろしく長い。大きくとぐろを巻いた姿は圧巻で、まさしく異形の女王だ。

更に、かの神は豪奢な十二単《じゅうにひとえ》を纏っていた。まるで晴れ着のような大きな牡丹《ぼたん》柄の唐衣《からぎぬ》は、普通ならば華美になり過ぎる印象なのだが、山に息づく生命を思わせるかの神の鱗文様と合わさると、とてもしっくりくる。下に着ている五衣《いつつぎぬ》は伝統的な「合わせ色目」に即し、春らしい色合いになっているのも趣味がいい。

夜万加加智が動く度に、背中に流した長い黒髪がさらさら揺れる。かの神は、ぐんと体を伸ばすと、ナナシの美しい顔に自分のそれを寄せて訊ねた。

「ナナシ。妾《わらわ》の今日の装いをどう思う？　この日のために仕立てたのだ」

クスクスと楽しげに笑う夜万加加智に、ナナシは笑みを深めた。

「まあ！　やはりそうですか。その大ぶりの牡丹！　今風の柄が新しいですわね」

「じゃろう？　京友禅《きょうゆうぜん》の新作を取り寄せたのじゃ。唐衣にするには重いのではないかと言われたが、些細なこと。これほどまでに雅な着こなしは妾にしかできぬ」

檜扇《ひおうぎ》で口もとを隠した夜万加加智は、黒目がちな瞳をにんまりと細めて笑った。新しもの好きなかの神にとって、今日の装いは自信があったらしい。ナナシの言葉に満足した様子のかの神は、次に双子へ目をとめると、パッと嬉しげに顔を輝かせた。

「ああ！　お主たち……！　今年も来てくれたのか。ささ、近う寄れ」

「お久しぶりでっす！　僕のこと覚えていてくれて嬉しいな〜」

「なあなあ、メシは？　腹減った！」

「お主たちは相変わらずじゃの。変わらず愛らしい！　腹一杯食わせてやろう」

次に、夜万加加智が視線を向けたのは私だ。にやりと妖しい笑みを湛える。

ドキン、と心臓が跳ねた。動揺を露わにしないように苦労しながらも、小さく会釈する。

その瞬間、ぬらりと夜万加加智が動いた。

ズルズルと地を這う音がする。巨大な生き物が近づいてくる光景は、正直あまり心臓によくない。手袋の中が汗でしっとりと濡れてきた。

——ああ。やっぱり大きな人外は怖いなあ……。

いつまで経っても慣れない自分に呆れながら、手が震えているのがバレないように、背中に隠す。神様というものは本当に気まぐれだ。なにを不敬だと思われるかわからない。

すると、その手を誰かが掴んだ。後ろを振り返ると、そこにいたのは水明だった。

「……大丈夫か？」

驚きと共に、胸の奥がじんわりと温かくなる。

「俺がついている。安心しろ」

私は目で水明に礼を言うと、覚悟を決めた。ニッコリ笑って夜万加加智へ向かい合う。

「夜万加加智様！　今年もお会いできて嬉しいです！」

「夏織。妾も同じ気持ちじゃ……！　ああ、夏織……」

夜万加加智は頬を染めて私に触れると、指先で顎のラインをなぞった。恍惚に瞳を潤ませて、熱い吐息を零す。

「ほんに、幾年重ねようともお主のこのまろみのある顔は変わらぬのう。めのこかと見紛《みまが》うほどの愛らしさ。堪らぬな。あちらの双子もよいが、お主の顔が一等好みじゃ」

「ありがとうございます」

内心、ヒヤヒヤしつつもお礼を言う。すると、かの神は唐衣の表面をさらりと撫でた。

「そうそう、夏織よ。この牡丹の唐衣、お主から借りた本から発想を得たのじゃ」

「……本？」

首を傾げると、スッとひとりの眷属が本を差し出してきた。

それは、小泉《こいずみ》八雲《やくも》が蒐集《しゅうしゅう》した日本の民話を収めた本だ。小泉は、ギリシャ生まれで本名をラフカディオ・ハーンという。日本語が読めない小泉が、妻である節子《せつこ》に語らせたものを書き取った再話集だ。

「この中で特に気に入ったのが牡丹灯籠《ぼたんどうろう》の話じゃ。お主も知っておろう？」

「落語家円朝《はなしかえんちょう》の人情咄《ばなし》を元にしたお話ですね。美しい若侍のところに、死んだはずの娘が毎夜家に訪れる……相手が人ではなく、死霊だと気が付いた若侍は、娘の侵入を阻止しようとしますが、結局最後は取り殺されてしまう」

「前々世から娘は若侍に恋をしておったのだそうじゃ。だからこそ、亡霊と成り果てても男のもとへと通った。まこと、おなごの執念は蛇にも負けぬ」

夜万加加智は、二股に分かれた長い舌をチロチロと伸ばすと、瞳をすうと細めた。

「物語として興味深く読んだぞ。だがしかし、ひとつ不満があってな」

「――不満？」

「そうじゃ。なあ夏織。お主はこう思わぬか？」

その瞬間、かの神は蛇体を大きくくねらせると、私の体へ巻き付けてきた。反射的に悲鳴を上げそうになって必死に呑み込む。夜万加加智はニタリと目を三日月型に歪めると、私をやわやわと締めつけながら、瞳の奥に仄暗《ほのぐら》い炎を灯らせた。

「相手のもとへ通った挙げ句、符だの仏像だのに右往左往するなぞ甘いわ。男がそこにいるとわかっているならば、家ごと尾で締め上げればよかろう。逃げぬように足を折れ。泣いて許しを請うのなら、すべてを諦めるまで飼い慣らせ。やり方はいくらでもある」

「う……」

「己の中に渦巻く欲望を、よくも抑えられたものだ。男の断末魔の声を聞き、愛しい者のすべてを手に入れた瞬間、その娘はとてつもない快感に見舞われただろうの！　ああ！　羨ましい……！　そう思ったら、この牡丹の唐衣を作らねばと思ったのだ！」

「ううう……！」

ギシギシと全身の骨が軋んでいる。

夜万加加智との付き合いは長いが、かの神は時たま理性のタガが外れることがあった。いや、それは夜万加加智に限ったことではない。神というものは山の天候のように気まぐれで視野が狭い。今回もそうだ。興が乗り、下半身が自然と締まっているだけ。たままそこに私がいたというだけのことで、害を為そうなどと露ほどにも思っていないはずだ。

かの神が私を殺そうと思えば、赤子の手を捻るよりも簡単に命を奪える。

だからこれは――神の戯れのようなものだ。

――ああ、でも。このままじゃやばいかも……。

締めつけがキツくなってきて、あまりの痛みに顔を歪める。

しかし、夜万加加智はまるでなにごともなかったのように話を続けた。

「欲しいものは力尽くでも手に入れよ。妾には、この話がそう教えてくれているように思えてならない。なあ、夏織。お主もそう思うじゃろ？」

夜万加加智は無邪気に私に訊ねた。しかし、質問に応える余裕などどこにもない。早く終わればいいと、その一心だけで必死に耐える。すると無視をされたと感じたのか、夜万加加智の表情に陰りが見えた。

――まずい！

「おい、やめろ！」

すると、私の状況を見かねた水明が叫んだ。激痛の中、やっとのことで視線を向けると、今にも飛び出そうとしている水明を、ナナシが必死に止めているのが見えた。

――駄目。まだ接待は始まったばかりなのに……！

私は襲い来る痛みに耐えながらも、首を横に振った。水明の表情に動揺が走り、動きを止めた。どうやら、上手く私の意図が伝わったようだ。

「ん……？　そこなおのこ、お主は誰じゃ」

すると、水明の存在に気づいたらしい夜万加加智の注意が逸れた。

締めつけが緩み、痛みが遠のいていく。

「夏織、こっち！」

その瞬間、金目が動いた。私を素早く救い出して、かの神から距離を取る。

「よかった！　問題ないみたいだ。まったく……あのババア。鈍感にもほどがあるだろ。ほんと仕事じゃなかったら勘弁してくれって感じだよね～」

「俺も心臓が止まるかと思ったぜ！　ああ、嫌だ嫌だ。夏織に触んなっつの」

「金目、銀目、シッ！」

慌てて双子の口を塞ぐ。不満そうなふたりを睨みつけて、恐る恐るあちらの様子を窺う。

かの神は見慣れない新顔に興味津々のようで、今の発言は聞こえていなかったようだ。

「おお、おお！　これはこれは。なんとも綺麗な顔じゃ！　ほれ、妾の方を見よ。どうした、恥ずかしがっておるのか？」

「………………うっ」

夜万加加智からのアプローチに、水明は嫌な顔を隠そうともしない。必死に、かの神から少しでも離れようと体を反らしている。

すると、見かねたナナシが慌ててふたりの間に割り込んだ。

「あらあ！　夜万加加智様ったらお目が高い！　この子、最近うちで面倒を見るようになったの。お気に召してくれるかしらって、連れてきたのだけれど……」

ちらりと後ろにいる水明の様子を窺ったナナシは、今にも噛みつきそうな険しい顔をしている少年にため息を零した。

「でもすごい人見知りで……ごめんなさいね。あまり上手くお話しできそうにないわ」

――ナイス言い訳！

グッと拳を握りしめる。感情を制限されて生きてきた水明には、双子や私のように相手のご機嫌とりなんて器用なことはできないだろう。だから、元々は目立たないように木の陰にでも隠れていてもらう予定だったのだ。見つかってしまった以上は、適当に言い訳をして対象外だと暗に告げるのが一番だ。……と、思っていたのだが。

「なあに、構わぬ。そういう手合いを手懐けるのも、また一興！」

「……!?　なっ……！　お前なにをする！　下ろせー！」

私たちの目論見は外れ、夜万加加智は嬉々として水明を小脇に抱えた。暴れる水明なんてなんのその、眷属たちが集まる場所へ悠々と移動して、上機嫌に指示を出す。

「さあ、そろそろ始めようぞ。酒を！　料理を並べよ。踊れ、歌え。妾を楽しませよ！」

赤い毛氈《もうせん》が敷かれた主賓席に陣取った夜万加加智は、傍らに水明を置き、笛を吹き鳴らす眷属たちを悠々と眺め始めた。

「……ど、どうしよう？　ナナシ！」

「と、とりあえずは傍に侍《はべ》るのよ！　あの子、この世の終わりみたいな顔をしているじゃない……！　虚無。虚無よ……！　金目、水明がボロを出さないようにフォローしてあげて。夏織、不自然にならないように水明を下がらせるの。銀目は盛り上げ役に徹して！」

「わかった！」

「あいあいさー！」

「おう、任せろ！　……その前に飯、食っていい？」

私たちは、各々役目をまっとうするために動き出した。

和楽器の鳴り響く山の中、笑顔を作って山の神へ近づく。内心ではヒヤヒヤしつつも、大量受注を得るために、じっと彼女の話に耳を傾けた。

――貸本屋の接待は危険がいっぱいだ。

こうして、山の神VS貸本屋&薬屋の、勝負の時が始まったのである。

＊　＊　＊

山の神への接待は、普通の接待ではない。貸本屋らしく色々と趣向を凝らしてある。

宴席を彩るのは、物語に登場する料理たちだ。

「これはシャーロックホームズ『白銀号事件《しろがねごうじけん》』に出てくる羊のカレー料理だよ。羊肉をカレー粉と一緒にスープで煮込んだ料理だね。どうかな、いい匂いでしょ？」

「おお……これはまさしく！　フフ、なんて刺激的な匂い。こんなにスパイスの香りがするのであれば、なにがしかの薬が混入されてもわからぬじゃろうなあ！」

スープを興味深そうに覗き込んだ夜万加加智に、金目は耳もとにそっと顔を寄せて囁く。

「もちろん、今日の料理には変なものは入ってないよ。あなたを眠らせる必要がないからね。時間が許す限り一緒にいたいんだ。僕の気持ち……わかってるでしょ？」

その瞬間、パッと夜万加加智の顔が桜色に染まった。途端にキョロキョロと辺りに視線を彷徨わせたかの神は、口もとを押さえてやや俯き加減になる。

「……な、なにを……」

「あれ？　どうして顔を逸らすの？　やっぱり薬入りの方がよかった？」

悪戯っぽく目を細めた金目は、かの神の手をさりげなく握った。ぶわ、と夜万加加智の顔から汗が滲む。金目は、かの神の手の甲を親指で撫でると、瞳の奥に妖しい熱を灯した。

「そうだね……薬を入れれば、眠ってしまった貴女を、僕の好きな場所に閉じ込めておけるもんね。今からでもそうしようか？　僕だけのものになりたい？　どうして欲しい？」

「……は？　え？　待って、待つのじゃ……」

その時、銀目がふたりの間に割り込んだ。

手には、夜空に星屑を撒いたような可愛らしい小箱を持っている。

「お？　なんだなんだ、金目ばっかりずるいぞ。俺もいいもん持ってきたぜ。これは『銀河鉄道の夜』に出てくる雁だ！」

「あ、ああ。あの、鳥を捕る人がジョバンニたちに食べさせてくれた菓子じゃな？」

「そうだぜ。チョコレートみたいにスッと脚が離れて、チョコレートよりも美味しい。洋菓子を作る伝手《つて》はねえから、知り合いの和菓子職人に頼んでみたんだ。あの世界の鳥は、雪のように舞い降りてくる。空から落ちてくる雁……つまり、落雁《らくがん》だ！」

ぱかりと開いた箱の中には、鳥をかたどった可愛らしい和菓子が並んでいた。夜万加加智は興味深そうにそれを眺めると、ほうと感嘆の声を漏らす。

「なるほど、砂糖を固めた菓子か。ふむ、きちんと鳥の形をしている。可愛いのう」

すると、その中のひとつをおもむろに指で摘まんだ銀目が、悪戯っぽい笑みを浮かべた。

「ほら、食わせてやるよ」

「え、いや……それは……」

「遠慮すんなって。はい、あーん」

「……っ！」

夜万加加智の口に落雁を放り込んだ銀目は「うんめえだろ？」と無邪気に笑った。すかさず大きく口を開けて、自分にもとアピールする。

「うっ……銀目、お前という奴は本当に！　心臓が保《も》たぬ……」

怒濤《どとう》の攻撃に晒された夜万加加智は、震える手でお菓子を銀目の口に放り込んだ。

途端にニコニコし始めた銀目に、夜万加加智は息も絶え絶えだ。

するとと、彼女にネイルを施してあげていたナナシが、呆れた声を上げた。

「アンタたち、少しは手加減しなさいよ？」

「「はあい」」

「あっ……」

パッと夜万加加智から離れた双子は、軽やかな足取りで彼女から遠ざかった。そんなふたりの後ろ姿を、夜万加加智はどこか名残惜しそうに眺めている。

「――あら？」

ナナシがくすりと妖しげな笑みを浮かべる。ぽってりとした唇を三日月型に変えて、長い睫毛で彩られた琥珀色の瞳で夜万加加智を見つめた。途端、匂い立つような色気が滲み出てきて、その視線を真っ正面から受け止めてしまった夜万加加智は、小さく息を呑む。

「傍にいるのがアタシじゃ不満かしら。やっぱり、若い子たちがいい？」

「い、いや……そんなことは」

「なら――」

ナナシは夜万加加智の手の甲へゆっくりと顔を近づけていくと、ちゅ、とリップ音をさせてキスを落とした。そして、どこか寂しげに眉を八の字に下げて笑う。

「今はアタシのことだけを考えていて。この瞬間だけでいいから」

「～～～～～～っ！」

筆舌に尽くしがたいほどに暴力的な色香に襲われ、夜万加加智が堪らず仰《の》け反《ぞ》る。

すると、周りにいた眷属たちが、かの神の背中を慌てて支えてやっていた。

「えげつない……」

私はその様子を遠目で眺めながら、ひとり苦く笑った。

その瞬間、全身に鈍痛が走って顔を顰める。

「いたた……。これ、しばらく治りそうにないな」

痛みの原因は、先ほどの夜万加加智の締めつけだ。これでは、まともな接待もできそうにない。なので、今日の接待は三人に任せて、私は裏方へと回ることにした。もちろん、あの三人に夜万加加智が夢中になっている隙に連れ出した水明と一緒。因みに裏方の仕事とは、眷属たちへの食事の提供だ。

「順番に並んでくださいね。焦らなくてもたくさんありますから！」

「「はーい！」」

声をかけると、狩衣姿の眷属や、御斎峠に棲むあやかしたちが元気よく返事をしてくれた。各々好きな場所に陣取って、羊のカレー料理を味わっている。

これも接待の一環だ。チャンスはどこに転がっているかわからない。本命の夜万加加智はもちろんのこと、周囲へのもてなしだって蔑《ないがし》ろにするわけにはいかないのだ。

「まったく、酷い目に遭った……」

隣でお椀を準備している水明は、どこか疲れ切った様子でため息を零している。

私は小さく笑うと、次々と鍋の中身をお椀に注ぎながら言った。

「あの調子じゃ、今年も受注が期待できそうだね。よかった、よかった」

夜万加加智の様子を遠目で確認する。ちょうど、薬屋お手製の化粧品を試しているところのようで、かの神を膝に座らせたナナシが化粧水を塗ってやっていた。威厳満ちあふれた神であるはずなのに、頬を上気させて「ダースで買う」と目をグルグルさせている姿は、普通の女の人と変わりない。あの感じだと、乳液と美容液もセットで購入しそうな勢いだ。

すると、水明は酷く苛立った様子で言った。

「なにがよかっただ。さっき、あれだけ危険な目に遭っておいて、呑気過ぎやしないか。あのままだと、お前の内臓が口から出るところだったんだぞ」

「確かに！　あれは危なかったねえ。歯磨き粉のチューブになるかと思った」

「笑っている場合か！」

ジロリと睨みつけられて、小さく肩を竦める。

「でもよくあることだよ。あの人たちと比べると、私が脆弱過ぎるだけ」

あやかしたちと付き合っていると、しみじみ思う時がある。

彼らの考えや行動は、人間の物差しでは決して測れない。彼らは彼らなりの世界をそれぞれ持っていて、その中で自由に生きている。何者にも縛られず、そして目の前に広がっている世界は、自分のためにあると信じて疑わない。それが彼らという存在だ。

「今回のことは私も迂闊《うかつ》だったけどね。付き合い方を間違えさえしなければいい話だし。それは人間だって一緒でしょ？　むしろ……簡単に素を曝け出してくれない人間の方がわかりづらくない？　あやかしや神様は、すごくわかりやすいもの」

「それは……」

表情を曇らせた水明に、くすりと小さく笑みを浮かべる。

「時々忘れそうになるけど、あやかしとか神様ってとても怖いものだよね。怖くて、でもすごく近い場所にいる。例えるなら、よく知らない隣人みたい。ふとした瞬間に存在を感じることはできるのに、深くは知らないから身構えちゃう。でもさ、どうしても嫌いになれない。危険だってわかっていても、仲良くなりたいなあと思っちゃう。怖いところと隣り合わせに、お茶目な部分があるって知ってるからかな？」

「普通の人間なら、別の一面を知る前に逃げ出すがな」

「アッハハハ！　確かに。そうかもね～。人間とはあまりにも見た目も作りも違うもの。価値観も、きっと見ている世界も違う。面白いね、不思議だね……でも、やっぱり好きだな。私があやかしの世界で育ったからだろうね」

クスクス笑うと、水明は僅かに眉を寄せた。ひとつため息を零すと、肩を竦める。

「俺はあやかしを狩っていた頃の感覚がまだ抜けないからな……。自分と違うものに対して、どうしても恐れが先に立つ。ただ、幽世に来てわかったことがある」

水明は物憂げに瞳を伏せると、ぽつりと小さく呟いた。

「——あやかしや神よりも、人間の方がよほど怖いよ」

どこかくたびれた様子に、少し心配になる。

「大丈夫？　ちょっと疲れちゃった？」

水明は苦笑を浮かべると、私の頭をポンと叩いた。

「突拍子もない行動をして、俺の精神を疲弊させるのはお前の専売特許だろうが。まったく、今日は厄日だな。あの双子すらなにがしか貢献しているというのに、俺だけ役立たずで腹が立つ」

「専売特許って……酷い！　じゃあ、今からでも夜万加加智のところに行く？」

「ぐっ……！　それは勘弁してくれ……！　さっきだって死にそうだったんだ」

その時のことを思い出したのか、水明は身震いしている。それがどうにもおかしくて笑っていると、私たちの近くに、あるあやかしが立っているのに気が付いた。

「………」

それは、餓鬼にとてもよく似た姿をしたあやかしだった。

名はヒダルガミ。ここ御斎峠によく現れるとされていて、旅人の腹を引き裂いて、胃の内容物を食らう。ヒダルガミには山での横死者や変死者がなるとされ、山中で突然お腹が空いて動けなくなった場合、それはヒダルガミの仕業だと謂われている。

落ちくぼんだ瞳をぎょろりと私に向けたヒダルガミは、酷く頼りない足取りでこちらに近づいてきた。どこか異様な雰囲気を纏っていて、なにか危険な匂いがする。

「夏織。下がっていろ」

水明も同じように感じたのか、警戒した様子ですかさず私の前に出た。

ヒダルガミはぼんやり虚空を見つめたまま、徐々に距離を詰めてくる。やがて、私たちの傍へとやってきたヒダルガミは、蚊の鳴くような声でなにか呟いた。

「……人……」

「え？」

思わず聞き返すと、ヒダルガミは痩せ細った手をこちらに伸ばしながら言った。

「人魚の肉はねえのかい？」

「人魚……？」

「風の噂で聞いたんだ。人魚の肉を売ってる奴がいるって。その肉を食えば、どんな願いも叶うんだそうだ。ソイツは、困っているあやかしのもとにどこからともなく現れる。兄さんたち飯を配っていただろう。本当は人魚の肉もあるんじゃないのか……？」

掠れた声で、まるで希《こいねが》うように話しながら、ヒダルガミは水明の服を掴む。

「くれよ。人魚の肉が欲しいんだ……！」

「悪いが、そんなものはない」

きっぱりと言い切った水明に、ヒダルガミは血相を変えて叫びだした。

「……じょ、冗談はよしてくれよ！　本当はあるんだろう⁉　俺はもう、この絶え間なく襲い来る飢餓感にうんざりしているんだ‼　食っても食っても満たされない！　そんなの地獄だろう。俺は満腹になりたいだけなんだ。頼むよ、俺を助けてくれよ……！」

あまりにも必死な様子に、水明は私と視線を交わす。

どうにも様子が変だ。なにか仕出かしそうな予感がひしひしする。今は大切な接待の最中だ。ここは、刺激しないように距離を取るべきかも知れない。

「事情はわかった。詳しく話を聞こう。とりあえず、落ち着くんだ……」

水明が、なだめすかすように語りかけたその時だ。

血走った瞳を大きく見開いたヒダルガミは、声を荒らげて詰め寄ってきた。

「これが落ち着いていられるか‼　クソッタレが！　どうして俺の苦しみを理解してくれない？　どうして手を差し伸べてくれないんだ。どうせ俺の気持ちなんて、欠片もわからんのだろう！　どうして。どうしてだ！　ああ、もしかして——」

ヒダルガミは充血した瞳を限界まで開くと、一転して地を這うような低い声で言った。

「——お前、人魚の肉を独り占めしようとしているな？」

「……っ⁉」

「ふざけるな！　人魚の肉は俺のもんだ‼」

あまりにも支離滅裂で偏った思考に、水明が一歩後退った。私も釣られて数歩下がる。

「……わっ！」

その瞬間、食器洗い用に置いておいた水瓶に脚を引っかけてしまった。体勢を崩して地面に倒れ込む。すると、大量の水が頭上から降り注いできた。

「あちゃあ……」

濡れそぼった体を見下ろして、思わず顔を顰めた。せっかくナナシに用意してもらった衣装が台なしだ。

ひとり途方に暮れていると――ゾクリと怖気が走った。

気が付けば、宴を賑やかしていた笛と鼓の音が止んでいる。先ほどまで音で溢れていたぶん、静寂が耳に痛いほどだ。あまりにも突然訪れた異変に、恐る恐る辺りを見回す。

すると、今まで宴に興じていた眷属たちが、その場で立ち尽くしているのがわかった。

彼らは――何故か無表情のまま、私をじっと見つめている。

「おなごの臭いがする」

「……っ！」

その瞬間、地の底まで冷え切ったような声が森の中に響いた。

ずる、ずるりとなにかが地面を這いずる音が聞こえる。

「ヒッ……！」

怯えの表情を浮かべたヒダルガミが逃げていく。騒動の元凶を追おうにも、今はそれどころではない。私は音が徐々に近づいてくるのを知ると、ゴクリと生唾を飲み込んだ。

――バレた……？　どうして？　さっきまでは平気だったのに。一体なにが――。

すう、と体温で温まった水が頬を伝っていく。それで状況を悟った。

――水で、香水が落ちたんだ。

ぽたん、ぽたんと水滴が肌を濡らす度、私の体温まで奪われていくような感覚に襲われた。心拍数が上がり、指先が痺れてきた。心臓の音がうるさい。泣くことも、悲鳴を上げることすらできない。逃げ出したい気持ちでいっぱいになる。

「水明……ナナシ……銀目、金目……」

仲間の名を呼ぶ。声が震えている。するると、視界の隅に動くものが映り込んだ。蝋人形のように白い手だ。それは私の頬をするりと撫でると、肩、背中、腕――まるで私の形を確かめるかのように動き、やがて止まった。

「なあ、どうしてなのじゃ？」

息づかいが、そして女の声がすぐ傍で聞こえる。

「妾が田の神になるめでたき日に、宴席で穢《けが》らわしい雌の臭いがするのは何故じゃ？」

呼吸が乱れる。涙で視界が滲む。思考が鈍くなり、体が硬直する。するり、白い手がまた動き出した。私の濡れた頬を体温を感じさせない指がなぞる。

……ああ、夜万加加智の尾が。長い蛇の尾が――私の体に徐々に巻き付いてくる。

先ほどの苦痛が脳裏に蘇る。あの時の夜万加加智は無意識だった。しかし、神というものは、禁忌を犯した者に容赦はしない。恐らく今度は、確実な意志で以て、私の命を刈り取るためにその尾を使うのだろう。

「どういうことか、教えてくれるじゃろう？　夏織？」

ぬう、と夜万加加智の顔が、私のそれを覗き込んだ。ちろりちろりと赤々とした長い舌が揺れている。私は恐怖に耐えきれなくなって、固く目を瞑った。

――死ぬ……！

「オイ、夜万加加智」

その時、静まりかえったそこに、どこかぶっきらぼうな声が響き渡る。

驚いて目を開けると、すぐ傍に水明の姿があった。

水明はじっと私を見つめると、声は出さずに口だけを動かし、言った。

『お前のことは、俺が守る』

そして、私の体をなで回していた夜万加加智の手を掴む。不愉快さを隠そうともせずに、ぎょろりと睨みつけてきた夜万加加智に、挑戦的な眼差しを向ける。

「なんじゃお主。人見知りのおのこではないか。妾は今、夏織と話しておるのだ。黙って見ておれ、さもないと――……」

「うるさい。よく口が回る女だな」

そしてそのまま、ぐいと乱暴に引っ張ると、端正な顔を夜万加加智に寄せ――ほんのりと頬を染めて、どこかじれったそうに囁いた。

「やっと俺のところに来たと思ったら、どうして夏織なんぞに構っている？　……まったく、人の気も知らないで」

「……は？」

予想外の水明の発言に、思わず素っ頓狂な声が出た。

水明は物憂げに目を伏せ、長い睫毛越しに夜万加加智に熱っぽい視線を注ぐ。彼女の首筋をぎこちない手付きで撫で、どこか余裕たっぷりの口調で言った。

「他の男なんてどうでもいいだろう？　俺だけを見ていろ。わかったな？」

――こ……これは一体……!?

目の前で繰り広げられている衝撃的な光景に、脳内が混乱に陥る。

水明が。あの水明が、まるで傍若無人な俺様キャラみたいなことを言っている……!?

――なんか、口説き文句がこなれてるんだけどおおおおお!?

もしや、誰かを口説いた経験があるのだろうか。相手は誰。誰なの!?　そこんとこ詳しく！　てか、そもそもそんなことしている場合じゃないでしょ、私が死ぬか生きるかの瀬戸際に一体なにをしているの！　万が一にでも夜万加加智の怒りを買ったら……！

あまりのことに、一瞬にして色々な考えが脳内を駆け巡った。

――まったくもって、状況が拗《こじ》れる予感しかしない!!

恐る恐る、夜万加加智に視線を向ける。

……が、次の瞬間、私はあんぐりと口を開けたまま固まる羽目になった。

「……ひゅっ」

何故ならば、先ほどまであれほど恐怖を振りまいていた夜万加加智が、恋する乙女のような可愛らしい顔で息を呑んでいるのを、間近で見てしまったからだ。

水明はにやりと不敵な笑みを浮かべると、夜万加加智の耳もとで囁くように言った。

「聞こえているのか？　わかったなら、返事をしろ」

「はい……」

「いい子だ。さあ、宴席に戻るぞ。ついてこい」

「はい……」

水明が手を差し伸べると、いやに素直に手を重ねる。

一瞬、手が触れるのを躊躇《ちゅうちょ》した夜万加加智に、水明はフッと不敵な笑みを浮かべた。

その姿は、まさに王のような尊大さと優雅さを兼ね備えている。自然な動きで彼女をエスコートすると、宴席へ向かってゆっくり歩き出した。そんな水明を、夜万加加智は蕩けそうな表情で見つめている。その目に浮かんでいるのは——まさにハートマークだ。

「た、助かった……？」

体から蛇の尾が離れて行くのを見ながら、私はその場にくずおれた。

するとそこに、ナナシたちが駆け寄ってきた。

「夏織！　ああもう、アンタ大丈夫!?　ほら、香水つけ直すわよ！」

「神様と戦わなくちゃいけねえかと思ったぜ！　ヒヤヒヤした〜！」

「アッ……アハハハハハハハハ！　ヒィ、駄目。エスコートするように守るって、ああいうことじゃな……ゲフッゴホゴホゴホッ！　笑い過ぎて腹筋が割れる……！」

——どうやら私は、水明に命を救われたらしい。

いつの間にやら笛と鼓の音が戻ってきている。夜万加加智は、私のことなんてすっかり忘れ、うっとりと水明にしなだれ掛かっていた。

そのことに安堵しつつも——私は、どこかモヤモヤしたものを感じて、思わず自分の頬を抓《つね》ったのだった。

＊　＊　＊

結局、今回の接待は大成功を収めた。

本の貸し出し受注は去年の二倍。ナナシお手製の化粧品の販売数は三倍。

私たちの懐は充分に温まった……のだが。どうにも、水明の振る舞いが納得できなかった私は、後々彼に詰め寄った。すると、水明は一冊の本を取り出してこう言った。

「文車妖妃《ふぐるまようひ》から借りたこれを参考にしたんだ」

それは『俺様王子に堕とされて』というＴＬ小説だ。あだ名が「俺様王子」なヒーローに、主人公が溺愛されるという作品で、彼はこの中の登場人物の行動を真似たらしい。

——そう。あの時の行動のアレコレは、彼の経験からくるものではなかったのだ！

「女はこういう男が好きらしいな。アイツがこういう男に女はイチコロだと言っていた」

無表情のまま首を傾げる水明に、私は至極真面目な顔を作って言い聞かせた。

「それは違うからね!?　今回はたまたま、夜万加加智の性癖と合致したってだけで」

「性癖？」

「うっ。水明は知らなくていいの！　ああいうことは、もう二度としないで！」

「……？　まあいい。わかった、二度としない」

「水明ったら素直でいい子！」

「……子ども扱いするな。馬鹿」

そっぽを向いてしまった水明に、私は安堵の息を漏らした。しかし、自分の中に渦巻く感情を上手く整理できなくて、その場でゴロゴロ転がりたい衝動と戦う羽目になる。

混乱に陥った脳裏の中、はっきりしていたことはただひとつだけだ。

——絶対に文車妖妃にクレーム入れてやる……！

私は拳を強く握りしめると、決意を固めたのであった。

第二章　北の外れで、終わりの続きを

そこはかの有名な歌謡曲で〝北の外れ〟と称された青森県龍飛崎《あおもりけんたっぴざき》。年がら年中強い風が吹き荒れることで知られるその場所は、津軽海峡《つがるかいきょう》に面している。強風に煽《あお》られた雲は、なにかに追い立てられているかのように急ぎ足で去って行く。荒れた天気の中で元気なのはウミネコなどの海鳥たちだけだ。ニャアニャアと騒がしく歌う鳥たちの合唱を聴きながら、海水混じりの塩辛い風に煽られる。セットした髪も、新調した春服も全部滅茶苦茶になってしまうようなこの場所で、私は真剣な面持ちでプレゼンをしていた。

「これは太宰治《だざいおさむ》の小説『津軽《つがる》』です。彼が、親しい編集者から生まれ故郷である津軽のことを書いてみないか、と誘われたのがきっかけで執筆した自伝的小説なのですが」

ここまで言い切ってから、ほんのり後悔する。

太宰治という作家は、その胸の内に、複雑で、それでいて粘着質で、本質は純でありながらも汚れきった、恐ろしく人間らしい感情を内包した人物なのだと私は考えている。だからこそ、彼の作品や人となりを説明するのにいつも苦労する。簡単に言い表せられるように思えて、単純な言葉を並べただけでは強烈な違和感に見舞われてしまうからだ。

『津軽』。それは、太宰自身のルーツを辿る〝巡礼〟の旅……。

彼の人生は、薄暗く、いつだってか細い光に手を伸ばし続けているようなものだったから、たとえ仕事であったとしても、振り返るにはかなりの覚悟が必要だったはずだ。

この作品の本編は、何故旅に出るのかという問いかけに「苦しいからさ。」と答えるところから始まる。――ああ。どこまでも捻くれ、なにもかもが素直じゃない。

正直、そういう太宰が好きなのだけれど。他人には説明しづらくて仕方がないけれど、私はやらねばならならないのだ。このプレゼンの成功に、多くのあやかしたちの生活が懸かっている。私は手の中の『津軽』に背中を押されるように、緊張で声がうわずりそうになるのを堪えつつも続けた。

「実は、作中にここ龍飛崎も登場します。太宰は自分にゆかりのある地を巡っているわけですが、あなたにとっても馴染み深い地名がたくさん出てくると思うんです。それって、すごく面白くありませんか！」

私のプレゼンを受けているのは、まるで山のように大きな巨体を持った男だ。

その男は、全身が夜色で染まっていた。鍛え上げられたしなやかな体も、艶やかな肌も、ゴワゴワした腰まで伸びた長髪も、尖った爪先も、額から生えた鋭い角すらも黒一色。

男は、海中で体育座りをしている。水上に出ているのは、男の腰から上だけなのだが、それだけで恐らく二階建ての建物ほどの高さがあるだろう。一体、立ち上がったらどれほどになるのだろうと、あまりの途方のなさに想像するだけで目眩《めまい》がした。

彼の名は「黒神《くろかみ》」。ここ津軽海峡を作ったと言われている伝説の神だ。

私の話を、黒神は朝焼けの空を思わせる暁色の瞳をまん丸にして聞いている。

「というわけで、私が提案するのは、太宰治『津軽』巡礼の旅です！　作中の場所を巡りつつ『食ひ物に淡泊なれ』と決意して出発したわりには、美味しそうな食べものをお腹いっぱい食べ、お酒をしこたま飲んだ彼にならって、この時期にしか味わえない青森の美食と春の景色を満喫しませんか！」

自信たっぷりに言い切って、じん、と余韻に浸る。

――ああ！　なんて完璧な計画だろうか。

本を持って旅に赴き、旅先で美味しいものをたんまり食べる……！

なんて贅沢。なんて幸福な時間。これならば、黒神も満足してくれるはずだ……！

「……痛い！」

そんな確信で胸がいっぱいになっていると、ゴツンと脳天にチョップが落ちてきた。

痛みに耐えながら顔を上げると、それは酷く複雑そうな顔をした水明だ。

「お前は馬鹿なのか。それをしたいのは、他でもないお前自身だろう」

「えっ」

思わず間抜けな声を上げると、にゃあさんと水明の相棒である犬神のクロも続いた。

「夏織……アンタ大丈夫なの？　それって、聖地巡りって奴よね。太宰治が好きなのはわかるけれど、それって原作を知らない相手にも楽しめるものなのかしら」

「確かに！　オイラは正直これっぽっちも惹かれないな！」

「ひっ」

あまりにも正論。クロとにゃあさんのわんにゃんコンビの容赦ない言葉に涙ぐむ。

すると、追い打ちをかけるように、にゃあさんが呆れ混じりに言った。

「まあ、夏織の気持ちもわからないではないけれど。太宰治って東雲に顔が似てるし」

「……っ！　ちょ、にゃあさん！」

「ほんっっっと、アンタってば東雲が好きよね。そりゃゆかりの地巡りもしたくなるわ」

「やめっ……！　うううううっ！　本当にやめて……」

顔を真っ赤にして蹲《うずくま》る。にゃあさんの言葉を飾らないところは好きだけれど、時に暴力的なほどに突き刺さるので正直勘弁して欲しい。

ちら、と横目で黒神の様子を確認する。彼は、牙が生えそろった口を半開きにして私を見つめていた。どうやら、私のプランは彼の心に響かなかったらしい……。

あまりのことに途方に暮れる。

――どうしよう……！

私は、迷子の子どものような心境になると、数時間前のできごとに想いを馳せた。

＊　＊　＊

まるで白糸のような雨が降り続く、とある春の日の朝。

雨を嫌って軒下に逃げ込んだ幻光蝶が、ぼんやりと黄みがかった光を辺りに放っている。

「はあ……」

雨粒が屋根を叩く音が満ちる家の中で、羞恥心のあまりに火照った頬を手で押さえる。

ちらりと横を見ると、顔を真っ赤にして笑い転げている絶世の美少女がいた。

「ねえ、もういい加減笑うのやめない？」

「だ、だって……ンッフフフ！　それで、わっちに文句を？　まあ、可愛らしいこと！」

わが家の居間で、足をパタパタさせながら大笑いしているのは文車妖妃だ。乳白色の打ち掛けから覗く脚は眩しいほどに色白で、雨に沈む光景の中でいやに艶めかしい。

「笑いごとじゃないってば……」

「これが笑わないでいられおうすか！　貸した本をどう使うかは当人次第ざんすが……。まさか、登場人物になりきって蛇退治とは。流石のわっちも……フフフフフ！」

「笑い過ぎ。いい加減にして！」

「ひぃ。わっちだって好きでこうしているわけじゃ……ンッフフフフ！」

すると、また話の内容を思い出したのか、文車妖妃は前屈みになって笑い出した。

彼女が肩を揺らす度、島田髷《しまだまげ》に差された櫛《くし》がチリチリ甲高い音を上げて、雨音に彩りを添える。その音色を聞きながら、私は小さく息を漏らした。

文車妖妃は簡単に言うと、想いが届かなかった恋文が変じたあやかしだ。その生まれが関係しているのかは定かではないが、恋物語を心から愛している。棲み家としている幽世の吉原の屋敷に、大量の蔵書を抱えているくらいは恋愛作品への造詣が深く、先日、水明が参考にした本も彼女が貸し出したものだ。

今日、文車妖妃に貸本屋へ来てもらったのは、先日の夜万加加智との一連のできごとに関して苦情を入れるためだった。事情を説明して文句を言ってみたものの、それがどうにもツボに嵌まったらしい。文車妖妃は、お腹を抱えて笑い出してしまったのである。

「それにしても、どうしてTL小説なの。もっと他にもあったでしょう!?」

「そうかえ？　あの子、まだなににも染まってないでありんしょう？　きっと、これから自分の〝色〟を見つけるんでしょうけど……そうね。〝提案〟みたいなものざんす」

「〝提案〟って、まさか……」

「あの子、いずれは俺様系になればいいと思って。ホホホ、ぴったりでありんしょう？」

どこか邪悪な笑みを浮かべた文車妖妃に、私は激しく首を横に振って抵抗する。

「ない！　絶対にない！　それって妖妃が好きな属性ってだけでしょう!?」

「あら。男に強引に迫られる喜びをご存じない？　ウッフフフ！　夏織は優しい王子様タイプに夢を見ているでありんすからねえ……」

「まっ……待って。そんなことないし!?」

「嘘おっしゃい。黒髪赤目よりも、金髪碧眼のキャラの方が好みざんしょ？」

「うっ!!」

脂汗をたらたら流し始めた私に、文車妖妃はちろりと流し目を送った。

「はあ。俺様系のよさもわからないなんて。残念でありんすねえ」

「そもそも、いつの間に水明にあんな本を貸したの？　前にチャレンジした時は、恋愛ものは読めなかったって言ってた気がするのに」

「恋愛に対して、心変わりするきっかけでもあったんでござりんしょう。事情を教えるわけにはいきんせん。これは、依頼人との秘密事項でありんすから」

「ええ……？　滅茶苦茶気になる」

「ホホホ！　主さんがまともに恋の話ができるようになったらお話しいたしんす。わっち、お友だちでもない人に親切にするような趣味はありんせん」

ツン、とそっぽを向いた文車妖妃に、思わずぶうぶう文句を垂れる。

「ええ……いいじゃん。私はまだ、妖妃の友だちにはなれないの？」

「まだまだでありんすなあ。もうちょっと精進しなんし」

――ちえっ。本好きの友だちができそうだって期待していたのになあ。

それにしても、水明はどうして改めて恋愛小説を読もうと思ったのだろう。

そう言えば、初めて文車妖妃に会った時も、彼は「恋愛に興味がある」と言っていたような気がする……。

――やっぱり、好きな人でもできたのかな。うっ……もしかして失恋した？

なんだか泣きたい気分になってきた。しょんぼりと畳の目を指で弄っていると、部屋の中にいたもうひとりの人物が声を上げた。

「……で。そろそろ、わたくしの話を聞いてくれないかしら？」

「あら、お人形さんみたいにだんまりでありんしたから、ここには休憩に来ただけかと。失礼しおうす。どうぞ話しなんし」

「相変わらず嫌味な女ですわね。お里が知れるというのは、こういうことかしら」

「なっ……！　まあああああ！　口だけは達者なこと！」

文車妖妃と火花を散らしているのは、どこか古風な衣装を纏ったあやかしだ。

二十代前半くらいの若い女性で、艶やかな長い黒髪を背でひとまとめにし、藤色の袿《うちぎ》に白地の小袖を着ている。胸には紅の掛帯をしていて、所謂、壺折装束《つぼおりそうぞく》と呼ばれる古代日本で女性がしていた旅装だ。

彼女の名は唐糸御前という。かつて鎌倉《かまくら》時代に生きた女性だ。

その伝説は、今もなお青森県藤崎町に遺っている。

唐糸御前は五代執権、北条時頼《ほうじょうときより》の愛妾だった。類いまれなる美貌を持っていて、時頼の寵愛を受けていたのだが、嫌がらせから逃れるため生まれ故郷へ舞い戻ったのだという。

その後――時頼は出家し、唐糸御前に会うために津軽へ向かった。しかし、彼女は愛する人の訪れを喜ぶどころか、長年の隠居生活で以前と比べて見る影もなくなってしまった自分の容姿に絶望して、池に身を投げたのだ。

そんな彼女は今、美しいものを遺すことに全力を注いでいる。付喪神の修繕師として活動をしているのだ。以前、己の本体を破損してしまった東雲さんも、彼女の世話になっているひとり。春には修繕が終わると聞いていたのだが、一向に連絡がなく、心配していたところに本人がやってきた。生憎《あいにく》、東雲さんが不在だったため、彼女には居間で待ってもらっていたのだが、どうにも痺れを切らしたらしい。

「わたくし、待ちくたびれました。話を聞いてくださらないかしら」

「はあ……。東雲さんじゃなくてもいいんです？」

「わたくしは、別に誰でも構いやしません。結果が同じであればね」

——改まってなんだろう？

思わず首を傾げる。その瞬間、ピン！　と閃いた。

「まさか、私におすすめの本を探して欲しいとか……!?」

「いいえ。まったく違います。わたくし、本には興味ございませんの」

「うっ……！　そうですか〜」

ざっくり斬られてしまい、しょんぼりと肩を落とす。

にこり、と小さな口を歪めた唐糸御前は、おもむろに話し始めた。

「本日、わたくしがここに参りましたのは、お詫びと依頼のためですわ。お詫びは、東雲の掛け軸の修繕が遅れていること。依頼は、とある神を慰めて欲しいということです」

「……神？」

その瞬間、先日の夜万加加智の騒動を思い出して、どっと疲れがこみ上げてきた。

あれは本当に大変だった。締めつけられた痕は何日も消えなかったし、痛みも長引いた。できれば神様とはしばらく関わり合いたくないのだが、唐糸御前が私に依頼をしようと思ったのには、先日の接待の影響もあるようだ。

「本来ならば、東雲の方がよろしいのですけれど。あなたもなかなかやるそうではないですか。あの色狂いの夜万加加智を手玉に取ったそうですね。あの方、来年の春が楽しみ過ぎて夜も眠れないとおっしゃっているようですよ」

「うっわ、本当ですか……」

よほど水明の〝俺様王子〟っぷりが刺さったのだろうか。来年の水明の運命や如何《いか》に。

無事に帰してもらえたらいいな、なんて恐ろしいことを考えていると、唐糸御前は柔らかな笑みを浮かべて言った。

「その手腕を見込んで、ぜひともお願いしたいことがありますの。龍飛崎におわす荒ぶる神を鎮めて欲しいのです」

唐糸御前の話を纏めるとこうだ。

青森県龍飛崎には、嘆き続ける神が棲んでいる。

名を「黒神」。

かの神を説明するには、北海道と本州がまだ繋がっていた頃まで遡る必要がある。

黒神は腕っ節が自慢の神で、青森にある竜飛岳に棲んでいた。

ある日、彼は十和田湖《とわだこ》に棲むという、それはそれは美しい女神に一目惚れをした。

龍に乗って、毎日女神のもとへと通い、「俺の嫁になれ」と求婚をしたのだそうだ。

一方、秋田《あきた》の男鹿半島《おがはんとう》には、楽器を奏でるのが得意な赤神《あかがみ》という神がいた。

彼もまた十和田湖の女神に惚れ込み、鹿に乗って女神のもとへと通い、美しい笛の音を聴かせては「嫁になってくれ」と求婚をした。

逞しい黒神と、優しい赤神。

十和田湖の女神は、どちらにも心惹かれてしまって求婚を受けられずにいた。

痺れを切らした黒神と赤神は、どちらが女神に相応《ふさわ》しいか決闘することにした。

武力に勝る黒神に、赤神の勝ち目はなく……負けた赤神は、男鹿半島にある岩屋の中に姿を隠してしまった。勝ちどきを上げた黒神は、意気揚々と十和田湖へ向かう。

しかし、そこにはすでに女神の姿はなかった。心優しい赤神を選んだ女神は、彼を追いかけて岩屋へ隠れてしまったのだ。

黒神はそれを知ると、酷く悲しんだ。棲み家の竜飛へ戻ると、北に向かってため息をつく。そのあまりにも強烈な風のせいで、メリメリと大地が裂け——やがてそこが津軽海峡になった。それ以来、龍飛崎には常に風が吹き荒れるようになったのだという。

黒神は、千年以上経った今もなお、龍飛崎で泣き続けているのだそうだ。かの神が嘆く度に強風が吹き荒れ、そのせいであやかしたちが迷惑をしているらしい。

「正直、黒神が嘆き続けるのはいつものことですの。ですがここ最近、かの神の嘆きが悪化しまして……」

「わあ、それは大変ですね……。嘆きが悪化した理由に心当たりはあるんですか？」

「いいえ。アレは定期的にこうなるのです。わたくしもほとほと困り果てておりますの。海が荒れると、仕事の材料が届かなくなるのですよ。図体は無駄に大きい癖に、メソメソメソメソ……腐った女みたいで正直うんざりしますわね？」

「はあ……」

——神様に腐った女って……。

どうやら、唐糸御前は口が悪い質《たち》らしい。恐れを知らない発言に圧倒されていると、彼女は私ににじり寄り、手をしっかと握って熱の籠もった眼差しを向けてきた。

「ですから貴女にお願いしたいのです。以前、東雲がしてくれたように、あの神を鎮めて欲しいのですよ。娘なのでしょう？　あなたにだってできますわよね？」

「東雲さんが？」

「ええ、そうです。それはそれは見事な手腕でしたわよ。あの駄々っ子みたいな黒神をあっという間に鎮めてしまいましたもの」

自分の知らない養父の仕事に、ドキリとした。

暴風吹き荒れる海上で、巨大な神と対峙する東雲さんの姿を思い浮かべる。

きっと、それはそれはかっこよかったのではないだろうか。

――ああ！　滅茶苦茶気になる……！

「あの、あの。うちの養父はどうやって……」

思わず唐糸御前の手を握り返して訊ねると、答えを聞く前に無情な声が居間に響いた。

「夏織、馬鹿なことを言うんじゃないぞ。絶対に引き受けるなよ、そんな依頼」

「うっ……。出た」

「出たとはなんだ。人をお化けのように言うな」

顰《しか》めっ面《つら》になって、声がした方に視線を向ける。そこにいたのは、水明とクロ、そしてにゃあさんだ。彼らは、三人三様の反応を表した。

「今が非常事態である自覚を持て、自覚を。そこの女、悪いが他を当たってくれないか」

「そうだそうだー！　水明の言う通りにした方がいいぞ、夏織ー！」

「どうでもいいけど、全員帰ってくれない？　昼寝の邪魔だわ。特にありんす女」

「まあ！　失礼な獣でありんすね。わっちは夏織に招かれましたのに。そこの女と一緒にしないで欲しいでござんす」

「まあ、お下品な物言いだこと。廓《くるわ》育ちはひと味違いますわね？」

「きいいい！　なにを言いおうすか！」

ひとりと二匹が増えると、途端に居間が賑やかになった。

様々な会話が飛び交う中、私はひとり考え込んでいた。

青森、龍飛崎、黒神……。荒ぶる神を鎮めるために私ができること。

「ねえ、唐糸御前。東雲さんはなにを使って神を鎮めたんです？」

「詳しくは存じ上げません。確か、お酒を手配していたように思いますけれど」

「ああ、神様ですもんね。黒神もお酒が好きなんですね。清酒かな……」

そんな話をしながら、居間に隣接した養父の部屋へ足を踏み入れる。そして、壁一面に設置された本棚からある本を見つけて片頬笑《かたほえ》んだ。

「……こら」

「ひっ！」

すると、背後から怒気を孕んだ声が聞こえて、身を竦ませる。

そろそろと後ろを振り返ると、そこにいたのは仁王立ちをした水明だ。

「駄目だと言っただろうが!!」

「えええええ、いやだって！　私も東雲さんみたいに神様を鎮めてみたい！」

「わがままを言うな。今、優先すべきはどこぞの神よりもお前の命だ」

「うっ……。かっこいいこと言うじゃん……」

「茶化すな馬鹿」

ほんのり頬を染めた水明に、私はずいと詰め寄る。

すると彼は、瞳を揺らしてやや仰け反った。

「ナナシも言ってたでしょ。エスコートするみたいに守ってあげなさいって」

「そっ……それとこれとは話が別だ。自分から厄介ごとに首を突っ込む必要はない」

「別にいいんじゃないかのう」

「ぎゃあ！」

その瞬間、すぐ傍で聞き慣れない声がして、悲鳴を上げて水明に抱きつく。

「儂《わし》は、黒神の件は引き受けてもいいと思うぞ」

そこにいたのは、あやかしの総大将ぬらりひょんだった。

どこからともなく現れ、会う度に姿形が違うそのあやかしは、今日は西洋風の恰好をしていた。二十半ばくらいの青年姿で、銀色の髪を緩く結い、白シャツにサスペンダーで黒パンツを吊っている。人形のように整った顔はどこか冷たい雰囲気を持っているが、ぬらりひょんの持つのほほんとした空気のせいで、やけに愛嬌がある。

「ぬらりひょん、今日の恰好滅茶苦茶いいですね……」

「じゃろう？　儂も気に入っておる」

「サスペンダーを開発した人に祈りを捧げたくなりました」

「一体なんの話をしているんだ、なんの」

「ワハハ！　儂はイケメンじゃからのう！　水明、男の嫉妬は見苦しいぞい」

ぬらりひょんは呵々《かか》と笑うと、ニッと悪戯を企てている少年のような顔になった。

「実はな、儂にも黒神をなんとかしてくれと嘆願がいくつか上がってきておる。誰ぞ解決してくれんかのうと思っていたところじゃ」

そしてポケットから小さな海月《くらげ》を一匹取り出して、私の手の中に押しつける。

「確かに、今の状況だと少し不安じゃろう。ならば、お守り代わりにこれをやる。これで過保護過ぎる守護者もちっとは安心じゃろ？」

「……なにを考えている。ぬらりひょん」

「なあんにも。儂だって夏織を危険な目には遭わせたくないんじゃ。だがなあ……」

ぬらりひょんはこてんと首を傾げると、銀色の瞳をすうと細めてじっと水明を見つめた。

「どうも、今は幽世に夏織がいない方が都合いい気がしてな」

「…………」

「青森辺りでのんびり観光でもしてくれればと思うのじゃ。水明、お主はどう考える？」

水明は眉を顰めると、ひとつ息を吐いて頷いた。

「…………わかった」

「おお！　話が早くて助かる！」

ぬらりひょんはパッと明るい表情になると、軽やかな動きで私たちに背を向けた。

「そうじゃ、大量の酒が必要になるじゃろうから費用は儂が持とう。小遣いも出そうかの。ふんふん、なんぞ事態が動いてきたわい！　楽しくなってきたのう！」

そして軽い足取りで東雲さんの部屋の入り口に立つと、顔だけをこちらに向けて、にんまりと悪戯っぽい笑みを浮かべた。

「ところでお主ら、いつまで抱き合っておるのじゃ？」

「「……っ！」」

真っ赤になって勢いよく体を離した私たちに、ぬらりひょんは更に笑みを深める。

「フフフ、東雲には内緒にしておいてやろう。アレも娘が大好きだからのう。泣いて使い物にならなくなると困る。じゃあ、儂は行くかの。これ、唐糸御前。黒神の件、引き受けてもいいそうじゃぞ。諸々手配を頼む！」

颯爽と部屋を出て行くぬらりひょんを見送って、私たちはそろそろと視線を交わす。

そして同時に顔を逸らすと、しどろもどろになって言った。

「だ、抱きついちゃってごめん。えっと、今回の件もよろしく……」

「し、仕方ないな。お前は俺が守ると決めたからな。つっ……付き合ってやる」

「ありがと」

「構わない」

「「…………」」

そのままふたり黙り込む。

私は激しく鼓動している胸を手で押さえると、なにはともあれ頑張ろうと気合いを入れた。そうでもして気を紛らわせないと、益々胸が高鳴って、隣にいる水明に鼓動音が聞こえてしまいそうだったからだ。

＊　＊　＊

その後、善は急げとぬらりひょんに送り出された私たちは、一路、青森へと向かった。

到着した時には晴れていた空も、龍飛崎に近づくにつれて雲がみるみるうちに厚くなっていく。唸るような風の音が辺りに満ちると、どうにも不安が募ってきた。

「また神様が相手かあ……。大丈夫かな。うっ、夜万加加智のトラウマが」

水明は不愉快そうに眉を顰めると、やれやれと首を振った。

「そんな風に思うなら、気軽に引き受けなければよかったんだ。まあ、ぬらりひょん曰く、人へ害を為す類いの神ではないそうだから、それだけが救いだな」

すると、隣を歩いていたクロとにゃあさんが会話に交ざってきた。

「気分次第で強風吹かせるのって、充分害を為してる気がするけどね！」

「人を呪うタイプじゃないってだけでしょうね。厄介なことには変わりないわ。機嫌を損ねた途端に、突風が巻き起こって、辺り一帯が壊滅なんて洒落《しゃれ》にならないもの」

「ちょ、にゃあさん！　リアルにありそうだから、そういうのやめて！」

思わず顔を引き攣らせていると、後ろを歩いていた唐糸御前がチクリと釘を刺した。

「そうなった場合は皆様に被害の補填をして頂くだけですわ。お気をつけあそばせ」

「ひっ……！　う、うちって損害保険的なのって入ってたっけ!?」

「幽世にそんなものがあるわけないだろう。馬鹿」

「うっ……！　今ごろになって後悔の念が」

さあっと青ざめていると、ポンと誰かの手が私の頭に乗った。

見上げると、そこにはいつも通りに無表情な水明の顔。

「ここまで来てしまった以上はやるしかないだろう。できる限りのフォローはするから」

「……そ、そうだよね。やるしかないよね！」

不安だからと立ち止まっていてはなにも進まない。なにより、東雲さんの本体の修繕にも影響が出ているのだから、娘の私がやらない理由はない！

——ようし、頑張ろう！

「フフフ。期待しておりますわ」

にこりと笑みを深めた唐糸御前は、市女笠《いちめがさ》から垂れたからむしを翻すと、スタスタと私たちを置いて行ってしまった。水明たちと目線を交わし、私たちも後に続く。

目指すは、暴風吹き荒《すさ》ぶ龍飛崎。

絶対に黒神を鎮めてやる！　そんな決意と共に私は一歩を踏み出した。

黒神がいたのは、竜飛漁港よりも更に奥にある、帯島《おびしま》と呼ばれる岩島のすぐそばだった。かの源《みなもとの》義経《よしつね》が帯を解いて北海道へ渡ったという伝説に因んで名付けられた小島は無人島で、それに寄りかかるように巨大な大男が座っているのが見えた時は、流石に肝が冷えた。

そして、私たちは意を決してかの神へと近づき——冒頭のプレゼンをしたのだ。

それは嘆き続ける神を慰めるための計画。冷たい北の海に身を浸して、昏い曇天の下にいたのではいつまで経っても心は晴れない。情緒が不安定な時に必要なのは気分転換だ。

新しい刺激、楽しい思い出、それと美味しいご飯。

それらが揃った完璧なプラン！　……そう思っての提案だったのだが――。

結果はご存知の通りである。私の目論見は悉《ことごと》く外れてしまった。

荒れ狂う鈍色《にびいろ》の海の前で、呆然と立ち尽くす。

「どうしよう……代案がない！　『津軽』しか頭になかった！」

「考えなしにもほどがあるだろう！」

「えっへへへへ。『津軽』のご当地巡りができるかもって考えたら、テンション上がっちゃってさあ。失敗する未来なんて欠片も想像してなかったよね……」

「ポンコツにもほどがあるな……」

「一匹丸々鯛を旅館の人に預けて、姿焼きにして欲しいって重ね重ね頼むものの、切り身の焼き魚になって戻ってくるイベントとか楽しそうだなって思ってた！」

「マニアック過ぎないか。流石に」

水明の鋭い突っ込みに、私はヘラヘラ笑うと、すぐにシュンと肩を落とした。

「あら。期待外れでしたかしら……」

……ああ！　唐糸御前の言葉が胸に突き刺さる。

東雲さんがいとも簡単に鎮めたのだという神を目前に、為す術《すべ》がない。

ポカンと私を見つめている黒神の瞳からは、今もポロポロと大粒の涙が零れ落ちていて、周囲を吹き荒れる風は、なにもかもを吹き飛ばしそうなほどに強い。

——東雲さんはどうやったんだろう……。

本人に聞ければよかったのだが、出先から戻ってこず、行き会えなかったことが悔やまれる。通信機器をお互いに持っていないので、こういう時は不便だ。

「夏織の計画性のなさを甘く見てたわね……」

「じゃあさ、泣き疲れて寝るのを待てば？」

「まあ！　どこぞのクソ餓鬼じゃあるまいし。相手は神様ですわよ？　そこの犬神さんは考えるのが少し苦手なのかしら？」

「……遠回しに馬鹿って言われているわよ、クロ」

「えっ。そうなの？　黒猫ってばよくわかったね〜！　すごいや！」

「ちょっと大丈夫？　今のは怒るところよね？　駄犬はやっぱり駄犬なの？」

賑やかに話している皆を尻目に、じっと黒神を見上げる。かの神は、キョトンと私たちを見つめているばかりで、自分からはなにも語ろうとしない。

——変な感じ。想像していたよりもずっと優しい目をしている。武力一辺倒な神様じゃなかったのかなあ……？

その瞳はとても穏やかで、日が沈む前の海岸線のようだ。静かに打ち寄せてくる波音が聞こえてくるようで、知らず知らずのうちに魅入ってしまった。

「もしかして、君は東雲の娘かい？」

すると、今まで黙っていた黒神がおもむろに口を開いた。

驚きつつも頷くと、かの神は「そうか」と顔を綻ばせた。

私にその大きな顔を近づけると、まじまじと見つめて、ほうと息を吐く。生暖かく、濃厚な潮の匂いを含んだ風が体を撫でて行ったかと思うと、黒神は目尻に皺を作って、鋭い牙が生えそろった口をにいと引き上げた。

「なるほど、なるほど。確かに話に聞いた通りだ。とても愛らしいね」

「あいっ……!?　ええ……？」

「東雲が言ってたんだ。自分の娘は目に入れても痛くないほどだと」

「成人した娘を表す台詞ですかそれ！」

「まあ、今から十年以上も前のことだ。当時の君はもっと可愛かったんだろうね」

――な、なにを神様に語ってるんだあの人は……！

羞恥に駆られてワナワナと震えていると、黒神はくすりと笑みを零した。

「もしかして、アレかな。あの時の東雲のように、僕を慰めに来てくれたのかい？　確かに、最近はかなり落ち込んでいたからね。皆に迷惑をかけてしまったようだ。申し訳ないことをしたな。だがなあ、こればっかりはどうしようもないんだ」

私は申し訳なさそうに眉を下げた黒神を見て、思わず首を傾げた。

「あなた、本当に黒神ですか？　赤神……じゃないですよね？」

伝説では〝心優しい〟とされているもうひとりの神の名を挙げる。それだけ、黒神の纏う雰囲気や物言いは穏やかなものだったからだ。

「おい、夏織……」

すると水明が焦ったような声を上げた。ハッと我に返る。今のが結構な失言であったと気が付いたのだ。機嫌を損ねたら……というにゃあさんの言葉を思い出して顔色を失う。

しかし、当の黒神はまったく気にする様子もなく、小さく肩を竦めただけだった。

「僕が黒神で間違いないよ。こんな真っ黒けな姿で赤神なんて名乗ったら、皆に笑われてしまうだろう？」

そう言って目を細めた黒神の頬を、透明な涙が流れていく。

その度に、ひゅおうと風は悲鳴のような音を立てて吹き荒ぶ。確かに、かの神がこの龍飛崎に風を呼び込んでいる黒神で間違いはないようだ。

――うん。夜万加加智に比べると、なんだか話が通じそうな神様だ。

そのことに心底安堵すると、私は意を決して言った。

「大変失礼しました、黒神。私が、荒ぶるあなたの心を鎮めに来たことは間違いありません。どうか、チャンスをくれませんか」

黒神は私をまじまじと見つめた。小さくしゃくり上げて、涙で濡れた顔を拭う。

そしてどこか嬉しそうに頬を緩めると「そうか」と頷いた。

「君まで僕に付き合ってくれるのかい？　懐かしいなあ。昔、東雲が現れた時のことを思い出すよ。心が塞ぎ込んでどうしようもなかった時、飲むぞって誘ってくれたんだ」

どうやら、東雲さんがお酒で黒神を鎮めたというのは本当だったらしい。

「養父は、それでどうしたんですか？」

「僕をここから連れ出してくれた。フフ、北海道まで行ってね。ご馳走をたんまり食べて、お酒を飲んで……いろんな話をしたんだ。その時に、君のことを聞いたんだよ」

「そうですか……」

どうやら、黒神を鎮める方向性としては、私の提案は悪くなかったらしい。

ただ、太宰治の『津軽』を絡めるという致命的な失敗を犯してしまった。冷静になってみると、原作を知らないのに聖地巡礼なんてあり得ないし、そもそも普通の神は人間の文化になんて滅多に興味を持たない。よほどの変わり者でもない限り、無謀過ぎるだろう。

──ああ。本のことになると、途端に周りが見えなくなる自分にほとほと呆れる。どうしよう。一旦、引き返して作戦を練り直した方が……。

ひとり悶々と考えていると、突然、視界に大きな指が入り込んできた。真っ黒で、丸太みたいなサイズの指は、もちろん黒神のものだ。

彼は少し恥ずかしそうに頬を赤らめると、おずおずと言った。

「うん。決めたよ。さっきの提案を呑もうじゃないか」

「えっ……？」

「太宰治という作家は知らないんだけど、とても面白そうだと思ったよ。よかったら案内してくれ。ついでにその人物についても教えてくれると嬉しいな。正直、今も心が押しっぶされそうなくらいに悲しいんだ。気を紛らわせなくちゃと自分でも考えていたのさ」

——どうやら、興味を持ってくれたらしい。

「……黒神って、他の神様からちょっと変わってるって言われませんか？」

「ん？　なんだって？」

「いいいい、いや！　なんでもありません！　ぜひともお願いします！」

——やった！　とりあえずは第一段階突破！

両手で、黒神の丸太のような指を掴む。すると、かの神は満足そうに頷くと、ふと遠くを見やった。その愁いを帯びた顔にドキリとする。

「楽しみだな。そうだ、ついでと言ってはなんだが、僕のことも知っておくれよ。伝説に因らない、ありのままの僕を。ねえ、いいだろう？」

大きな暁色の瞳から、ぽろり、大粒の涙が零れる。そして、また強い風が吹き荒れた。

「……？　はい、喜んで」

「そうか。それは嬉しいな」

——なんだろう。やっぱり変な感じがする。

それは、小さな小さな違和感だ。

パズルのピースがきっちり嵌まらない時のようなもどかしさに、首を傾げる。

「決まったのであれば準備を始めましょう。諸々手配をしなければなりません」

「う、うん！　わかったよ、唐糸御前……」

しかし、その感覚は長くは続かなかった。私は自分の中に沸き起こった微かな変化を不思議に思いつつも、準備を始めた仲間たちのもとへと向かった。

＊　＊　＊

黒神と出会ってから二日後。

準備を万全に整えた私たちは、とうとう『津軽』ゆかりの地巡りを開始することにした。

太宰治が津軽へ旅に出たのは、一九四四年（昭和十九）五月十二日のことだ。上野《うえの》発の夜行列車で青森に向かった太宰は、到着後、知り合いのもとを順繰りに訪ねて行った。

「ちょうど今ごろなんですよ。太宰が津軽へ取材に来たのは」

「そうなのか。この時期の津軽は一斉に花が咲くからね。いい季節だ」

桜に梅、林檎……可憐な花があちらこちらで咲き乱れる五月は、津軽半島が最も華やぐ季節だ。開花時期がGWと重なることもあり、花見客であちこち賑わう。一番有名なのは、弘前《ひろさき》公園の桜祭りだろう。満開の時期はもちろん、散り際に弘前城のお堀が薄桃色の花《はな》筏《いかだ》で埋め尽くされる光景は、他ではなかなか見られない。

「太宰は青森に到着した途端、東北の寒さにやられてしまったのだそうです。でも、この頃はすごく温かいので、凍えそうになったと語る太宰に、あまり共感はできませんね？」

「確かに。少し汗ばむくらいだ」

ポッポッと黒神と話をしながら、龍飛崎から海岸沿いに沿って津軽半島を南下した。

移動手段はもちろん徒歩ではない。なんと黒神の頭の上に乗せてもらった。

フサフサ、ゴワゴワした毛をお尻の下に敷いて、黒々とした角に掴まって行く。黒神が立ち上がると、目眩がするほどの高さだ。しかし、上に乗っている私たちを気遣ってか、黒神はそろりそろりと慎重に歩いてくれるので、それほど揺れは気にならなかった。

当たり前だが、そんな私たちの姿は普通の人間には見えない。

眼下に民家や車が走っているのを見下ろしながら行くのは、なかなかに気分がよかった。

「うわあ。モジャモジャだ～！　黒猫ってば。すごいよ、泳いでるみたいだ！」

「駄犬、うるさいわよ。仔犬じゃあるまいし、少しくらい黙ってなさい！」

「こら、ふたりとも！　喧嘩をするな……！」

クロは楽しくて仕方がないらしい。黒神の髪の毛を全身に巻き付けて大笑いしている。それに苛立ったにゃあさんが鋭い爪を見せるものだから、万が一にでも黒神を傷つけたらいけないと水明が慌てて止めに入る。しかし、焦っているのは水明ばかりで、黒神は擽ったそうに笑うくらいで怒る気配がまるでない。

「あの、とても意外でした」

「なにがだい？」

「実は私、今日まであなたの伝説を調べてきたんですよ。秋田側に伝わっているものも含めて色々！　そのどれを見ても、黒神は怒りやすい神様のように感じたので」

民話や伝説は、場所によって話の流れや設定が変わることがままある。語り部の立ち位置に因るのだろうが、かの神が関わる伝説では、必ずと言って黒神は粗野で短慮、力に頼る神であると伝えられていた。武力の黒神、芸能の赤神という対比を見せるための設定だろうが、黒神が思慮深かったり、心優しい神であるというものはなかったのだ。

「だから、すごく驚いてます。とっても穏やかで話しやすくて」

するると、黒神は肩を揺らして楽しげに笑った。

「ああ、確かにそうだねえ。僕は伝説上では暴れん坊だものね。そんな神の相手をしなくちゃならないと思ってきたのなら、きっと緊張しただろうね。大変だったろう。神というものは理不尽で身勝手極まりないものだ。あまり近づきたいものではないし」

自分のことであるはずなのに、まるで他人事のように語った黒神は、車を踏み潰さないようにそっと国道を跨ぐと、突然、こんなことを私に訊いてきた。

「そうだ、太宰治という作家だが、君にとって彼はどんな人間だい？」

「……私にとって、ですか？」

「そうだよ。あ、まさか君は太宰と知り合いで、彼の人となりを知っているなんて言わないだろうね？」

「それはありません！　随分前に亡くなった作家さんですから」

私はううん、と少しだけ考えると、慎重に言葉を選びながら言った。

「会ったことのない人……それも有名人を語ることは、すごく難しいですよね。どうしても、その人が持つ逸話や……作家であれば作品のフィルターを通して見てしまう。実際に会うことができない以上、私がどう言葉を取り繕おうとも、それは想像の域を出ません。その部分は神様と同じかも知れませんね」

そして、太宰治という人物は特に難しいとも思う。

彼は強烈な作品をいくつか発表しているが、中でも『人間失格《にんげんしっかく》』は際立って印象的だ。

青森の良家に生まれた主人公。恵まれた環境にいたはずなのに、彼は話が進むにつれて、まるで坂を転げ落ちていくかのように、悲惨な人生を送ることになる。

生々しく描かれる葛藤、内情は、読者を否応なく引きずり込む。読後に感じる名状しがたい浮遊感や、見てはいけないものを垣間見たような罪悪感。それと少しばかりの興奮。

太宰の文章はいとも簡単に読者の心に入り込み、酩酊感を与えてくれる。

そして『人間失格』には、太宰治自身の経験を元にしたと思われる描写が含まれている。人によっては、この作品を「私小説」……近代小説によく見られた、作者自身の経験をそのまま書かれた作品だと思っている人もいるが、『人間失格』には虚構が多分に含まれているので、決して「私小説」とは言えない。しかし、虚構と現実が絶妙に混じり合ったこの作品は、読者にどうしてもこういう印象を与えるのだ。

太宰治は〝人間失格〟であった、と。

「太宰にあまり思い入れのない人は、きっと彼はろくでもない人間だったと評するんだと思います。まあ、実際に入水自殺を何度もしたり、薬に溺れたり、愛人を作ったりしたわけで、作家としてはともかく、人としてあまり尊敬できない生き方をしていたんですが」

するると、黒神が足を止めた。

「………愛人？　その作家は、妻の他に女を作ったのかい？」

「……っ！」

──まずった、かも。

その瞬間、全身から汗が噴き出してきた。

すっかり失念していた。黒神は愛する女神を赤神に奪われたことを根源としている。

そんな相手に、浮気を繰り返していた太宰がどう映るのか……考えるだに恐ろしい！

「あの……その。えっとですね……」

思わず口籠もるが、私の心配を余所《よそ》に、黒神はその話題に特に関心を示さなかった。

「馬鹿なことをするものだね。人間の男って皆そうなのかな。──それで？」

──どういうことだろう？

混乱して二の句が継げないでいると「どうしたんだい？」と黒神が首を傾げた。

「あっ……いいえ。なんでもありません。ええとですね、太宰はかなり外れた生き方をしていた人物であることは間違いありません。それを理解できない人からすれば、批判的に受け止められても仕方がないかも知れませんね。でも私は、この『津軽』に描かれている太宰がすごく好きで」

『人間失格』とは違い、『津軽』は限りなく「私小説」に近い作品だろう。

執筆依頼を受けた太宰は、ひとり青森を訪れ、自身とゆかりのある地を巡っていく。そこに含まれる〝虚構〟は然程多くない。発表当時、読者にこの作品は「紀行文」であると受け入れられていただろう。私がそう言わないのは、後々の研究で作られた部分が明らかになっているからだ。それを踏まえたとしても、『津軽』に登場する〝私〟は、太宰本人に限りなく近い人物像を持っているのではないかと考えている。

それは『津軽』を読めば一目瞭然だ。

『津軽』が発表された当時の日本は戦時下。東京などは食糧事情がよろしくなく、田舎へ押しかけて食事を集《たか》る者もいたらしい。そんな彼らを揶揄して太宰はこう語る。

『私は津軽へ、食べものをあさりに来たのではない。姿こそ、むらさき色の乞食にも似てゐるが、私は真理と愛情の乞食だ、白米の乞食ではない！』

武士は食わねど高楊枝《たかようじ》という姿勢を『馬鹿々々しい痩せ我慢の姿を滑稽に思ひながらも愛してゐるのである』と綴る太宰はとんでもなくユーモラスで、少し見栄っ張りだ。どうしても素直になれない部分が滲み出ていて好ましい。

「行く先々でなにはともあれお酒を飲もうとするところとか、素朴な津軽の人たちと、どうしても斜に構えた考えをしてしまう太宰の対比が面白いんですよね。都会人らしい気障《きざ》っぽさもありながら、根っこの部分には田舎生まれらしい素朴さが生きている。母親だと思っていた人との三十年振りの再会のシーンは、じんと沁みて。初めて読んだ時は、泣いてしまいました。『津軽』には飾らない太宰の姿が描かれているように思えます」

内容を思い出すだけで胸が熱くなる。私は笑みを浮かべて続けた。

「私にとっての太宰はそういう人です。当時の時代背景を鑑みると、自由に旅行なんてできなかったでしょうから、読者を楽しませようとする意図が『津軽』からは感じられて、作家としても優れた人だったのだなと思います」

ここまで一気に話し終えると、私はふうとひとつ息を吐いた。

そして途端に不安に見舞われる。先述した通り、太宰を語るのはとても難しいのだ。胸の内にはもっといろんなものが渦巻いているのだが、どうにも筆舌に尽くしがたい。

――少しでも伝わっていたらいいんだけど。

ちらりと黒神の様子を窺う。無言のまま私の話に耳を傾けていたかの神は「そうか」とひとつ言葉を零すと、ぽつんと独り言のように言った。

「大勢が思う太宰と、君が思う太宰は違っているのだね」

そして愉快そうに肩を揺らした。ぐらぐらと体が揺れて、必死に角にしがみつく。「ごめんごめん」と笑いを引っ込めた黒神は、とても機嫌がよさそうだ。

「非常に興味深いね。もっとその作家の話を聞かせてくれ」

「……！　もちろんです！」

――やった！

顔がニヤける。胸が心地よく高鳴り、幸せな気持ちでいっぱいになる。

自分が好きなものを誰かと共有できる楽しさ。

これもまた読書の楽しみだ。久々の感覚に、目もとが熱くなる。

ああ、次はなにを話そうか。すると、小高い山が視界に入った。天辺には石碑と——先行して準備をお願いしていた唐糸御前の姿がある。

そこはJR蟹田《かにた》駅よりほど近いところにある観瀾山《かんらんざん》だ。『津軽』の作中で太宰が花見に行った場所で、当時と比べるとあまり桜は残っておらず、松の木が目立つ。眼下に広がっているのは陸奥湾《むつわん》だ。晴れていれば、遠く下北半島《しもきたはんとう》を望むことができる。

海からの強い潮風が吹き付けるそこには、太宰の文学碑があった。『かれは、人を喜ばせるのが、なによりも好きであった！』という『正義《せいぎ》と微笑《びしょう》』の一節が彫られた石碑は、太宰の友人が陣頭指揮を執って設置したものだ。

「黒神！　まずはあそこへ行きましょう。青森の地酒に、太宰が食べたお弁当を再現したものを用意してあります。今の時期、トゲクリガニは絶品ですよ！」

「おお、おお。そうだね。それは楽しみだな」

「もちろん、太宰の話もしますよ。蟹田のことを褒めた後『いっぱい褒めたから悪口を言っても許される』とか言って貶《けな》しまくった話とか、宴席でうっかり先輩作家の悪口を零して、空気を悪くしたエピソードとかもありますし」

「なんだ、急にどうしたんだその太宰治とやらは」

「フフフ。面白い逸話がたくさんある人なんです。私の推し作家の話、とことん付き合ってもらいますからね……！」

「ちょっと不安になってきたな？」

黒神と笑い合いながら観瀾山へ向かう。待ち構えていた唐糸御前に手を振りながら、このひとときが少しでもかの神の慰めになればいいのだけれど、と心の中で願った。

＊　＊　＊

まるで竜飛で暴風に曝されたのが嘘だったかのように、空はからりと晴れている。茜色に染まった空は遠くから徐々にすみれ色に侵食されつつあった。頬を撫でる優しい風は冷気を伴っていて、徐々に夜の気配を感じさせている。

「うわあ、うわあ！　太宰って本当に芥川龍之介《あくたがわりゅうのすけ》が好きだったんだね」

「そうなの。落書きした似顔絵とか、ひたすら名前を書き続けてるページが残ってる」

「そんなものが衆目に曝されるなんて、文豪って存在が悲劇みたいなものだな」

観瀾山を始め、太宰に因んだ場所を回った私たちは、最後に五所川原《ごしょがわら》市金木《かなぎ》にある斜陽《しゃよう》館《かん》を訪れていた。斜陽館はかつての太宰の生家で、赤い瓦屋根の、和洋折衷、入母屋《いりもや》造りの建物だ。米倉に至るまで青森ひばを使用した、重厚感はありつつもどこかモダンな造りをしていて、明治時代の匂いを今も感じさせてくれる。

といっても、巨大な黒神と一緒に館内に入るわけにもいかない。

私たちは、黒神に人間に見えないように術をかけてもらうと、斜陽館の屋根の上に並んで座って、夕陽を眺めながら太宰の話に花を咲かせていた。

「太宰にとっては、芥川龍之介は本当に憧れの人だったんだよね。その人の名を冠する賞が欲しい気持ち、わかるなあ……」

しみじみ言うと、話を聞いていた皆も頷いてくれた。

どうも、私が黒神に太宰のことを話しているのを聞いているうちに、彼らまで興味を持ってくれたようだ。クロなんかは、帰ったらおすすめの本を読むと意気込んでいる。本に興味がないと言っていた唐糸御前は、「影響されやすいですわね」と、呆れ気味だ。

「ああ！　今日は楽しかったな。悲しかった気持ちがどこかへ行ってしまったようだよ」

黒神も今回の件は満足してくれたようだ。

晴れ晴れとした表情は、出会った時と比べるまでもない。

「それはよかったです！」

「夏織、やったね！　これって任務成功って言えるんじゃないかなあ」

「そう言っていいでしょう。この晴れ渡った空をご覧なさいな。黒神の荒ぶる心は鎮まったようです。流石は東雲の娘、わたくしが見込んだ通りですわ」

「えへへ……。ありがとうございます」

目に染みるような真っ赤な夕陽を眺めながら、笑みを零す。

……が、どうにも気持ちが晴れずにすぐに真顔になった。

目的を達成できた安堵感と同時に、曇天のようにはっきりしない感情が渦巻いている。

「……夏織？　どうかしたのか」

するとと、水明が声をかけてきた。すぐに私の変調に気が付いてくれたことを嬉しく思いながら、おずおずと黒神を見上げる。

「なにか聞きたいことでもあるのかい？　今日という日に知り合ったのもなにかの縁だ。遠慮なく訊ねてくれて構わない」

「そ、そうですか？　でも……」

――これを言ったら、機嫌を損ねてしまうかも知れないな。

そんな予感がして、言い淀む。

実は、黒神と半日ほど一緒に過ごしてみて、どうにも腑に落ちない部分があった。

知り合って間もない相手なのだから、まだまだ私の知らない一面を持っているのは理解できる。しかし、この部分に関しては、絶対に認識とズレるはずがない。なにせそれは、かの神を語る伝説の大前提となるものだったからだ。

――なのに、そこに強烈な違和感を感じている。

勘違いかも知れない。そもそも、私なんかが踏み込んでいい話題なのかも判断つかない。しかし、このことをはっきりさせておかないと、黒神はこれからも悲しみ続けるのではないかという、根拠のない確信があった。このまま放って置けば、黒神はまた心が潰れそうなほどに追い詰められ、暴風を巻き起こすのだろう。

――それは嫌だなあ。

知りもしなかった作家の話に、延々と付き合ってくれるような優しい神なのだ。

なんとか力になりたい。なってあげたい！　心からそう思う。

だから、私は不安な気持ちを押し隠して言った。

「あの、先に謝っておきます。差し出がましいことだとは、自分でも理解しているので」

こくりと唾を飲み込む。手がしっとりと濡れてきた。心臓が早鐘を打っている。

今、口から出かかっている台詞を聞いたらかの神はどんな反応をするだろう。考えるだに恐ろしい。でも――覚悟を決めて、黒神をまっすぐ見据えたまま訊ねた。

「黒神は……もう、十和田湖の女神のことを好きではないのですか？」

その瞬間、ひゅう、と頬を冷風が撫でていった。

ああ、たったひと言発しただけで、風の勢いが増した。背中に冷たいものが伝うのを感じながら、暁色の瞳をまん丸にして私を見つめている黒神に向けて、続けて言葉を放つ。

「太宰の人生を語るのに、決して外せないのが女性関係です。一緒に鎌倉《かまくら》で入水自殺を図った田部《たなべ》シメ子《こ》、内縁の妻であった小山初代《おやまはつよ》、正妻の石原美知子《いしはらみちこ》、愛人であった太田静子《おおたしずこ》、共に命を絶った山崎富栄《やまざきとみえ》。黒神は女神を他の神に奪われてしまったんですよね？　だから、そこの部分を話す時は少しばかり緊張しました。でも……」

風に煽られたかの神の黒髪の毛が、ふわりふわりと宙に遊ぶ。その瞳にはなんの感情も浮かんでいないように見えた。しかし、風だけは徐々に強くなっていく。

「太宰の恋愛事情に関して、あなたはなにも感じていないようでした」

太宰を取り巻く女性関係を話した時、黒神がどう反応するかは正直わからなかった。憤慨され、すべてが台なしになる恐れもあったのだ。

『馬鹿なことをするものだね。人間の男って皆そうなのかな。——それで？』

なのに、黒神はすんなり聞き流してしまった。恋に破れて荒れ狂う神のはずなのに、まるで色恋沙汰には興味はないと言わんばかりに。

夕陽に染まっていた空が、徐々に雲で覆われていく。風が吹き上がり、私たちを中心に渦を巻いた。茜空は鈍色に染め変えられ、みるみるうちに昏くなっていく。

「だから、私はこう思いました。黒神は、もう十和田湖の女神を想って泣いていないのではないのではないか、と。もし本当に、別の理由なのであれば……私が力になれることもあるんじゃないかと考えたんです」

遠くで雷が鳴っている。雲はあっという間に厚さを増し、気が付けばかなり低い位置で垂れ込めていた。私は、風で巻き上げられた髪を手で押さえながら、けれども黒神の瞳から視線は絶対に逸らさずに言った。

「よかったら、私に話してくれませんか。今日一日、あなたは私の好きな作家の話をたくさん聞いてくれた。本当に嬉しかったんです。だから、あなたの力になりたい」

ひゅおう、と風が唸り始めた。斜陽館の窓がガタガタ揺れ、今にも割れそうな音を立てている。建物自体が細かく震え、高所にいるのだという現実に気づかされて恐怖が募る。きっと落ちたらひとたまりもないだろう。けれど逃げ出すわけにはいかない。

「ふむ」

すると黒神は、突然、こんな問いを私に投げかけた。

「ひとつ訊ねたい。君から見た僕は、どういう神だと思う？」

予想外の問いかけに面食らう。私は何度か目を瞬くと、少しだけ考えてから言った。

「とても……とても優しい神だと思います。その印象は、初めて会った時から変わりません。まるで凪《な》いだ海のようです。暁色の瞳は、どこか朝日に似ていて澄み切っている。居心地がよくて、もっと話をしたいと思えるくらいに」

嘘偽りない気持ちを口にする。同時に、それが彼の伝承から受ける印象とは真逆で肝が冷えた。お前になにがわかると、怒鳴られても仕方がないと思ったからだ。

しかし、その予想は簡単に裏切られた。

ふわりと暖かい潮風が頬を撫でていく。金木は津軽半島のほぼ中央にあり、決して海が近いわけではない。どうして潮の匂いがと不思議に思っていると、天から一筋の光が降り注いできた。驚きのあまり天を見上げると——まるで台風の目のように、私たちの上空だけぽっかりと雲に穴が空いている。そこから茜色の夕陽が漏れているのだ。

「……ふ、ふはっ……」

ゆっくりと視線を下ろすと、そこには必死に笑いを堪えている黒神の姿があった。

かの神は、瞳に堪った涙を指で拭うと、その大きな手を伸ばし——指先で、まるで壊れやすいものを愛でるかのように、そっと私の頬を撫でた。

「それが君から見た僕か。……いいね、すごくいい。君は、伝説に因らない本当の僕を見てくれるのか」

　ニッコリと黒神が笑む。

「僕の話をしよう」

　すると、黒神がおもむろに口を開いた。

「君の言う通りだ。僕はもう随分前にあの女神のことは吹っ切れているんだよ。正直なところ、顔も忘れてしまったくらいだ」

「じゃあ、どうして……」

「嘆き続けているのか、かい？　そうだね、何故だろうね。この胸の中に渦巻く感情を説明するのは、すごく難しいんだ……」

　沈みゆく夕陽を眺め、黒神はどこかしんみりした口調で言った。

「そうだな。多分それは、僕が〝黒神〟だからだろうと思う。僕はなにをどうしたって、龍飛崎で嘆き続けるための存在なんだ」

　そして黒神は語り始めた。女神が去ってからの長い長い時間を。

　涙と葛藤と孤独に満ちた日々の記憶を。

「僕が女神に振られてからの数百年は、そりゃあもう荒れたものだよ。曖昧な態度を取って僕を散々焦らした挙げ句に、決闘に負けた神を選んだ女神を恨みもした。まんまと女神を手に入れた赤神を呪ったことすらある」

すると、黒神は小さく肩を竦めて続けた。

「でも、そんな感情もしばらくしたら枯れてしまった。一目惚れは熱しやすく冷めやすい。つまりはそういうことなんだろう。女神や赤神への恨みつらみが去った後に残ったのは、自分への苛立ち。どうすれば女神に選んでもらえたのだろう。自分のなにが悪かったのだろうっていう後悔の念さ」

黒神は、何年も何十年もかけてそのことについて考えたのだという。

そして、ある結論に至った。武力ばかりに頼って、相手の心に寄り添わなかったのがいけなかったのではないか、と。

「その日から、僕は自分を変えようと試みた。鳥の声に耳を傾けるようになったし、水平線の向こうに沈みゆく太陽の美しさを理解しようともした。魚たちのダンスに目を向けるようになった。赤神を見習って、口調も少しずつ矯正していったんだ。誰が聞いても、理知的なものになるようにね」

――ああ……だから、一番最初に黒神に会った時、赤神ではないかと思ったのか。

黒神の振る舞いは、かつて自分から大切なものを奪った相手を模していたのだ。

「結果、僕はこんなにも変わった。暴力で相手を従わせることもなくなり、自然を、世界を愛するようになった。自分を取り巻くすべてが愛おしくて、それさえあれば心は満たされていて。これでもう僕は失恋を嘆き続ける神なんかじゃない。悲しみも、いずれ薄れるだろうって――そう思っていたんだけどね」

びゅうと強い風が吹く。

ぽろり、黒神の暁色の瞳から、大きな水晶玉のような涙が零れる。

「でも……何年経とうとも、僕の涙が止まることはなかった。龍飛崎には常に風が吹き荒れて、穏やかな日なんて一年の内でそう多くない」

大粒の涙は、風に吹かれるとすぐに砕け散った。夕陽を反射しながら、風に流れていく涙に目が奪われる。

「そこでようやく気が付いたのさ。ああ、僕がどんなに変わろうとも、僕が〝黒神〟である以上は、ずっと嘆き続けないといけない。僕自身の心なんて関係ないんだって。僕は龍飛崎に風を呼び込む役目を持つ神。伝説で語られている通りに、いつまで経っても失恋に心を痛め続ける神なんだ」

神は、伝説に語られた姿からは変われない――つまりはこういうことらしい。

伝説がある限りは、無慈悲で残酷な神が、ある日突然、穏やかで恵みをもたらす神に成り代わることはない。人は神を伝え遺された物語で認識する。その認識がひっくり返ることなんて、そうそうあることではないからだ。

黒神自身だってこう言ったではないか。

『神というものは理不尽で身勝手極まりないものだ』

それだって、神につきまとうイメージ、つまり伝説のようなものだ。

人よりも上位の存在である神は、人間が考えつかないことを、予想もできないスケールで好き勝手やらかすのだと、誰かが考えたものが周知された結果だ。

　事実、私も神とはそういうものなのだと認識している。

　逆に言えば、自由奔放に思える神も、その印象からはみ出る行動はしない。夜万加加智だってそうだ。山の神である彼女は、伝説の通りに女性を〝嫌って〟いる。

「どんなに僕自身が変わっても、津軽海峡を作り出した神であるという事実からは逃げられない。〝今〟の僕は関係ないんだ。龍飛崎の神は、ため息で海峡を作り出し、涙を流しては風を吹かせる……そういうものと伝説に〝定められている〟んだから」

　それが悲しいんだ、と黒神は泣き笑いを浮かべた。

「悲しくもないのに、泣き続けるというのは精神的にくるものがあってね。定期的に感情を抑えきれなくなって、必要以上に風を吹かせてしまう。アハハ。僕という存在は、本当に迷惑極まりない。これも〝神〟らしいと言えるのかも知れないね」

『そうだ、ついでと言ってはなんだが、僕のことも知っておくれよ。伝説に因らない、ありのままの僕を。ねえ、いいだろう？』

『大勢が思う太宰と、君が思う太宰とは違っているのだね』

　黒神は伝説上の自分と、現実の自分の差違、そして神であることに悩んでいた。

　思い返してみれば、かの神の言葉の端々に想いや感情が滲んでいるのがわかる。

　——ああ。この苦しそうな神様を助けてあげたい。一体どうすれば……？

　私は、悲しげに瞼を伏せてしまった黒神に、重ねて訊ねた。

「ひとつ訊かせてください。どうしてあなたは龍飛崎に居続けているんです？」

「…………居続ける？」

「今日、あなたは私たちといろんな場所に行きました。別に、あなたそのものは龍飛崎に縛られているわけじゃない。どこにでも行けるのに、ここから動かないのには理由があるんじゃないですか。心をすり減らしてまで、龍飛崎に留まっているのは何故ですか？」

その瞬間、また黒神の瞳に涙が滲んだ。なにかを堪えるように眉を寄せると、僅かに唇を震わせて……ぽつりと呟く。

「鳥が……」

「鳥？」

「鳥が、僕の起こした風に乗って海を渡るんだ」

初めは気が付かなかったのだ、と黒神は語る。

龍飛崎が、渡り鳥の観察に適した場所であることは、愛鳥家の間では有名な話だ。本州から北海道、逆に北海道から本州へ渡る鳥たち。特に今の時期は、春の渡りで多くの鳥が行き来する。同時に、それを狙った猛禽類も寄ってくるので、龍飛崎の上空は行き交う鳥たちでとても賑やかだ。

「そんなつもりはなかった。僕が激情に駆られて自分勝手に巻き起こした風だよ？　まさか、それを利用するものが現れるなんて、誰が予想するって言うんだい」

黒神の感情の昂ぶりが起こした現象は、いつの間にやら小さな命を運び、それを目当てに集まってくる人々の笑顔を誘った。

「仕舞いには、風力発電までできちゃったんだ。びっくりだよ。ハハ……僕の風がいろんなものの営みに組み込まれてしまった。……ああ、生き物って本当に強《したた》かだねえ」

だから、どんなに苦しくても、どんなに嘆き続けなければいけないことに絶望したとしても、龍飛崎にいるのだと黒神は語った。

「僕の風はみんなに必要とされている。だから、ここを動けない」

──ああ、やっぱりこの神様はどこまでも優しい。

胸の辺りがじんわりと温かくなる。同時に、目の前にチカチカと火花が散ったような感覚がして、まるでパズルのピースが嵌まったかのように、脳内にあるアイディアが浮かんだ。これならば──伝説に縛られている黒神を解放できるかも知れない！

「黒神！」

私は高鳴る胸に背を押されるように勢いよく立ち上がると、パッと両手を広げる。

かの神は、ポロポロ涙を零しながらも、私を呆然と見つめていた。

「ちょっとこっちに顔を寄せてくれますか！」

「ええ……？　なんだい？」

「いいですから。ほら、私が屋根から落っこちちゃう前に早く！」

「………？」

小首を傾げた黒神は、そろそろと顔を近づけてきた。

私はニッと歯を見せて笑うと、その大きな鼻に抱きつく。

ぎゅう、と力一杯抱きしめてやれば、黒神はパチパチと目を瞬かせた。

「黒神ってとってもえらい！」

「はっ？」

更には、続いた私の言葉に面食らったらしい。ポカンと口を開けて固まる。

そんなかの神には構わずに、私は続けた。

「あなたって本当にすごい神様ですね。苦しいのに、ずっとずっと……誰かのために頑張ってきた。こんなにも自分を犠牲にしている神様を、私は他に知りません。私が言うことではないかも知れませんが、心からのお礼を！」

「……お礼……」

「あなたの嘆きに、人間を含めた多くの生き物が助けられています。本当にありがとう」

ぎゅう、ともう一度腕に力を籠める。

そして私は、黒神の鼻から体を離すと、暁色の瞳をまっすぐ見つめて言った。

「私、いいこと思いつきました！　よかったら、伝説の続きを作りませんか！」

「続き？　一体、なんの伝説の？」

「もちろん、あなたのです！　いいですか、黒神の伝説の最後に、こういう風に話を繋げるんです……」

私は身振り手振りを交えて話し始めた。

「津軽海峡を作った黒神は、長い時間を経て変わって行きました。心優しく、思慮深い神様に。彼は鳥たちがやってくると、手助けをするために風を呼び込みます。鳥たちは神様のことが大好きで、津軽海峡を渡る前に、お礼に素敵な歌をプレゼントするんです……」

それは、ひたすら悲しみに暮れるだけではない、心穏やかに過ごす「黒神」の伝説だ。

「ご存知ですか。伝説って決して不変のものではありません。言い伝えだって、民話だって……語る者が変わったり、時代が流れれば、その内容が変化していくものなんです。口伝が中心だった時代なんて、混沌としたものですよ。伝え残す媒体が増えた現代だと、時間がかかるかも知れませんが、私は伝説を変えてみせます！　私だけじゃない、あやかしのみんなにお願いして、私の死後もずっと語り続けるんです！　そうしたら！」

「僕は嘆き続けなくてもすむ……？」

「そうです！」

私は破顔一笑すると、拳を硬く握って続けた。

「どうか私たちにお任せください。すぐにとは言えませんが、いつかきっと。あやかしたちは寿命も長いです。長期計画を立てて、確実に進めていきましょう。どうですか！」

興奮気味な私に、黒神はしばらく黙り込んでいたかと思うと、おもむろに口を開いた。

「……どうしてそんなことまでしてくれるんだい？　僕たちは出会ったばかりだ」

黒神の意外な返答に、私は一瞬だけ口を閉ざすと、すぐに笑みを浮かべた。

「そんなの。黒神が大好きになったからに決まっているじゃないですか！」

「…………！」

その瞬間、黒神を中心に、息をするのも難しいほどの風が辺りに吹き荒れた。

ガタガタと窓が揺れる音や、なにかが転がる音がして世界が様々な音で溢れる。風は、上空に垂れ込めていた雲を吹き飛ばしてしまった。夕暮れに染まった真っ赤な空が顔を現し、薄暗くなっていた世界を茜色に染め変えていく。風が通り過ぎていくと、途端に世界が静まりかえった。どこから来たのだろう。巻き上げられた桜の花びらが、はらりはらりとまるで雨のように降り注ぎ、私の視界を彩った。

「あ……」

怒らせてしまったかと、少しだけひやりとする。

けれども、それは杞憂であったとすぐに知れた。何故ならば——。

「本当に東雲の言う通りだな。君は本当に可愛らしくて、愛らしい」

目の前の神様が、暁色の瞳に綺麗な夕陽を映して、とてもとても素敵に笑っていたから。

「ぜひともよろしく頼むよ。君の言う、穏やかな神になれる日を心待ちにしている」

ぽろり、その時流れた黒神の涙は、今までとは違い、まるで宝石のようにキラキラ輝いていた。

＊　＊　＊

「……正直、ヒヤヒヤして心臓が潰れるかと思った」

「オイラも……」

「何回か夏織を連れて逃げようかと思ったわ」

「あら、わたくしは夏織さんならやってくれると信じてましたわよ？」

すべてを終え、幽世への帰り道。私たちは見送りに来てくれた唐糸御前と談笑していた。

「ごめんね。心配させちゃったね」

私の言葉に、ひとりと二匹は、それぞれ疲れ切ったように遠くを見つめた。

「お前がひとりで突っ走るのはいつものことだからな……」

「そうよ。もうとっくの昔に諦めたわ」

「流石のオイラも、無鉄砲すぎるなって呆れちゃったよ！」

「ちょ、ちょっと！　好き勝手言い過ぎじゃない!?」

思わず抗議の声を上げると、みんなに笑われてしまった。

「なにはともあれ、上手く収まったようでよかったですわね。これで、しばらくは黒神も心安らかにいられるでしょう。わたくしの仕事も捗《はかど》るでしょうし、大変結構ですわ」

唐糸御前は私の手を握ると、穏やかな笑みを浮かべて言った。

「変えられないものを変えようとする。その手腕、見事でしたわ。ああそうだ。今週末、お時間あるかしら？」

「……？　特に用事はありませんけど……。なにかご用でしょうか？」

すると唐糸御前はにんまりと目を細めて、どこか楽しげに言った。

「あの黒神の心を救った案……あの発想に至れたのは、恐らくあなたがたくさん本を読んできたからだと思ったのです。俄然、興味が湧いてきましたわ。わたくしも本を読みたくなってしまったの！　いくつか見繕って頂きたいのよ。如何《いかが》かしら」

「ほ、本に興味がなかったんじゃ……!?」

「わたくしもあなたに変えられてしまったのよ。駄目かしら……？」

――こ、これは。上手くいったら読書友だちが増えそうな予感!!

なんとも嬉しい言葉に、勢いよく首を縦に振った。

「駄目なんかじゃないです！」

ぎゅう、と力一杯唐糸御前の手を握る。

「読んでもらいたい本がたくさんあります。きっと大好きな一冊が見つかりますよ。幽世の貸本屋で、お越しになるのをお待ちしております！」

私の頬を優しい潮風が撫でていく。春の津軽半島を渡る風はどこまでも暖かい。風はそのまま天高く登っていくと、穏やかな花曇りの空に溶けていったのだった。

幕間　瞬間、交錯する

ゆらり、ふわり。

燐光を零しながら、幽玄の世界に棲まう蝶が宙に遊んでいる。

蝶守《ちょうも》りの籠から逃げ出した幻光蝶は、ようやく得られた自由を満喫するかのように、気ままに常夜の世界を飛び回る。

陽光を知らない世界は、今日も停滞し続ける闇の底に沈んでいた。

天空を彩る星明かりも、有象無象が犇《ひし》めく路地裏までは届かない。

キチ、ギシと軋んだ音を立てて、道端の泥水を啜っていた名もなきあやかしは、蝶の放つ黄みがかった明かりから逃げるように去って行った。

ふと、幽世を涼やかな風が渡る。さわさわと庭木を鳴らしたそよ風に乗って、蝶は更に舞い上がった。眼下に広がるのは、幽世の町並みだ。

春の幽世の町。時代がかった木造建築が建ち並ぶ往来は賑わっている。

調子のいい声を上げている棒手振りは豆腐小僧。金魚売りは品定めしている小鬼に辛抱強く付き合い、つるべ落としが営む夜鳴き蕎麦《そば》も多くの客で繁盛している。

梅雨の粘つくような湿気に覆われるには些《いささ》か気が早い。

なんとも穏やかな春の日であった。

冬の厳しさに疲れたあやかしたちを慰めるような優しい気候の中、空中散歩を楽しんでいた幻光蝶はゆっくりと町の中に舞い降りる。楽しげなあやかしたちを掠めるように飛んでいると——突然、伸びてきた手にぐしゃりと握りつぶされてしまった。

「…………」

無残にも粉々になった蝶が地面に落ちていく。

手の主は狐面を被った男だ。糸のような目を引いた、どこかハレの日を思わせる白い狐の面である。しかし、男の纏う空気は決してよき日を祝うには相応しくない。

身を包む英国調のスリーピースのスーツは、どこか紳士然とした雰囲気を醸し出しているが、狐面から漏れ出る鋭い眼光がすべてを台なしにしていた。

そこにあるのは、他者を断ち切らんと己を研ぎ澄ませ続けている、抜き身の刀のような殺意。体の芯から冷え切ってしまいそうなそれを辺り構わず放っている姿は、明らかに尋常ではない。誰もが男を避けて通るために、蝶入りのガス灯の明かりが柔らかく注ぐその部分だけが、往来の流れの中でぽっかりと不自然に浮いている。

男の隣には、いやに丁寧な口調で話す青年の姿があった。

「大変楽な仕事でした。同じ土蜘蛛の皮を被って近づいたら、少しも警戒しないんですから。間抜け面の蜘蛛の真ん前を横切り、生まれたての子を数匹拝借して。あの慌てようったら……ああ！　思い出すだけで愉快ですね。しばらくは笑いのネタに困らなそうです」

上品な笑みを浮かべた青年は、男とは違い、如何にも今風な恰好をしていた。襦袢《じゅばん》の代わりにパーカーを着て、その上に濃紺の紬《つむぎ》の着流し。半幅帯はベルトで固定されていて、中折れ帽を斜めに被ったその姿は洒落ている。女性かと見紛うばかりに線の細い顔を赤らめた青年は、傍らに立つ男に熱の籠もった眼差しを向けた。

「えらいでしょう。僕、頑張ったんですよ。ご主人様のお役に立てたと思うのですが」

帽子を取った青年は、撫でろと言わんばかりに赤いメッシュの入った頭を差し出す。

「……ああ。よくやったぞ、赤斑《あかまだら》」

男性は革手袋を嵌めた手で、おざなりに青年の頭を撫でてやった。

青年の顔が歓喜に染まり、並みの女性であれば見蕩れてしまうほどの色気が滲む。

「ああ……！　よかった。ご主人様が望むものなら、なんでもご用意いたします。さあ、次はなにをしましょうか。どうぞなんなりとお申し付けください」

その時、往来に一際賑やかな声が響いた。

「うっわ、金目ぇ！　急げって！　ぬらりひょんに怒られる！」

「そんなに焦んなくても。夏織にいいとこ見せたくて必死なんだ？」

「なっ……！　馬鹿なこと言ってないで、行くぞ！」

「アッハハ。顔、真っ赤じゃん。わかりやすいなあ」

それは鳥天狗の双子、金目銀目だ。彼らはあやかしたちで混み合う往来を縫うように駆け抜けながら、傍から見ても仲よさげにじゃれ合っている。

「…………」

男は、そんな双子の様子を狐面越しにじっと見つめていた。

「もう！　金目のバーカ！　俺、先に行くからな！」

顔を真っ赤にした銀目が走り出す。

金目は小さく肩を竦めると――すれ違いざまに、狐面の男へ冷淡な視線を向けた。

「…………」

どうやら、金目は自分たちに注がれる視線に気が付いていたらしい。

一瞬だけ男を睨みつけたかと思うと、すぐさま小走りで銀目の後を追った。

「……面白いものを見つけた」

「なるほど。了解いたしました。この従順なるしもべにお任せください」

男の言葉を受けた赤斑は、熟れた石榴《ざくろ》のような色を持つ瞳を細めて嗤《わら》うと、そのまま双子の後を追って雑踏に消えた。

男は、おもむろに胸もとから銀色のスキットルを取り出した。仮面をずらして口に運ぶ。

その時、ぺろりと口端を舐め取った舌は、まるで腐りかけた臓物のように、やたらどす黒い赤色をしていた。

閑話　切り取られた世界で僕たちは

烏天狗の双子の金目銀目は、捨てられた子だ。

別段、彼らに問題があったわけではない。

元々普通の烏であった彼らは、他の烏の雛と比べても遜色ないほど健康であったし、巣が蛇などの外敵に襲われたというわけでもなかった。

双子が生まれた年は天候も穏やかで、餌となる木の実や虫も豊富であった。

そのままいけば、双子は極々普通の烏として生涯を終えたはずだ。

なのに――ある日突然、母烏は巣に寄りつかなくなってしまった。

重ねて言うが、金目銀目にはなんら問題はない。

捨てられた理由はわからない。母烏は、空腹でぴぃぴぃ鳴く双子を、やや遠巻きに見つめるだけで、餌を用意することを止め、数日後には姿すら見せなくなった。

あれはまるで子育てを諦めてしまったようだったと、後に金目は語った。

こうして……生まれて間もない、己で糧を得ることもできない烏の双子は、ガラクタや木の枝で作られた、恐ろしく狭い巣の中に取り残されたのである。

彼らにできることは、ただひとつ。

来るはずもない母を待ち焦がれ、声が枯れ果てるまで鳴き続けることだ。

その時のことを、夏織が双子に訊ねたことがある。それに彼らはこう答えた。

『絶対に母ちゃんは帰ってくる。俺はそう信じて鳴くしかなかった。だって、死ぬわけにはいかないだろ？　俺はもっともっと生きたかった！』

『もう二度と母は帰ってこない。それをわかっていながら、僕は鳴くことしかできなかったんだ。もう死んでもいいかなって思ったよ。でも銀目が鳴くから、仕方なくね』

胸中に抱いていた感情はどうあれ、ふたりは懸命に母を呼び続けた。

昼夜問わず、声が嗄《か》れようとも必死に鳴き続ける。

しかし、母鳥が現れることはなく、とうとう声を出すことすら叶わなくなるほど衰弱した頃。一晩中吹き荒れた嵐に煽られ、樹上の巣が落ちてしまった。

巣の中で身を寄せ合ったふたりは、ついに死を覚悟する。

少し前まで巣があった木を見上げ、丸く切り取られた視界の外から、己の命を刈り取るものが顔を現すのを想像して、カタカタと震えていたのだという。

だが、彼らの運命はそこで終わりではなかった。

地面に落ちた巣の中を覗き込んだのは、腹を空かせた肉食獣でも天敵である蛇でもなく。

『わあ……！　鳥さんだ！　にゃあさん、鳥さんの赤ちゃんがいる！』

ふくふくしたほっぺたを林檎のように真っ赤に染めた、まだ幼い少女であったのだ。

それが彼らにとっての運命の転換点。

少女に保護された双子は、鞍馬山僧正坊《そうじょうぼう》に預けられて烏天狗へと変じたのだった。

ふたりは同じ母から生まれ、同じ状況で育ち、同じ危機を経て、同じあやかしへ成った。

双子の辿ってきた道は、当たり前だが寸分違《たが》わず同じである。

だが、それによって得た双子の特性はあまりにも違った。

「せっかく夏織に助けてもらった命だ。みんなの役に立てるように、俺は精一杯頑張るからな！　母ちゃんに捨てられたのは悲しいけど、前を向いて生きなくちゃ！」

辛い過去を糧に、それでも笑顔でいる銀目。

「余計なことを、ってのが正直なところだね～。別にあそこで死んでもよかったんだ。銀目と一緒に死ねるならね。ああ、つまんないな。面白いことないかな」

笑顔の仮面を被り、狭い世界に閉じ籠もり続ける金目。

まるで鏡合わせであるように正反対に育ったふたり。

これは、そんな双子の物語だ。

＊　＊　＊

――ああ。似ているな。とても似ている。

現し世の春はいやに優しい。

暖かな空気は眠りを誘うし、頬を撫でる風は幽世のように黴《かび》臭くない。

天から零れる雨は白糸のようで、穏やかに世界を潤している。その光景は、暗がりに慣れた目にはやけに染みる。金目は垂れ目がちな瞳を眇め、なにか酸っぱいものを口に含んだような顔になってそれを見上げた。

そこにあったのは、極々普通の木である。言うなれば広葉樹。常緑樹ではないことは確かだが、具体的になんの種類かと問われると、困ってしまうくらいにはありふれた木。

ひとつ特徴を挙げるとするならば、幹から張り出した太い枝が、かつて双子の巣があった木にどこか似ていることくらいだ。

——ああ、目にするのも嫌だ。いっそ切ってやろうか。うん、それがいい……。

「おおい、金目！」

金目の思考が物騒な結論に至ろうとした瞬間、能天気な……いや、底抜けに明るい声が響いた。双子の片割れ、銀目である。

やや吊り上がった銀の瞳を持った銀目は、金目そっくりな顔に、いつの間にやら細かい傷をたくさんこしらえて、軽やかな足取りで近づいてきた。濡れ羽色の髪には、蜘蛛の巣やら葉っぱがたくさん絡みついていて、全身雨で濡れそぼっている。

「うわあ、どうしたの。その恰好」

「ワハハ！　飛んでたら目に雨が入ってよ。近くにあった木の枝に突っ込んじまった」

「雨の日に飛ぶからだよ。馬鹿だなあ……」

金目は銀目の髪についた葉を取ってやると、くすりと笑みを零した。

照れ笑いを浮かべた銀目は、手ぬぐいで顔を拭ってくれている片割れに訊ねる。

「なあなあ、例のもの見つけたか？　俺の方はさっぱりだ」

「僕を誰だと思っているの？　もう見つけてるに決まってる」

にこりと笑みを浮かべた金目に、銀目は「流石だな！」と嬉しそうにはにかんだ。

「俺と違って金目は頭がいいからなあ」

「銀目だって真面目に勉強すればそこそこ行けるでしょ。真面目にやる気がないだけで」

「ひい。金目は辛辣だな。それで、どこにあった？」

「あそこ」

金目が指さした先は、木の根もとだった。

ぼうぼうと下草が生えている中に、バスケットボールほどの大きさのものが蹲っている。

雨に濡れた緑が一層映える中、それが持つどす黒い赤色は周囲から浮いて見えた。

銀目はそろりそろりとそれに近づくと「ああ」と憂いを滲ませる。

「やっぱ現し世に連れ去られてたんだな。可哀想に」

そこにあったのは、あやかしの子どもの遺骸だった。人と蜘蛛が混じり合ったような格好をしていて、腹から内臓を零して絶命している。まだふっくらとした頬は土と血で汚れており、死の間際はかなりの恐怖に曝されたのであろうことが窺えた。

金目と銀目の双子が、現し世のこんな山奥を訪れたのは、ぬらりひょんに依頼されたためである。最近、幽世の町に流れている不穏な噂を確かめてきて欲しいと言われたのだ。

——人間があやかしの子どもを攫っている。

ことの発端は、一ヶ月ほど前に土蜘蛛の子どもが攫われた事件だ。あやかしの中でもかなり好戦的な部類である土蜘蛛は、どこかと揉めているのが常で、彼らが「報復だ！」と意気込んでいるのはさほど珍しくはないのだが、この頃は特に殺気立っていた。

なにせ、厳重に隠されている彼らの里に人間が侵入し、長《おさ》の子を連れ去ったのだ。しかも犯人は、人間の臭いが染みついた衣服まで残したのだという。

「土蜘蛛だけじゃなく、あちこちで誘拐事件が起きてるらしいね。……うん、この子が攫われた子っぽい。邪魔になったから殺したのかな。やっぱり祓い屋の仕業？」

銀目の頭越しに遺骸を見つめる金目には、欠片も同情の色が浮かんでいない。金目にとってそれはただの肉塊であり、心を砕くほど価値のある相手ではなかったからだ。

「それはどうだろうな。ほら、見てみろよ」

銀目は白い歯を見せて笑うと、遺骸のある部分を指さした。

それはまだ幼さが残るあやかしの顔だ。土蜘蛛であるその子どもには瞳が八つあった。

「祓い屋が蜘蛛の目を持っていかないって、絶対にないと俺は思うんだよな！」

「ああ……確かにそうだねえ。蜘蛛の目なんて、呪術の触媒に最適だろうに。相手が祓い屋じゃない可能性か……。新しい知見だね。銀目、やるじゃん」

「へへ、褒めてくれてもいいんだぜ！」

自慢げに笑った弟に、金目は労りの意味を込めて頭を撫でてやった。

けれど、すぐに首を傾げた。遺骸の傍らにしゃがみ込んだ銀目が、どこか落ち着かない様子なのに気が付いたからだ。

「なあ、金目……」

銀目はほんのり頬を染めて金目を見上げると、どこか甘えるような声で言った。

「俺、腹減っちまった。コイツ食ってもいい？」

烏天狗である彼らは雑食だ。普通の食事も取りはするが、生き物の死骸も好んで食べる。腐肉などは、特に銀目の好物だ。どうやら遺骸が放つ香りに食欲が刺激されたらしい。

銀目は目をキラキラ輝かせて、許可が出るのをじっと待っている。

金目は、すぐにフッと表情を和らげて首を横に振った。

「駄目だよ。ぬらりひょんのところに持っていかなくちゃ」

「えええ……。別にいいだろお!?　死体を調べてもなにもわかんねえって。俺の腹に収まった方が、よっぽどコイツも報われるってもんだ」

「なら、終わった後に死体をもらえばいいでしょ」

「その頃には食べ頃じゃなくなってるよ～！　今、すっげえいい塩梅《あんばい》なのに」

ぷうと頬を膨らませた銀目に、金目はクスクス楽しげに笑っている。

「我が儘だなあ。あんまり駄々こねると、夏織に言いつけるよ」

「うっ……！」

「夏織の前では、人間っぽくあるように努めてるんでしょ？　殺された子どもを勝手に食べたって知られたら、どう思われるかなあ」

わざと煽るような言葉を選び、口にする。みるみるうちに青ざめていく片割れを面白く思いながら、その実、金目の胸中は複雑である。

「どうしよっか？　それ食べてく？」

確信を持って銀目に訊ねると、彼は首を横に振って勢いよく立ち上がった。

「仕方ねえから、帰るまで我慢する……」

「よくできました。そう言えば、あっちでアケビを見つけたんだ。行ってみる？」

「おお！　それはいいな！」

途端に表情を輝かせた銀目に、金目はニッコリ笑いかけると――同時に、茂みの向こうに鋭い視線を送った。

「ねえ、そろそろ出てきたら？　覗き見なんて、趣味が悪いんじゃない？」

「……！」

その瞬間、双子の様子を窺っていた何者かは、脱兎の如く逃げ出した。

「銀目っ！」

「おう。任せとけ！」

ここ最近、鞍馬山僧正坊との修行に熱中していた銀目は、成果を見せてやると言わんばかりに勢いよく飛び出した。金目は茂みの向こうにあっという間に消えてしまった片割れの姿を見送ると、じっと耳を澄ます。

数分後、銀目が茂みを掻き分けて戻ってきた。そこには、銀目の他に誰の姿もない。取り逃がしたのかと意外に思っていると、金目は堪らず首を捻った。

「……金目ぇ」

何故ならば、いつも能天気に笑っている弟が、泣きそうな顔をしていたからである。

様子のおかしい銀目に連れられ、金目がやってきたのは、彼らがいたところからほど近い場所だった。鬱蒼とした木々の中に、枯れかけた巨木がそびえ立っている。大人が十人ほどで手を繋がないと囲めないほどの太い幹には、大きな虚《うろ》が空いていた。

「ここ？」

「おう」

どうやら謎の監視者はこの虚の中に逃げ込んだらしい。

歯切れの悪い銀目の様子を不思議に思いながら、金目は虚の内部を覗き込んだ。

濃厚な森の匂い。落ち葉と土と水、そして木の香りが混じったそれが鼻につき、外気よりも冷えた空気が肌に触れた。虚にはかなり奥行きがあり、四畳ほどの広さがある。

「……う、うう……」

そこにいたのは、一歳ぐらいの子どもだった。

いや、子どもというには些か語弊がある。見かけの年齢だけ考慮するならば間違いないのだが、それは人間にあるまじき特徴を持っていたからだ。

つぶらな瞳の色は濃緑。髪は夏の森を思わせる浅葱色《あさぎいろ》。鮮やかな青緑の髪には蔓が絡みついていて、地面に長く長く伸びていた。肌は青みがかっていて、爪は琥珀のように深い黄褐色。衣ひとつ纏っておらず、肌寒くも感じる山の中では正直心許ない。

幽世暮らしが長い双子からしても、見たことがないあやかしだった。人でないのならば、見かけ相応の年齢とは限らない。

「あう……」

どうやらそれはまだ言葉を喋れないようだった。

虚の中で体を縮こませ、小刻みに震えている。体はガリガリに痩せ細っていて、唇はひび割れていた。目の下には濃い隈が刻まれて、見るからに弱り切っているようだ。

「銀目、これは？」

「わかんねえ。コイツが俺らを見てたのは間違いねえみたいだけど」

――嫌な予感がする。

金目が思わず眉を顰めると、銀目も深く嘆息をした。流石は双子である。胸に抱いた想いは同じであったらしい。銀目は金目の着物の裾を掴むと、不安そうに瞳を揺らした。

「コイツ、俺らと同じかも」

頭痛がしてきた。指でこめかみを解《ほぐ》す。

そんな金目を、銀目はじっと見つめている。兄の判断を待っているのだ。

双子の意思決定権は、主に金目にある。自由奔放な銀目ではあるが、彼が勝手に物事を決めることはそう多くない。過去の経験から、思慮深い金目に任せた方が物事が上手く運ぶと学んだ結果だ。しかし金目にとって、今日ばかりはその決まりごとが恨めしかった。

こんなこと、自分ひとりで決めるには些か荷が重すぎる。

「……貸本屋へ連れて行こう。なにはともあれ、これの正体を知らないと動けない」

だから、金目は即座に自分で判断することを放棄した。あのお人好しの坩堝《るつぼ》のような店に連れて行けば、勝手にこの生き物の待遇を決めてくれるに違いない。

「だよな！　流石、金目だなあ」

金目の胸中を知ってか知らずか、銀目は無邪気に顔を綻ばせている。見るからに安堵した様子の片割れに、ひっそりとため息を溢して、虚の中のそれに目を向けた。

「……あう？」

言葉にならない声を上げて、それは未だに縮こまったまま震えている。

恐らく、目の前にいる縁もゆかりもない他人に、己の運命が委ねられたことすら理解していない。金目はそのことに吐き気を覚えつつも、ニッコリと人好きしそうな笑みを顔に貼り付け——そっと手を差し伸べる。

「ひとりぼっちで寂しかったろう。おいで、僕らが助けてあげる」

ポカンと金目を見上げた無垢な子は、不思議そうに首を傾げた。

＊　＊　＊

　銀目は、ぱちくりと目を瞬いた。

「あら、人と人外の間にできた子じゃない。親はなにしてんのかしら……」

　何故ならば、幼子の正体を突き止めるのは時間がかかるだろうと思っていたのに、貸本屋へ到着するなり、ナナシがすぐに看破してしまったからだ。

「おお。やっぱナナシはすげえな。年の功って奴か？」

「はあ!?　その余計なことしか言わない口を、今すぐ縫いつけてやろうかしら！」

「ワハハ。悪い悪い！」

　銀目がケラケラ笑うと、ナナシは振り上げていた拳を下ろした。

　このナナシという人物は、なにかあるとすぐに声を荒らげるが、本気で怒ることは滅多にない。激しく怒りの感情を露わにする時は、誰かが取り返しのつかないことをしそうになる時くらいで、銀目ですら、時々甘すぎるんじゃないかと思うほどだ。

　――ナナシって口うるさいけど、いい奴だよなあ。

　小首を傾げ、ニィ、と笑んでナナシを見つめる。ナナシはため息をひとつ零すと、銀日の頭をぐしゃぐしゃと撫でた。

「なあに、その反応。まあいいわ。確認だけど、本当に親はいなかったのよね？」

ナナシの視線の先には、あの幼子の姿があった。

湯で薄めた粥《かゆ》を食べた幼子は、僅かだが元気を取り戻したようだ。特に愚図る様子はなく、自分を抱き上げている夏織をぼうっと見つめている。

「俺、ちゃんと確認したぜ！　親らしいのはいなかった」

「それならいいんだけど。動物に近いあやかしは、わが子に他人の臭いがつくのを嫌うからね。それだけで、育児放棄したりするし」

「……え？」

瞬きひとつせずにナナシをじいと見つめる。次の瞬間、さあと青ざめた。

「うっっっっそだろ!!　うわ、やっべ！　どうしよう金目！」

思わず、隣で話を聞いていた片割れに泣きつく。顔色を失っている銀目とは対照的に、金目は冷めた目で幼子を見つめている。

「銀目は馬鹿だな。アレにまともな親がいたなら、あんなに痩せ細ったりはしてないと思うよ？　肋骨が浮き出てる。しばらく碌《ろく》な食事をしていないいんじゃないかな」

なるほどな、と銀目は頷いた。

幼子を抱いた時に、銀目自身もあまりの軽さに驚いたのを思い出したのだ。

「そっか。そっかあ。はあ……」

取り返しのつかない間違いを犯していなかったことに、心の底から安堵する。けれど、すぐに思い直す。幼子がこんなに痩せ細ってしまっていること自体が不幸なことだ。

「アイツの母ちゃん、どこに行ったんだろな……。今ごろ、捜してるかな」

銀目が胸を痛めていると、隣から盛大なため息が聞こえた。

そこには、どこか不貞腐《ふてくさ》れたような双子の片割れの姿がある。

「どうした？　金目」

「別に」

プイ、と顔を逸らした金目を不思議に思う。

声をかけようとして、足もとに柔らかな感触を覚えて意識が逸れた。

「だあ」

それはあの幼子だ。夏織の腕から逃げ出した幼子は、二本の腕で這いつくばり、銀目の体によじ登ろうとしている。その幼気な姿を見た瞬間、じん、と胸の奥が熱くなって、堪らず抱き上げてやった。

「お前の名前はなんだ？　俺に教えてくれよ」

「う？」

「アハハ。言えねえか。ちっちゃいもんな、お前」

おもむろに顔を近づけてみる。先日、隣家の赤子を抱かせてもらった時に、得も言われぬ甘い匂いがしたのを思い出したからだ。しかし、幼子から香ったのは濃厚な山の匂い。

水と土と葉と……山に息づくあらゆる命の息吹が混じり合ったような匂いだった。

それは銀目にとっては嗅ぎ慣れた匂いだ。卵の殻を割った時も、懸命に母を呼んだ時も、鞍馬山で暮らすようになった時もいつだってこの匂いが傍にあった。

愛おしくも忌々しい。銀目を育んでくれた匂いそのもの。

「なんだお前。不思議な奴だなあ」

幼子の胸の辺りで顔をグリグリする。すると、擽ったかったのかキャッキャと笑った。

なんて小さな命だろうと思う。

か弱く、すぐに消えてしまいそうな儚さがある。

「それでこれからどうすんだ、お前ら」

その時、不機嫌そうな声を上げたのは貸本屋の店主である東雲だ。

じとりと眇められた瞳からは「厄介ごとは勘弁してくれ」という空気がひしひしと感じられ、銀目は金目と目を合わせると、しょんぼりと肩を落とした。

「どうすればいいと思う？　連れて帰ってきたものの、正直わかんなくてよ」

「無責任な奴らだな。どうせ、俺たちに丸投げするつもりだったんだろう」

「わ～。速攻バレたよ。どうしよっか、銀目」

「え、俺はそんなつもりじゃ……。てか、人任せにするつもりだったのか、金目！」

「だって僕たちの手に負えるとは思えないし。銀目だってそう思うでしょ～？」

「……そりゃそうだけど」

ニコニコ笑っている片割れの言葉に複雑な想いを抱く。

自分よりもはるかに頭が切れる金目なら、親に置いて行かれた辛さは身に染みて理解しているだろうに、どうしてこんなにも淡泊なのだろう。

「なんだよ……」

幼子を抱いたまま唇を尖らせる。

銀目は、金目もこの幼子を助けてやりたいと思っているとばかり考えていた。

しかし、どうもそれは違ったらしい。心配しているのは自分だけで、金目からすれば厄介ごと以外の何物でもなかったようだ。

——どうしてだよ。コイツの寂しさを、一番理解してやれるのが俺らのはずなのに。

じっと幼子を見つめる。濃緑の瞳をまん丸にして自分を見ている幼子は、まるで為す術もなく空を見上げて鳴いていたあの頃の自分のようだ。

つきりと胸が痛み、銀目は苦しげに眉を寄せる。

「不安だよな。辛いよな。母ちゃんに会いたいよな」

銀目は幼子に小声で話しかけると、キッと決意の籠もった眼差しを皆に向けた。

「俺、コイツの親を捜してやりたい」

「そっか」

一番に頷いてくれたのは、夏織だった。

栗色の瞳を僅かに和らげて、優しげな眼差しを銀目に注ぐ。

途端に、かあと顔が熱くなった。夏織のああいう顔を好ましく思うが、どうにも直視するのは照れくさい。むず痒さを感じて俯くと、ワシャワシャと頭を撫でられた。

それはナナシで、彼は「仕方ない子ね」とやや呆れの交じった笑いを浮かべている。

「ま、捜してる間くらいは預かってやってもいいが」

そこに続いたのは東雲だ。バリバリと頭を掻いて、煙管を吹かす。夏織は小さく噴き出すと「私の時みたいだねえ」と東雲に信頼の籠もった眼差しを向けた。

「お前ん時みたいに、引き取って育てる羽目にはならねえで欲しいがな。ウチには、もうひとり養う余裕なんてねえんだから」

「わかってるって」

夏織がクスクス笑う。東雲は不本意そうでありながらも、どこか照れくさそうだ。

——やっぱいいなあ。

本当の親子ではないのに、夏織と東雲の間には、確かな絆を感じる。

銀目はふたりの関係に密かに憧れていた。

親は子を守り、慈しみ、育む。子は親を信頼して身を寄せて、なにかあった時は支えてやる。夏織と東雲の関係はまさにそれだ。銀目からすれば眩しく思えて仕方がない。

なにせそれは、自分には得られなかったものだからだ。銀目にはかけがえのない双子の片割れがいる。大切な友人だっている。気に懸けてくれる師匠だっている。

でも——親はそうそう手に入るものではない。

銀目は能天気な笑顔の下に、いつだって一抹の寂しさを抱えていた。

——だから、お前の母ちゃんも見つけてやらねえとな。

腕の中の幼子をじっと見つめて、決意を新たにする。

この幼子が本当に親に捨てられたのだとしても、なにか理由があるはずだ。

原因を突き止めて、できればこの幼子に絆を取り戻してやりたい。

銀目はそう考えていたし、皆もそう思ってくれているのだと信じて疑わなかった。

「え、なに。本気で言ってるの？」

しかし、予想を裏切るように冷淡な声が響く。言葉を発したのは金目だ。

信じられないという顔でそこにいた全員を見渡した金目は、忌々しそうに顔を歪める。

「子どもを捨てるような馬鹿を見つけ出してどうするわけ。押しつけるの？　また捨てられるに決まってるじゃん」

銀目ですら見たことのないほど冷たい目をした金目は、次の瞬間には、どこか軽薄な笑みを浮かべ、茶化すように肩を竦めた。

「もしくは、ソレに親へ復讐させようってこと？　ああ、だったら賛成だけどね。自分を捨てた親の首を掻き切って、亡骸から血を啜ったらどんなにか美味だろう！」

「ばっ……！　馬鹿！　なに言ってんだよ、金目！　本気か？」

「本気に決まってるだろ。現実を見なよ。ガリガリになるまで子を放置するような親に、碌なのがいるはずがない。なにを信じてる……いや、なにを信じたいのか知らないけど、そんなの自分が傷つくだけさ。やめときなよ」

「…………」

黙ってしまった銀目に、金目は更に追い打ちをかけた。

「優しい夢を見たいのかも知れないけどさ、僕らを取り巻く世界はそんなに甘くない」

──そんなの、お前に言われなくても！

反論しようと口を開きかける。

しかし、どうにも感情が昂ぶり過ぎて言葉が上手く出てこない。

激情を吐き出したいのに、相手が金目だと思うと躊躇してしまう。

──クッソ。モヤモヤする。なんで俺と違うことを言うんだよ!!

「俺……お前も賛成してくれるって思ってた」

覚悟を決めて口を開く。自分の想い、考えを金目にはわかっていて欲しい。

だってふたりは双子なのだ。些細な違いはあれども、金目と銀目は同じもののはずだし、だからこそ同じ答えに行き着くはずだから。

片割れの瞳をまっすぐ覗き込む。どうか、素直に謝ってほしいと視線に願いを込める。

けれど、すぐに目を逸らされてしまって泣きたくなった。

「いい加減になさい」

すると、穏やかな声が割って入った。

ふわりと花のような香りが鼻を擽って、筋肉質な腕が銀目の首に巻き付く。

見上げると、そこにあったのは憂いを帯びたナナシの顔だ。

「相手をよく知らないのに、そんな話をしたって意味がないわよ。なにはともあれ、この子の親を捜すことが先決だわ」

「そ……そうだね。私もそう思う」

ナナシの提案に、すかさず夏織が乗っかった。

「冷静になって話そう？　この子の将来が懸かってるの。ちゃんと考えてあげなくちゃ」

将来。その言葉に、すうと熱が引いていく感覚がして、銀目は息を吐いた。

――そうだ。そうだった。俺が、しっかりしなくちゃ。

銀目は、腕の中の幼子をぎゅうと抱きしめると、こくんと頷いた。

「うん。そうだよな。まずは親を見つけるところからだ。焦っちまったみたいだ。悪い」

「……銀目」

金目が自分を呼んでいる。いつもの銀目なら、どうしようかと金目に意見を求めるところだ。それは双子の間の約束事。ふたりの意思決定権は金目にある。でも……今日は。

銀目は敢えて金目には一瞥《いちべつ》もくれずに、皆に向かって頭を下げた。

「俺、絶対にコイツの親を探し出してみせる。返すかどうか決めるのはそれからだ。コイツを最初に見つけたのは俺なんだ。きちんと責任は取るぜ」

ナナシたちはお互いに視線を交わすと、頷いてくれた。

「ええ、任せておいて。思う存分やりなさい」

「その子の親、早く見つかったらいいね」

「チッ……まあ、仕方ねえな」

といつもと同じ笑みを浮かべた。
隣から、肌がひりつくほどの視線を感じる。しかし銀目はそれに応えることなく、ニッ
皆が快く引き受ける中、金目はひと言も発さずに黙りこくっている。
「…………」

東雲たちと相談して、幼子の親捜しは翌日からということになった。

夕食後に銀目が風呂から上がると、金目はいつの間にか姿を消していた。不安になった
銀目は、急いで片割れを探しに出かける。

しかし、どこにも双子の片割れの姿は見当たらない。

「金目、どこ行っちまったんだよ……。おおい、金目ぇ！」

銀目の声は幽世の町に虚しくこだまし、春の夜空に溶けていくだけだ。

「……なんだよ」

その日、銀目は久しぶりに片割れのいない夜を過ごすことになった。

翌朝。銀目が貸本屋の二階の客間で目を覚ますと、未だ金目の姿はなかった。昨晩、敷
いておいた金目の布団には使った形跡がない。どうやら帰ってきていないようだ。
「ちくしょう」
やりきれない思いがこみ上げてきて、バリバリと頭を掻いていると、まだ眠っていたは

ずの水明がうっすらと目を開けた。

「喧嘩でもしたのか」

「…………」

喧嘩。果たして、昨日のアレは喧嘩だったのだろうか。

銀目にとっての喧嘩とは、酷い言葉をお互いにぶつけたり、殴り合ったりするものだ。ならば、アレは喧嘩のうちには入らない。

――ただ、俺が……金目を無視しただけで。

――でも！　最初に突っかかってきたのは金目だし！

――俺と違うことを言い出したのも金目だ。

消化仕切れない感情がこみ上げてきて、銀目は堪らず頭を抱える。

「ぐわあ！　俺、どうすりゃいいんだ！」

「近所迷惑だ、黙れ」

大声を上げた銀目に水明が冷静に突っ込む。

しかし、銀目の頭はショート寸前で、その言葉は耳に入らない。

「すーいーめーいー！　どうしよ！」

横になっている水明に泣きつく。あまりよく眠れなかったのか、目の下に隈を作った水明は、不機嫌そうに銀目を払いのけた。

「重い。自分で考えろ……。なにもできない雛じゃあるまいし。それに厄介ごとを持ち込んだのはお前だろう。まったく、金目の苦労が窺い知れるな」

「……ううっ！　冷た過ぎねえ？　水明、俺たち友だちだろ!?」

「いつ友だちになった、いつ」

それだけ言うと、水明は頭から布団を被ってしまった。

「ちっとくらい優しくしてくれてもいいだろ……」

ぽつんと呟く。その声に応えてくれる相手は誰もいない。

——俺って駄目だなあ。ほんとに駄目だ。なにしてんだろう。

ややこしいことや難しいことは、今まで全部金目に任せっきりだったのだ。

どうもそのツケが回ってきているようにしか思えない。

——でも、自分で責任取るって言っちまったし。

ノロノロと布団を片付けると、身支度をすませる。

朝食を食べ終えたら、さっそく、幼子の親捜しに出かけることにした。

因みに、名前がないと不便だというので、幼子には「碧《あお》」と名付けた。

銀目が出かけている間、碧は夏織に預かってもらった。夏織は大喜びだ。なにせ、外出が制限されている彼女は暇を持て余している。

「銀目、行ってらっしゃい」

「あば〜」

碧を抱っこした夏織に見送られるのは、無性に気恥ずかしい。

おう、なんて適当に返事をして、まるで逃げるように貸本屋を後にした。

——なんだこれえ。

顔が熱い。夏織と碧の姿が脳裏に焼き付いて、ソワソワして落ち着かない。

「なあ、金目。どうして……」

この得も言われぬ感情を片割れに訊ねようとするが、相手がいないことに気が付く。

「ぬう」

銀目は苦虫を噛み潰したような顔になると、一路、碧を拾った場所を目指した。


その日は風がなく、さあさあと霧のような雨が降り続いていた。

碧が置き去りにされていた森の中はやけに静まりかえっていて、鳥や虫の声すらしない。

蝉が鳴き始めるには時期尚早だというせいもあるだろうが、そこに満ちているのは雨音ばかりで、生き物の気配がまるでないように思えた。

——こないだ来た時は気づかなかったけど。なあんか、変な場所だな。

理由や原因を懸命に考えてみる。こんなにも脳をフル回転させるのはいつぶりだろうか。

しかし、それも長くは続かなかった。いい答えが欠片も浮かばなかったからである。

「うーん？　まあいいや！　とりあえず行こう。現場に行けばなんかわかんだろ」

早々に思考を放棄して、足で稼ぐ方向に切り替える。ぴしょん、ぽたん。水音だけが響く森の中はどこか寂しげで、ぐっしょり濡れた服の重みがやけに際立つ。

やがて、視界に碧がいた巨木が入ってきた。

他の木から比べると二回りほど大きな木だ。じっと見上げると、あることに気が付く。

「これって、普通こんなにでかくなる種類の木じゃねえよな……？」

銀目の記憶に間違いなければ、これはエゴノキと呼ばれていたはずだ。

北海道から沖縄《おきなわ》まで日本各地で見られる落葉樹で、普通は十メートルほどまでしか成長しない。特徴的なのは楕円形の果実。すり潰して水に入れると泡立つことから、過去には石鹸の代わりに使用されていた。実はエグく、毒性があり、食用には適していない。知らずに食べて、僧正坊にこっぴどく怒られたことがある。

「お前、苦しそうだなあ」

ここにあるどの木よりも大きく育ったエゴノキは、半分枯れかけている。葉には斑点ができているし、虫に食われたのかあちこち欠けていた。枝先には虫こぶ。そろそろ花をつける時期であるはずなのに、蕾はあれど膨らみもしていない。複数の病気や害虫に苛まれているのは一目瞭然だった。恐らく、この木はそう長くない。

銀目は木を労るように樹皮を撫でてやると、静かに語りかけた。

「こんなボロボロなのに、碧を守ってくれてたんだな。ありがとな」

そして虚の中に入っていく。内部は薄暗く、空気はしっとりとしていた。

慎重に痕跡を探す。碧の親がなんであれ、足跡くらいは残っているはずだ。しかし、碧が這いつくばったような跡はあるものの、他の生き物の痕跡は見つけられなかった。

「……ううん？」

その代わりに見つけたのは、虚の天井から垂れ下がった蔓のようなものだ。

細長く、先端は不自然に柔らかい。触ってみると、微かに水分が染みだしてきた。

すん、と鼻を近づけて嗅いでみると、どことなく甘い。

「碧がしゃぶってたのかな」

幼い子どもはなんでも口に入れたがるものだ。ううん、と首を捻る。なにか引っかかりを覚えるが、上手く考えが纏まらない。

仕舞いには、その場に寝転んでしまった。

薄暗い虚の中、濃厚な木の匂いを胸いっぱいに吸い込み、おもむろに呟く。

「金目、なにしてっかな……」

思い出すのは、いつだって隣にいた片割れのこと。

ゆっくりと目を瞑る。静かな雨音が銀目の鼓膜を震わせている。

＊　＊　＊

「……雨、止まないな」

雨音に耳を傾けながら、金目はぽつりと零した。

先日から降り続いている雨は、一向に止む気配はない。木々を濡らし、大地に染みこんだ雨は川へ流れ込み、増水させ、記録的豪雨だのと現し世を騒がせていた。

金目は銀目がいるのと同じ山中にいた。とは言っても、碧を見つけた場所からかなり離れた場所だ。そこには、古びた一軒の診療所がある。老医師が経営していて、簡単な入院施設まで備えている。診療所の裏手の木の上に身を隠した金目は、じっと行き交う人々を観察していた。顔からはいつもの柔らかな笑みは消え失せて、瞳は充血し、目の下にはうっすらと隈がある。

「…………なんで僕がこんなこと」

はあ、と息を吐いて、ズキズキ痛むこめかみを解す。

脳内に浮かんでいるのは、銀目の戸惑った表情。泣きそうな顔。それに、自分に見向きもしない後ろ姿。そのせいか昨晩は一睡もできなかった。初めてのことで困惑する。

「銀目のバーカ」

呟いてみても、その声に応える片割れはいない。

「……馬鹿は僕だろ」

自嘲して、だらりと枝に体を預ける。心の中に渦巻いているのは後悔の念ばかり。

銀目は金目にとっての光だ。辛い時も、苦しい時も、どんなに耐えられないことがあろうとも、銀目が行き先を照らしてくれたから、金目は迷わずにいられた。

双子の間でなにかを決める時、意思決定権は確かに金目にある。

しかし、金目が間違った道を選ばないでここまでこられたのは、銀目が傍にいてくれたからだ。きっと銀目がいなかったら、今ごろ、道を踏み外していただろうという確信を持てるくらいには、彼の存在は大きい。

そんな大切な相手を、確実に傷つけてしまった。悲しい顔をさせてしまった。

それは、金目にとってなによりも避けなければならないことなのに。けれど――。

「なんであんなに前向きでいられるんだよ。ほんと、信じられない」

あの時、金目が意固地になってしまったのは、いなくなった母のことを思い出してしまったからだ。子を捨てた親の罪は大きい。絶対に赦されるものではない。

だから、事情さえ理解できれば赦してやろうと言わんばかりの銀目の態度が受け付けなかった。子を捨てた時点で親は有罪。それは、金目の中で揺るがない価値観だ。

「甘すぎ。誰にでも心を開き過ぎだろ。もっと警戒心を持てよ。能天気。馬鹿」

自棄糞《やけくそ》気味に片割れを罵って、はあ、とため息を零す。

「そんなんじゃ、また誰かに捨てられるんだからな。アホ銀目……」

しかし、ここにいない相手を罵倒しようともなにも変わらない。逆にみるみる気持ちが落ち込んでいくのがわかって、金目はこみ上げてきた自己嫌悪に身を捩《よじ》った。

「ご協力ありがとうございます。また来ます」

「ええ。気をつけて」

すると、診療所の扉が開き、誰かが出て来るのが見えた。

それは駐在のようだった。扉まで見送りに来た老医師に頭を下げて、合羽を身に纏うと、バイクに跨がる。金目はそれを認めると、スルスルと木から下りていった。漆黒の翼を大きく広げ、走り出した駐在の後を追って空高く舞い上がる。

「誰にも銀目は傷つけさせないよ」

金目の決意が籠もった呟きは、雨音に紛れて誰にも届くことはなかった。

＊　＊　＊

銀目は焦りを覚えていた。碧を見つけてから一週間後のことである。

なかなか碧の親が見つからないというのもあるが、それとは別の理由があった。

「あう～！　まんま！」

「駄目！　危ないでしょう！」

貸本屋の居間に夏織の声が響いている。

慌てて夏織が抱え込んだのは、紺色の浴衣を着た五歳くらいの子どもだ。

どうやら部屋から出たいようで、夏織から逃れようと力一杯暴れている。大人と違って容赦がない。体格で優位に立っているはずの夏織は傷だらけになっていた。

「お、おい……」

「お前！　いい加減にしろ！」

銀目が夏織を助けようとすると、そこに水明が割って入った。

夏織の腕の中から子どもを抱き取り、暴れないように必死に押さえ込む。

「落ち着け。大丈夫だから」

水明は、声をかけながら背中を摩ってやっている。

数十分もそうしていると、徐々に子どもが落ち着いてきた。

「うう……まんま……まんま……」

水明の首にしがみつき、途端にウトウトし始める。夏織は安堵の息を漏らし、寝かしつけようとゆらゆら揺れている水明に声をかけた。

「水明、ありがとう。どうなることかと思った」

「構わない。まったく、コイツにはほとほと手を焼くな」

「きっと、寂しいんだよ。碧も」

子どもは碧だった。貸本屋に来てから、そう時間が経っていないのにも拘わらず、碧は驚異的な成長を見せていた。一歳ほどだった体格は、幼児を超えて少年と呼べるほどになっている。しかし、それとは正反対に碧の内面はなにも変わっていない。

まるで赤子のまま、体だけが成長していたのだ。

あやかしの幼児期というものは、人間に比べると驚くほど短い。野生動物に近いと言えるだろう。とは言っても、碧の成長の早さは異様だ。貸本屋の面々も、これには戸惑わずにはいられなかった。

「俺がコイツを連れてきたばっかりに。痛くないか？」

夏織の頬に青あざができている。銀目はそれに触れようとして手を止めた。居たたまれなくなって瞼を伏せる。夏織は笑みを浮かべて「いいんだよ」と首を横に振った。

「面倒見るよって言ったのは私だもん。気にしないで。それに……」

水明に抱かれて眠るあどけない顔をした碧を見つめ、物悲しげに表情を曇らせる。

「親に会わせてあげたいって気持ち、私も痛いくらいわかるしね」

「……そうだな」

銀目は思わず奥歯を噛みしめた。

夏織もまた、実の親と離れて育ったのだ。

「ちくしょうめ。本当になんなんだ」

するとそこに、苦々しい顔をした東雲がやってきた。手には大量の本。東雲は、文献から碧の親がなんであるか探ってくれていたのだ。

「木が関連してることはわかんだよ。木の子《きこ》っぽいっちゃあ、ぽいんだが」

どかりとちゃぶ台の前に座り込んだ東雲は、渋い顔で本のページを繰っている。

因みに木の子とは、奈良《なら》県吉野《よしの》辺りに出ると謂われている山童《やまわらわ》だ。三歳から四歳くらいの姿をしていて、木の葉を身につけているとか、青い服を着ている等と謂われている。

「木の子が人と交わって増えるなんて、聞いたことがねえ。それに、コイツが伝承にあるより育っちまってるのが気になる。育たねえから山童なんだ。童姿《わらべ》が成体なんだよ。それ以上になっちまったら、それはもう別のあやかしだ」

あやかしに関して詳しい東雲すら、碧の親の正体については見当がつかないらしい。苛立たしげに頭をバリバリ掻くと、煙管へ自棄気味に葉を詰め始めた。

——なんか、皆に迷惑かけちまってるなあ。

現状、碧の親の手がかりすら見つけられていないことが口惜しい。

金目がいれば違っただろうか。そんな想いが頻繁に過って、ただ時間が過ぎていくばかりの日々は、確実に銀目を追い詰め始めていた。

「皆、ごめんな。やっぱ俺って、金目がいねえとなにもできないんだな」

双子の片割れである金目とは、あの日以来会っていなかった。鞍馬山僧正坊のところには顔を見せてはいるようだが、貸本屋には寄りつきもしない。こんなにも金目と離れていることと自体が初めてで、銀目にとってそれがなによりも辛く、苦しかった。

「お前、なにを言ってる」

思わず弱音を零した銀目に、水明はギョッして目を剥いた。

居間の隅に敷いた布団に碧を寝かせ、怪訝そうに銀目の顔を見つめる。

「お前がひとりじゃなにもできないのは、いつものことだろう？」

「うっ……。そんなにはっきり言うなよお」

あまりにも鋭い言葉が刺さって、銀目はその場にくずおれると、そのままパタリと横たわった。ひんやり冷たい畳の感触を頬に感じながら、容赦のない水明を恨みがましく見つめる。水明は、心底不思議そうな顔で銀目を覗き込んだ。

「どうした。初めて会った時に、俺に襲いかかってきた気概はどこへ行った？」

「あれは～……誤解だったって謝っただろ」

「そうじゃない。思い込んだら、周りの迷惑なんて考えずに進むのがお前だろうが。しおらしいこと自体、お前らしくないと言っている」

「ええ……。俺ってそんな感じなの」

——なんてこった。俺ってば迷惑な奴だな。知らなかったなあ……。

銀目が泣きたい気持ちを更に募らせていると、水明はいつも通りの無表情で続ける。

「なにを喧嘩しているのかは知らないが、お前と金目はふたりでセットだろう。上手くいかないと悩むより、相方と仲直りする方がよっぽど近道だと思うがな」

そして最後にポンと頭を叩き、こう締めた。

「ひとりじゃなにもできないのは、お前だけじゃない。むしろ、お前よりも相方の方が不器用だからな。いつも一緒にいる癖に。もう少し頭を使って生きろ、馬鹿め」

「……金目が？」

水明の言葉に、思わず目を瞬く。

——金目が不器用？

水明が語った言葉を、銀目は上手く呑み込むことができなかった。何故ならば、あの片割れは自分よりもはるかに優秀で、頭脳明晰で、冷静で、なんでもできて——。

『……銀目』

その瞬間、耳の奥で金目の声が響いた。

それは、碧の親を捜してやりたいと話している中で、自分の名を呼んだ時の声だ。

意地を張った銀目は、金目の呼びかけを無視した。

その時の片割れの声は、果たしていつも通りであっただろうか？

震えていなかったか。不安そうではなかったか。金目の顔を思い出せ。あの時の金目は
――まるで、巣の中で母を呼んでいた時のように、心細そうだったのではないか。

「……っ！」

銀目は勢いよく体を起こすと、じっと水明を見つめた。

途端に息を吹き返した銀目に、水明は珍しく笑みを形作る。

「早く迎えに行ってやれ。きっと寂しくて泣いてるぞ」

「お、おう！」

戸惑いつつも返事をすると、水明は銀目に背を向けた。じんわり胸の奥に熱いものがこみ上げてくるのを感じて、思わずその背中に抱きつく。

「なっ、なにを……！」

「水明、ありがとうな！　やっぱり持つものは友だちだよな～～！」

バシバシと力任せに水明を叩く。水明は心底嫌そうに身を捩ると、銀目の顔を手で押し退けて抵抗してきた。

「俺はお前と友になった覚えはない！　何度言ったらわかるんだ、この鳥頭！」

「相変わらず素直じゃねえなあ！　金目と仲直りしたら、一緒に遊びに行こうな」

「い・や・だ!!　離せ。碧が起きるだろう！」

「残念ながら、俺は周りの迷惑を顧みないタイプだから無理〜！」

「開き直るな！」

　ふたりでワアワア騒いでいると、碧がモゾモゾ動き出した。

　途端に、ピタリと水明と銀目は動きを止めた。神妙な面持ちで碧の様子を窺う。碧が再び健やかに寝息を立て始めたのを確認すると、ふたり同時に安堵の息を漏らした。

「早く行け、まったく……」

「ヒヒッ！　行ってくる」

　疲れた様子の水明に銀目は笑みを浮かべると、碧を起こさないようにそろそろと足音を消して縁側に出た。置いておいた草履に足を突っ込んで、ぐんと背伸びをする。

　——ああ。グチャグチャいろんなこと考えるのは、やっぱり俺の性には合わねえ！

　早く金目のとこに行こう。そんでもって……俺の気持ちをきちんと伝えるんだ！

「銀目、気をつけてね！」

「おう！　もう大丈夫だ。心配かけちまったな！」

　銀目は見送りに来てくれた夏織に晴れやかな笑みを浮かべると、漆黒の翼を大きく広げ——春の穏やかな幽世の空へ向かって飛び立とうとした。

「うわっ……」

「クソ、どうなってんだ！」

……が、次の瞬間、背後から焦った声が聞こえた。勢いよく振り返ると、水明と東雲が酷く慌てた様子でなにかを取り囲んでいるのが見える。

嫌な予感がする。

銀目は貸本屋の中へと舞い戻ると、なにごとかと東雲の背後から覗き込んだ。

その時、銀目の目に飛び込んできたのは。

「あ、あああああ……！」

ミシミシと軋んだ音をたてて、これまでとは比べものにならないほどに急激に――。

そして、歪《いびつ》に成長し始めている碧の姿であった。

＊　＊　＊

「やはり記憶は戻りませんか」

「ええ。山に入ったことすら覚えていないのだそうです。そもそも、こんな山奥です。バスも通ってませんし、車もなしにどうやって来たのか……。身分証もないですし、靴すら履いていない。事件性があるのは間違いないとは思うのですが」

ざあざあと雨が降りしきる中、診療所の応接室にて、老医師と駐在が話している。

傘代わりに頭にフキの葉を乗せた金目は、窓の外で彼らの話に耳を傾けていた。

「よほど思い出したくないことがあるのか、話を聞こうとすると錯乱してしまうのです。目を離すとすぐに脱走しようとしますし。どうしたものか……」

「なにはともあれ、彼女が落ち着くまでここに置いておくしかないでしょう。憔悴しているようですし、取り調べをするのはそれからということで」

「ですな。では、手続きを――」

そこまで聞くと、金目は窓から離れた。

まるで池のようになっている水たまりを避けつつ、目的の場所を目指す。

銀目とは違い、金目は碧の親についてかなり近いところまで探り当てていた。

あやかし側ではなく、対象を人に絞ったのが功を奏したのだろう。碧を見つけた場所からほど近い人間の集落へ赴き、なにか異変が起きていないか調べたのだ。

――人とあやかしが交わる……物語じゃあるまいし、お互いに同意の上で子をなしたとは思えない。だからきっと騒ぎになっているはずだ。

金目の予想通り、集落はある噂で持ちきりだった。

見慣れぬ女性がひとり、山で見つかった――。荷物も持たず、着の身着のまま、ぼんやりと山の中で佇んでいるのを、山道を通りがかった住民が見つけたのだそうだ。

女性は、この辺りの集落の人間ではない。一体どこから来たのかも不明で、まさに現代の〝神隠し〟ではないかという。

金目は、その女性こそが碧の親であろうと見当をつけた。

ぱしゃりと大きな水たまりを飛び越えて、綺麗に整えられた診療所の庭を進み、ある場所で足を止めた。それは診療所の端にある病室の窓の前だ。

そこは個室で、レースのカーテン越しにベッドが一台見える。

横たわっているのは、二十代くらいの若い女性だった。緩やかに波打つ黒髪がシーツの上に広がっている。特徴のない極々一般的な顔立ちをしていて、心ここにあらずといった様子で宙を見つめていた。

「…………」

女性の姿を認めると、金目は地面に転がっていた石を手に取った。なんの表情も浮かべぬまま、じいとそれを眺めていたかと思うと、大きく振りかぶる。

「やめなさい」

しかし、手を掴まれて動きを止める。ノロノロと動かした視線の先には、どこか困ったような顔をしたナナシの姿があった。

「捜しちゃったわ。ちゃんと行き先くらいは告げて出かけなさい」

濃緑の髪を雨でぐっしょりと濡らしたナナシは、反応を示さない金目に微笑みかけると、反対の手に持ったものを掲げた。

「お腹空いてないかしら。お弁当作ってきたのよ」

金目はちらりとそれに目を向けると、物言わぬまま視線を地面に落とした。

ナナシと金目は、碧を見つけた場所へやってきた。

雨を凌ぐには巨木の虚が適当であろうと考えたのだ。

「塩麹で漬けた唐揚げでしょ、アスパラの肉巻きに、ミートボール。ハンバーグもあるわよ。アンタの好きなものばっかり詰め込んだら、お弁当が茶色くなっちゃったわ」

「…………」

「丸いお握りは焼きたらこ、俵型のはシャケ。安心して、梅干しは入れてないから。ほんと、アンタってば酸っぱかったり辛かったりするの嫌いよね。はい、アンタの箸！」

ペラペラと一通りの料理の説明を終えたナナシは、無反応な金目の顔に手を伸ばすと、目の下に濃く刻まれた隈を親指でなぞった。

「いつからまともに眠ってないの」

「……一応、眠ろうとはしてる」

「そう」

言葉少なに答えた金目に、ナナシは柔らかな笑みを向け、料理を皿に取って渡した。

正直なところ、金目自身はまるで空腹を感じていなかったが、断るとしつこそうなので渋々受け取る。しかし、そんな心中はナナシにはバレバレであったらしい。

「嫌な顔しないの。少しでいいから食べなさい。どうせ碌なもの食べていないんでしょう。虫や木の実だけじゃ保たないわよ？」

まるで、金目のここ一週間の生活をその目で見てきたかのような発言に、顔を顰める。

「やめてよ。口うるさい母親みたいだ」

ナナシは琥珀色の瞳を大きく開くと、次の瞬間にはほんのりと頬を染め、どことなく嬉しそうに言った。

「あらやだ。それって褒め言葉？　アタシは夏織もアンタたち双子も、自分の子のつもりで育ててきたんだから。知らなかったの？」

「……っ！」

かあ、と顔が熱くなって思わず俯く。ナナシはそんな金目を慈しむかのように目を細めると、ぱくりと唐揚げをひとつ摘まんだ。

「おいっしい!!　今日もいいできだわ。流石アタシ。ほら、あーん」

「むぐっ……！」

強引に口に唐揚げを放り込まれて、金目は目を白黒させた。仕方なしに噛みしめると、久しぶりに感じる鶏肉の旨み、醤油の香ばしさに、じわじわと体の底から多幸感が沸き起こる。自然と頬が緩んでしまった金目を見つめたナナシは、満足そうに頷いた。

「うん、やっぱりアンタにはそういう顔が似合うわね」

「……僕のこと、なんでも知ってるみたいに言うなよ」

「あら。知ってるわよ？　何年一緒にいると思っているの。アンタが意外と後ろ向きなことも、いつまでも甘ったれなことも、ひとりでいるのが苦手だってことも知ってるし」

ナナシは金目の頭を抱き寄せると、愛おしそうに頬ずりして続けた。

「アタシや東雲にすら、本当は心を許していないってことも知っているんだから」

その瞬間、金目はナナシから体を離し、慌てて虚の外へ出た。

雨に当たるのも構わず、警戒心を露わにして睨みつける。

するとナナシは何食わぬ顔でコロコロと笑った。

「やだ。バレていないと思っていたの？　アンタの目が笑ってないことくらい、アタシくらいになればわかるものなのよ」

笑いを収めると、途端にどこか冷めた目になって金目を見やる。

「いつまで雛のつもりでいるの。いい加減、巣立ちをする気にはなった？」

「…………」

ナナシの言葉に、金目は泣きたくて仕方がなくなってしまった。

雛なんかじゃないと否定したいのに喉がひりついて声が出ない。

それと同時に、やっぱり自分はまだ雛なのではないか、なんて正反対のことも思う。

金目の世界は限りなく狭い。

本当に心を許している相手の数なんて、片手で足りるほどしかいない。

銀目、師匠である鞍馬山僧正坊、それに命の恩人である夏織。

それ以外は、他の有象無象と大差ない。

なにせ、母に置いて行かれたあの日から、彼の世界は一ミリたりとも広がっていないのだ。金目の世界は、いつだって丸く切り取られている。木の枝とガラクタで作られた、小さな小さな巣から見える範囲がすべてだと言っても過言ではない。

『そこな兄さんが一番面倒。ご自分の中で世界が完結している』

そう金目を評したのは文車妖妃だ。

金目はいつだって同じ場所をグルグルグルグル回っている。どこにも行けない。行く気もない。片割れである銀目さえいればそれでいい。そう思って生きてきた。

だから、限られた相手にしか心を許さなかった。そんな金目に青天の霹靂《へきれき》が訪れる。

『俺……お前も賛成してくれるって思ってた』

金目が最も信頼を寄せていた銀目は、いとも簡単に自分を置いていってしまった。

狭い巣の中なんて窮屈だと言わんばかりに、大きく羽ばたいて。

空の広さを知った銀目は、当然の如く新しい価値観を身につけ始めている。

金目には知り得ないものをどんどん吸収して、その胸で淡い想いを少しずつ育み――金目という存在から離れ、徐々に違うものになりつつあった。

――駄目だ、駄目だ、駄目だ！　そんなの絶対に受け入れられない！

ああ、やはり自分は雛だ。なにもできない癖に、声だけは喧《やかま》しい無力な赤子。

――やめて。やめてよ。銀目まで置いていかないで……！

――僕を、捨てないで。

それが金目の嘘偽りのない本音だった。

「それって悪いこと？」

だから、強がった。

やっとのことで絞り出した声は震えていた。今にも涙が零れそうで、情けないことこの上ない。けれど、絶対に弱音を吐くわけにはいかなかった。狭い世界で引き籠もっている事実を否定したら、金目の世界は作りかけの巣よりも簡単に壊れてしまう。

金目は雨で濡れた手を握りしめると、開き直ったように言った。

「悪かったと思ってる。けど、僕はこれでいいんだ。誰彼構わず心を開くなんて愚かなことだし、物事には慎重であるべきだ。文句は言わせない」

「……あら」

そんな金目に、ナナシは驚いたように目を見開いた。

眉を八の字に下げると、くすりと小さく笑う。

「別に構わないいんじゃない？　アンタがそれでいいんなら」

「えっ……」

予想外の反応に面食らう。

実のところ、懇々と心を開けと説かれると金目は思っていたのだ。だから「文句は言わせない」なんて強い言葉を使ったというのに、これでは拍子抜けだ。

咄嗟に間の抜けた声を上げた金目を、ナナシは面白そうに見つめている。

「お説教されるとでも思った？　心を開くかどうかなんて、判断するのは他でもない自分だわ。ドアじゃあるまいし、他人に言われて開けるものでもないでしょう」

ナナシはパチリと片目を瞑ると「それにね」と続けた。

「アンタなんて、生まれてからまだ十五年ぽっちのお子様じゃない。あやかしの生は飽きるほど長いの。心を許す相手をゆっくり選んでも問題ないし、いつまでも巣に閉じ籠もっていてもいいの。あやかしは人と違ってどこまでも自由なんだから！」

——ああ。ああ、ああ！　なんなんだよ、コイツは!!

優しいような。それでいて突き放しているような。ナナシが紡ぐ言葉の奔流に、金目は混乱したまま、情けない声で反抗心を露わにすることしかできない。

「やめてくれよ。お前は俺をどうしたいんだ!!　なにをしにきた。銀目と仲直りさせたいなら、素直にそう言えばいい。僕に構うなよ。自分を信用していない奴なんて、冷たく突き放せばいい。こんな回りくどいことをする必要ないだろ！」

激情に任せて叫ぶ。

普段から、感情的なことは銀目の役割で、頭脳担当の金目にはこれっぽっちも対処できない。これ以上追い詰めないでくれ。そんな切なる想いを込めて叫んだというのに、意地悪な薬屋はぺろりと赤い舌を出して笑う。

「嫌よ。絶対に嫌。アンタを自分の子だと思っているって言ったでしょ。その子が苦しんでるのに、放って置くなんて……ましてや突き放すなんてできるわけない」

ナナシは虚の中からゆっくりと出てくると、徐々に金目と距離を詰めながら続けた。

「本当に不器用な子。そんなに捨てられるのが怖いわけ」

ぽつり、雨がナナシの纏う大陸風の衣に染みを作る。その数が徐々に増えていくにつれ、ナナシの表情は豹変して行った。彫刻のように完璧な美しさを湛える顔から、獲物に襲いかかる肉食獣のような顔に。その凄みのある表情に、金目は思わず一歩後退る。

ナナシは、金目の真っ正面に立つと、勢いよく胸ぐらを掴んだ。

そして、琥珀色の瞳の奥に轟々と激しい炎を灯して叫ぶ。

「舐めてんじゃないわよ！　心を開いてないくらいで、アタシがアンタを見限ったり、捨てたりすると思っているの!!　そんなに薄情じゃない。甘く見ないで頂戴！」

「ひっ……」

そのあまりの剣幕に、金目は体を硬くした。ナナシに怒られるのは、大概が銀目や夏織ばかりで、実のところ今日が初めてのことだった。まっすぐ向けられる激烈で曇りのない感情に、自然と涙が零れてくる。相変わらず、金目の頭の中はグチャグチャしていて、泣き叫びたい気持ちでいっぱいだ。

「お……怒んないでよ……僕が悪かったから。ごめんなさい。ごめん……」

無意識に子どもみたいな台詞が口をつく。

すると、ナナシは途端に表情を緩めると、金目をそっと優しく抱きしめた。

「アンタばっかり責めてごめんなさいね。こっちだって悪いのよ。随分と長い間一緒にいたのに、今の今までアンタの信頼を勝ち取れなかった」

「……っ」

「アンタを追い詰めたのは、アタシたち大人だわ。もっとちゃんと守ってあげられていたら、アンタがこんなに傷つく必要はなかったのよね。辛かったでしょう。アタシはアンタの母鳥とは違う。だから、もうちょっと……楽に生きたっていいの。心を曝《さら》け出すのを怖がらなくてもいいんだから」

ナナシの言葉に、金目は立ち尽くすほかなかった。

肩を震わせ、雨を含んだ衣が重くなっていくのを感じながら、脳内に渦巻く激情にただただ翻弄される。冷静な思考なんてこれっぽっちもできやしない。温かく、冷たい。そして刺々しく、柔らかい。そんな感覚に襲われてどうしようもなかった。

——もう、捨てられることに怯えなくてもいいのかな。

さあさあと降りしきる春雨が、金目の体から体温を奪っていく。

しかし、不思議と嫌ではなかった。

まるで自分の中に沈殿した、粘着質な性質を雨が洗い流してくれているようで。

金目はくしゃくしゃに顔を歪めると、ナナシの肩に顔を埋めた。

「うう……。ううう っ……」

すると、華奢でありながらも金目よりも大きな手が背を撫でた。

それは〝絶対に捨てないい〟と言ってくれた人の手だ。

「ひとつ確認してもいいかしら」

こくん、と無言のまま頷く。

「ひとりであの子の親を捜していたのは……先回りして相手を殺すためね？」

再びこくん、と頷いた。ナナシは「そう」と小さく呟くと、金目の顔を両手で挟んでじっと見つめた。その琥珀色の瞳には、なにか確信めいた光が灯っている。

「それは誰のため？　アンタの口から教えて」

「……僕、は」

金目は顔をくしゃりと歪ませると、絶え間なく大粒の涙を零しながら言った。

「すべては銀目のためだよ。きっと……子を捨てるような酷い奴を見たら、銀目は傷つくだろうから。アイツ、能天気に見えて繊細なところがあるんだ。だったら、目に触れる前に消してしまえばいいと思って」

片割れを守るためならば、己の手を汚すことを厭わない。

そんな金目の言葉に、ナナシは苦しげに口を引き結んだ。

「まったく……アンタねえ……」

ナナシはグスグス鼻を鳴らしている金目の背中を撫でながら、遠くを見て思案している。

やがてなにかを思いついたのか、ナナシはニッと笑みを形作ると、金目の胸をとん、と押して突き放した。

「えっ……」

ナナシのまるで見限ったと言わんばかりの行動に、金目の顔が歪んだ。

――捨てないと言った癖に、離さないと口にしたばかりの癖に！

途端に胸が苦しくなって、心が軋み、悲鳴を上げた。

「金目っ……！」

けれども直後に背中へ感じたのは、慣れ親しんだ温度。

ポカン、と間抜けな顔をしたまま、金目が恐る恐る後ろを振り返ると――そこには、鼻水と涙を盛大にダラダラ流している、自分とそっくりな顔があった。

「ぜんぶっ……俺のっ……ううう……っ!!　金目ぇぇぇっ!!」

「銀目……？」

どうして片割れがここにいるのか。

これっぽっちも理解できずに、助けを求めるようにナナシを見つめる。

すると、雨で濡れた髪をかき上げたナナシは、恐ろしく悪戯っぽい笑みを浮かべて、いけしゃあしゃあと言い放った。

「ウフフフフ！　よかったわね。銀目に、アンタの気持ち全部伝わったみたいよ」

「は……？」

「アタシ、じれったいの嫌いなのよね～！　恋愛作品を読んでいても、早くくっつけばいいのにって思っちゃうタイプ」

――つまり。つまりだ。

今までの話を、全部……銀目に聞かれていた？

徐々に混乱が収まり、同時に頭のどこかが冷えていく。羞恥心がこみ上げてきて、金目は顔を真っ赤にすると抗議の声を上げた。

「ひ、酷いじゃないか！」

「ホホホホホホ！　アタシに乗せられて、ペラペラ喋る方が悪いのよ！」

気持ちよさそうに高笑いしたナナシは、次の瞬間、瞳に慈愛を滲ませた。

「でも、さっきの言葉は嘘じゃない。アタシは絶対に捨てないし、離さないんだから」

「……っ！　うう」

途端に二の句が継げなくなってしまった金目は、精一杯の恨みがましい視線をナナシに向ける。すると、ギュウギュウ金目を抱きしめていた銀目は、顔を真っ赤にしている双子の片割れに笑顔で言った。

「ごめんな。本当にごめん。俺、金目の気持ちなんてこれっぽっちも考えてなくて。アイツの親を見つけなきゃって、ただそれだけだったんだ」

「…………」

金目は視線を落とすと、どこか申し訳なさそうに呟いた。

「僕も……ごめん。自分の考えを押しつけるようなことをして。銀目は悪くないんだ。僕が勝手に、顔も知らない相手に僕たちを捨てた母鳥を重ねていただけで」

「金目ぇ……」

「酷い顔だな。ああもう、鼻水！」

袖で片割れの顔を拭ってやる。銀目は照れくさそうに、ニッと白い歯を見せて笑った。

真っ赤な鼻、赤く腫れた目。どうやら銀目は金目の話を聞きながら泣いていたらしい。

腫れぼったくなってしまった片割れの顔を見つめた金目は、小さく噴き出した。釣られて銀目も笑い出す。双子でくっつき合ってクスクス笑う。

「なあ銀目。僕たちって双子なせいか、今まであんまり話してこなかったじゃないか」

「そうだな。いつでも一緒だったから、お互いのことを全部わかってたつもりだった」

「僕は、僕と銀目は同じだと思ってたし」

「俺は、俺と金目は同じだと思ってたぜ」

「「でも、きっとそれじゃもう駄目だ」」

同時に言って、互いに見つめ合う。

「俺とお前は違うんだな。帰ったら、今の俺の話を聞いてくれよ。金目」

「僕と君は同じじゃない。帰ったら、昔のまま変われない僕の話も聞いてよね。銀目」

「「約束だ」」

——ああ、これでふたりの間にはなんのわだかまりもなくなった。

実感がしみじみ湧いてきて、金目の胸の奥が温かくなっていく。

すると、ゴシゴシと袖で涙を拭った銀目は金目に言った。

「なあ、金目」

「なんだい、銀目」

「よかったら、これから確かめに行かねえか！」

「なにを……？」

首を傾げると、銀目は嬉しそうに目を細め、人差し指を金目の背後に向けた。

「碧の母ちゃんがどんな奴か！」

銀目の動きに釣られて、金目が後ろを振り向く。

「えっ……」

そこにいたのは、金目ですら見たことのない存在だった。

身長は二メートルほどあるだろうか。まるで子どものまま大きくなったような体は半透明。ぼんやり青く光る体はどこか幽幻な雰囲気を持ち、体の中には、森で息づく様々な植物がハーバリウムのように揺蕩《たゆた》っている。それが動く度に、風もないのに辺りの木々がざわめく。姿を消していた小動物たちがあちこちから顔を見せて、それに向かって恭しく頭を垂れていた。

まるで王の帰還のようだ、とぼんやり思う。

ポカン、と口を開けたまま固まった金目を余所に、銀目は嬉しげにそれに話しかけた。

「碧、やっときたか。遅かったなあ！」

「あお……？」

「俺が見つけたあの子のことだよ！」

「えええ……どういうこと？　なんでこんな姿になったの。説明してよ」

金目の脳裏に浮かんでいるのは、あの一歳ほどにしか見えない幼子だ。あれがたった一週間会わなかったうちに、こんなに成長しただなんてにわかには信じられない。

「説明は俺がする」

すると、茂みを掻き分けて東雲、夏織、水明の三名が姿を現した。

「コイツは木の子ってあやかしだ。森に棲まう、悪戯好きの山童」

「嘘でしょ。全然童じゃないと思うんだけど!?」

「そりゃあな。コイツは木の子の中でも特別製だ。なにせ、神筋だからな」

――東雲曰く、碧は土着神の卵なのだという。

土着神とは、その場所に古来よりある大木や大岩、湖などの自然物に宿る精霊のことだ。器物に宿る付喪神との違いとしては、その荒々しさにある。道路工事などのために、邪魔な木や岩を取り除こうとしてけが人が出た場合、多くは土着神が原因だ。

「土着神の一番の特徴は、永遠の命を持たないということだ。経年劣化、寿命、病気。理由は様々考えられるが……あの大樹は恐らく、今が代替わりの時期なんだろう。人間の女の胎を借りて、新しい神となるべき特別な木の子を作り上げたんだ」

神が女性……特に処女の胎を利用して、男女の交わりなく己の力の代弁者を現し世に顕現させる逸話は多い。有名なところだとキリスト教の処女懐胎だろう。

「大事な跡取りってこと？　じゃあなんで、あんなに痩せちゃうくらい放置してたのさ」

「それがなあ……」

すると、東雲の話を水明が引き継いだ。

「銀目が虚の中で、紐状の根を見つけたらしい。それは、碧と大樹を繋ぐ〝へその緒〟のようなものだったんじゃないだろうか。本来ならば、母体から取り出された碧は、新たな〝へその緒〟を繋がれ、成体になるまで虚の中で育つはずだった。だが、それができなかったんだ。金目、見てみろ。碧の……お腹のところ」

碧の腹部からは、なにやら長い管のようなものが伸びている。青白く光る半透明の管は、あまりにも長過ぎて、先端がどこへ続くのか肉眼では確認できないほどだ。

「あれって……ええ？　あれこそ〝へその緒〟じゃないの〜？」

「その通りだ」

水明は大きく頷くと、直後に衝撃的なことを口にした。

「恐らく、アレは今も生みの母に繋がっている」

「……っ！」

さあ、と血の気が引いていく。水明は瞼《まぶた》を伏せると、どこか物憂げに口を閉ざす。あまり普段から感情を露わにしないはずの水明の様子に、どことなく嫌な予感を感じていると、代わりに夏織が口を開いた。

「多分、原因は長雨にあるんだと思う。この辺り一帯で、あちこち土砂崩れが起きてる。川も氾濫してるみたい。このままじゃ山が死んじゃうよ」

この長雨は土着神にとっても予想外だったらしい。焦った土着神は、不完全なまま母親から碧を引き離した。そのせいで母体との繋がりを完全に絶てなかったのだ。

結果〝へその緒〟を繋げず、碧は飢えてしまった。それがことの顛末のようだ。

金目が驚きのあまりになにも言えないでいると、夏織はどこか物憂げに続けた。

「私たちがしなくちゃいけないこと。金目なら、もう予想できてるんじゃないかな……」

そう語る夏織も表情が硬かった。唇は青く、小さな手は震えている。

その瞬間、金目は理解した。

——ああ、変なの。ここにいる僕らは、それぞれが〝親〟に対して色々抱えている。

幼い頃に両親と別れ、幽世へ迷い込んだ夏織。

母親は早世し、父親から感情を殺せと虐げられ育てられた水明。

それを踏まえた上で、金目は脳裏に浮かんだ答えをはっきりと口にした。

「あの〝へその緒〟を切って、母親と子を分断するんだね？　このままじゃ、碧は神にも人にもなれない。碧が土着神になるためには〝へその緒〟を繋ぎ直す必要がある」

夏織は、どこか泣きそうな顔になって頷いた。

「そっか」

今もなお繋がっている母子を、母親を求めて止まなかった自分たちが引き裂く。

——皮肉だなあ。

金目は、水明や夏織が口籠もる理由を理解して、同時に面白く思った。

すべては碧のために。会ったばかりの幼子の命を守ろうと、このふたりは己の心が痛もうとも、それをやり遂げようとしている。

——呆れるくらいお人好しなんだから。あんなものさっさと切ってしまえばいいのに。

周りに与える影響なんて欠片も配慮していない、残酷な考えが頭をよぎる。

途端におかしくなってきて、苦労して笑いを噛み殺す。

——うっわ。僕ってば、本当に僕だよねえ。後ろ向きで、見えている世界が狭い。

貸本屋の連中に比べると、あまりにも現実主義的だ。

誰かのために、理想を追求しようとする夏織たちとは考え方自体が違う。

だが、彼らは周りが見え過ぎているからこそ、自分の首を絞めているようにも思う。

——僕も冷徹にはなりきれてないけど。時には、こういうタイプも必要ってことで。

にこりと晴れやかに笑った金目は、青ざめた顔をした一同に向かって言った。

「それにしてもよく気が付いたね。東雲だって神様は専門外だろうに」

「この姿を見りゃあ流石に気づくだろ。気配が普通のあやかしじゃねえ」

「で、どうするつもりなの。〝へその緒〟なんてさっさと繋ぎ直せばいいじゃない」

金目の言葉に、一同の表情が凍り付く。

すると、背後から銀目が抱きついてきた。

「金目。わりい、俺が待ってくれってごねたんだ」

「銀目……お前まさか」

「いやいやいや。誤解すんなよ？　別に〝へその緒〟を切るなとは言わねえさ。さっきも言ったろ？　碧の母ちゃんを確かめに行こうって。俺、やっぱりコイツを母ちゃんに会わせてやりてえんだ。切るのは、それからでも遅くねえかなって思ってさ」

寂しそうな笑みを浮かべた銀目は、ぼんやりと立ち尽くしている碧を見上げた。

「コイツが親と一緒にいられねえってのは、俺だってわかってる。可哀想に。どう頑張ったって、人間とは暮らせねえよ。苦しいだろうな、辛いだろうな。コイツには、俺にとっての金目みたいな奴はいねえしな」

「同情？」

「おお、同情してる。なんにもできなかった頃の俺みたいだとも思う。でも、悪いことじゃねえだろ？　同情心は俺に行動する力を与えてくれるんだ……」

銀目は金目の両肩を掴むと、ニッと普段通りの天真爛漫な笑みを浮かべた。

「これは俺の自己満足だ。正直、迷惑かけてる自覚あるぜ。でも、信じてみたい」

すると、銀目は少しだけ視線を彷徨わせて――どこか自信なさげに言った。

「コイツと母ちゃんが再会した時、奇跡が起こるんじゃねえかって」

「…………」

銀目が思い描いた奇跡。金目にはそれがはっきりとわかった。

きっとそれは、物語のように感動的なものだ。

母親は一目で子を理解し、子は母の胸に甘える。まるで宗教画のように美しい光景。

でも――そんなもの起きるはずがない。現実は甘くないからだ。容赦なく最悪の結果を突きつけてくる。それくらい銀目も理解しているはずだ。

金目の考えが顔に出ていたのだろう。どこか悪戯小僧のような顔になった銀目は、ぎゅうとその腕で金目を痛いほどに締め上げながら言った。

「わかってんよ。そんなの普通じゃ無理だって。でもさあ、俺には金目がいるだろ？　奇跡が起こらねえなら、起こせばいいじゃん。そんでもって、金目がいればなんとかなるんじゃねえかなって！　まあ、方法はわかんねえけど！」

「……なにそれ。丸投げにもほどがある」

思わずため息をついた金目に、銀目はヒヒッと嬉しそうに笑った。

「頭脳労働担当は金目。肉体労働担当は俺。金目は俺と違って優秀だからな。なんでもできる気がするんだよなあ。だから、なんとか考えてくれよ！」

「…………」

ゆっくりと瞼を伏せる。正直、そこまで言われて悪い気はしない。

「わかったよ……」

金目が諸手を挙げてそう言うと「うおお！」と銀目は子どものようにはしゃいだ。

ここは頭脳労働担当の腕の見せ所である。金目はにやりと笑うと、背中にくっついたままの銀目に語りかけた。

「碧の母親の居所はもうわかってる」

「流石、金目だな！」

「当たり前だろ。僕を誰だと思っているの。山の中でぼんやりしているのを、人間が見つけて病院に保護したんだってさ。それで、その人がなんて呼ばれてるか知ってる？」

「なんだよ、勿体ぶらずに言えよ」

「現代の〝神隠し〟じゃないかって」

その瞬間、銀目がピタリと止まった。しばらく黙り込んでいたかと思うと、ひょいと金目の顔を覗き込む。金目とそっくりのその顔は嫌悪感で彩られている。

「なんか、すげえ複雑なんだけど……」

「うわあ、その顔。でも気持ちわかるなあ。僕も初めに聞いた時、そう思ったもん」

金目はニコニコ笑うと、銀目の頭を撫でてやった。

そして、底意地の悪そうな顔になると「うん、決めた」と顔を輝かせる。

「盛り上がっているところ悪いが、結局どうするんだ」

すると、今まで双子の様子を見守っていた水明が声を上げた。

金目はどこか不安げな水明に向かって怪しく嗤う。

「水明ったら、僕らがなにか忘れてない？　烏天狗だよ。〝神隠し〟は天狗のお家芸だ。まあ、今回のこれも神様が攫ったんだから〝神隠し〟っちゃあそうなんだけど。なにもかも中途半端じゃない？　だからさあ。僕らが……本当の神隠しを見せてあげる」

金目の表情に、水明は僅かに眉を寄せた。不安そうに夏織や東雲を見るが、ふたりはなにかを察しているのか、肩を竦めるばかりだ。

「攫われた先で、不思議な体験をできるのが〝神隠し〟だよね〜。碧のお母さんにもぜひとも体験してもらわなくちゃ。なにはともあれ僕らに任せてよ。悪いようにはしないからさ！　東雲にはやって欲しいこともあるし！」

「オイ、厄介ごとじゃねえだろうな」

「大丈夫、大丈夫。東雲なら簡単だって！」

あまりにも軽く言い放った金目に、東雲と水明は心底不安そうに目を合わせる。

「「はあ……」」

次の瞬間には、ふたり同時に大きくため息を零したのだった。

＊　＊　＊

その女性は、ぱちり、目を覚ました。

何度か瞬きをすると、自分が置かれた状況がわからずに、眼球だけを動かして辺りの様子を窺う。そこは一寸先すら見えないほどの暗闇の中だった。むせ返るような木の匂い。己が柔らかい落ち葉のようなものの上に寝転がされていることは理解できた。

ノロノロと体を起こす。よくわからないが、拘束などはされていないようだ。

「ここは……」

すると、誰かの気配を感じてハッと顔を上げた。

「おっ！　おはよう！　いや、おそよう……？　わかんねえけど、起きたのか！」

瞬間、強烈な光に照らされた。反射的に目を眇め、手で庇いながら光源を見やる。

そこには、あまり見かけない恰好をした人物がランプを手に立っていた。

黒地の鈴掛に青い梵天《ぼんてん》。額には頭巾《ときん》。修験者のような恰好をしている男で、顔の上半分を覆うタイプの面をつけている。黒い嘴《くちばし》を持つそれは、恐らく烏だ。

男はふわふわと飛ぶような足取りで女性に近づくと、ぎゅうとその手を掴んだ。

「長いこと寝てたからさ。心配したんだぜ～！　もう平気か？　腹減ってねえか？」

「え、あ。うん……ええと、平気よ。お気遣いありがとう」

「いいんだ、いいんだ！　気になっただけだからさ！」

仮面の奥に見える銀色の瞳が、柔らかく細められているのが見える。

──誰だろう。悪い人じゃないとは思うけれど。

それに、自分はどこから来たのだったか。名前は？　ここはどこ？　色々な疑問が浮かんでは消えるが、違和感を覚える前に絶ち消える。まるで夢の中にいるようだ。

女性は辺りをキョロキョロと見回すと、機嫌がよさそうな男に訊ねた。

「ところで、随分と真っ暗だけれど、私はどうしてここにいるんだっけ……？」

すると、男はこてんと首を傾げた。

「忘れちゃったのか？　ここいるのは〝なによりも大切なもの〟があるからだろ？」

「大切な……もの……？」

首を傾げた女性に、その人はニッと白い歯を見せて笑った。すると、青い梵天の男の背後から、もうひとりやってきた。今度は赤い梵天を着た男だ。

「こんにちは～！　無事に目が覚めたみたいで安心したよ～！」

青い梵天の男と違って、どこか間延びしたような口調の男は、女性に近づくとバシバシと背中を叩いた。顔を覗き込むと、にこりと愛嬌のある笑みを浮かべる。

「いやあ、起きなかったらどうしようかと思った！　さあさ、こうしちゃいられない。君の大切なものをお返しするよ。受け取ってくれるよね？」

早口でまくしたてた男は、優しく女性の手を取ると、ある場所を指さした。

「え……？」

「まんま！」

女性は目の前の光景が信じられずに、思わず目を擦った。

暗闇の中に、いつの間にか赤ん坊が姿を現している。煌々と灯るランプの明かりに照らされたまろみのある頰は見るからに柔らかそうで、両手足はまるでちぎりパンのようにぷくぷくだ。まだ生えそろっていない髪はまばらで、頭の上にふんわりと乗っているだけ。母親の乳を吸っていそうなほどの月齢に思える。

「子ども……？　こんなところに？」

女性が困惑していると、背後に男ふたりが立った。

彼らは女性の肩にそれぞれ手を置くと、まるで囁くように話し始める。

「どうしたの？　なにかあった？　それが君の〝なによりも大切なもの〟じゃないか」

「そうだぜ。自分の子どものことを忘れちまうなんて。よっぽど疲れてたのか？」

「え……？」

弾かれたように女性が顔を上げると、ふたりは更に言葉を畳みかける。

「君が腹を痛めて産んだ子だよ。ほら、もっと近づいてあげなよ」

「抱っこしてやってくれ。こっちに向かって手を伸ばしてる」

「子ども？　私に？」

「どうしたんだい。まさか身に覚えがないって？　胸に手を当てて考えてごらんよ」

「それに見ろよ、あんなに可愛いんだぜ。母ちゃんが恋しくて今にも泣きそうだ。ほら、目が潤んできた。大泣きし始めたら手をつけられなくなるかもな！」

「あ……。う、うん」

女性は曖昧に頷くと、ギクシャクと赤ん坊に近づいて行った。

――やっぱり、子どもを産んだ心当たりなんてないわ。

そんなことを考えながらも、流石に幼気な赤ん坊を放って置くのは良心が痛む。躊躇《ためら》いがちにそろそろと手を伸ばして――しかし、柔らかいそれを上手く抱き上げることができずに、取り落としそうになってしまった。

「あぁっ!!」

慌てて赤ん坊を抱き直した女性は、ほうと長く息を吐いた。

しかし、同時に疑問が浮かんでくる。

わが子を抱き慣れていないというのは、些か不自然ではないか？

「あ……あの。やっぱり私の子じゃないと思うの」

やはり、なにかの間違いだろう。

女性は改めて事情を聞こうと振り返り――僅かに目を見開いた。

背後に立っていた男たちの気配が一変していたからだ。

先ほどまでとは打って変わって重苦しい空気を纏い、笑みを形作っていた口は真一文字に結ばれている。無言でこちらを見下ろしてくる様子はただごとではない。面の奥から覗く瞳には、明らかに怒気が含まれている。

ランプの明かりを反射して、暗闇の中で怪しく光る金と銀の灯火に、女性は思わず座ったまま後退った。

「ひっ……」

――このままでは、なにをされるかわからない……！

本能で危機を感じとった女性は、咄嗟《とっさ》に赤ん坊を守るように抱きしめる。

すると、ふたりはおもむろに足を踏み出した。ゆらり、まるで病人のように気怠そうに足を動かし、女性の傍らにしゃがみ込んだ。

もう駄目だ――そう思ったものの、一向になにも起こらない。

「……？」

女性が顔を上げると、ふたりは赤ん坊に語りかけるように言った。

「母ちゃんが守ってくれるなんて、お前よかったなあ……」

「うん。本当だね。これってすごいことだよ」

「え？」

予想だにしなかった優しい言葉に、女性は呆気に取られた。彼らの面の奥には柔らかな光が戻ってきている。男たちは指で赤ん坊の頬を突くと、楽しげに笑った。

「見て。お母さんに抱っこされたから、安心しきってるよ～」

「ほんとだな！　俺たちといる時は、あんまし視線を合わせてくれなかったのにな」

「フフ、ぎゅうって手で服を掴んでる。離さないって言ってるみたいだ」

「ああ……そうだよな。やっと母ちゃんが来てくれたんだもんな。そりゃそうするよな」

ふたりは顔を見合わせると、同時に女性に向かって言った。

「「少しだけでもいいんだ。赤ん坊の傍にいて」」

そしてそのまま、虚の中から出て行ってしまった。

女性は、遠ざかっていく男たちの背中を呆然と見つめている。

「まんま……！　ああ、ううう……」

すると、赤ん坊が愚図り始めた。女性は慌てて腕の中に視線を落とすと、なにはともあれ手探りであやし始めた。少ない知識を総動員し、あらゆる手を尽くす。すると、数十分後には赤ん坊はウトウトと眠り始めた。

ほう、と息を吐いて、腕の中の赤ん坊をじっと見つめる。

相変わらず、自分の子だという実感は湧かない。

けれど、幼子は泣きたくなるくらいに温かくて、小さくて、柔らかくて。

「……なんて可愛いの」

女性はそっと頬を寄せると、かつて自分の母親が歌ってくれた子守歌を口ずさみ始めたのだった。

＊　＊　＊

木の虚の中から、女性の子守歌が漏れ聞こえている。

雨はすっかり止んでいた。土着神である大樹の葉から、ぱたん、ぽとんと調子よく雫が落ち、軽やかな水音は子守歌に彩りを添えている。冷たい月光を反射して、雨の雫が白く輝く。久しぶりの晴れ間に、森そのものが喜んでいるようだ。

銀目は大樹に背を預けたまま歌声に耳を傾けると、チカチカ瞬く満天の夜空を眺めた。

「……よかったなあ。碧」

虚の中にいた赤ん坊は碧だ。しかし、碧そのものかと言われると些か語弊がある。

あの女性が見ているのは、双子が術によって作り上げた幻だ。碧の霊力を、赤ん坊のように見せかけているに過ぎない。それは、自分よりも大きく異質なものを、可愛いわが子だと受け入れてもらうためにやった苦肉の策だった。

ふたりは碧の母親を天狗攫いすることにした。

天狗攫い――それは江戸時代に、子どもが行方不明になった際、人々が天狗のせいだとして使った言葉だ。普通の神隠しとは違い、天狗に攫われた子どもは、数日から数年後に元の場所に戻されるのが特徴だ。有名なところだと、江戸時代後期の国学者、平田篤胤《ひらたあつたね》による『仙境異聞《せんきょういぶん》』に見られる寅吉《とらきち》少年の物語がある。天狗攫いから帰ってきた寅吉は、天狗から得た知識を使って、色々と活躍したのだそうだ。

双子はあの母親を拐《かどわ》かし、碧と充分な時間を過ごさせた後に帰すことにした。

拉致だのなんだのと水明は文句を言っていたが、そんなこと知ったことではない。

なにせ銀目たちはあやかしで、人間の常識外で生きている。

生まれた赤ん坊は母親からすれば〝なによりも大切なもの〟のはずだし、親である以上、ある程度は責任を果たして欲しい。赤ん坊のために人生の中の僅かばかりの時間を犠牲にしたとして、それがなんだというのだろう。

『人間の事情に対して無責任過ぎる。だが……それがお前たちなんだろうな』

水明は双子の決定に複雑そうな顔をしていた。しかし、ふたりは絶対に譲らなかったのだ。碧に自分たちのような想いをさせたくない。それが双子のなによりの願いだ。

「流石は金目だな。俺が見たいと思ったものを、簡単に実現しちまった」

まるで感動的な映画のワンシーンのような光景を思い出して、思わず胸が熱くなった。

――長雨も東雲に雨雲を払ってもらったし。しばらく大丈夫だな！

龍の掛け軸である貸本屋の店主が、渋々ながら空を駆けてくれた姿を思い出して頬を緩める。銀目は烏の面を取り外すと、一瞬だけ考え込んだ。耳に心地よく響く子守歌に少しソワソワして、ちらりと虚の中を覗き込む。

そこには、大きな体を窮屈そうに縮こまらせて、自分よりもはるかに小さな、そして愛しい母を、まるで宝物のように抱きしめている碧の姿がある。

――いいなあ。

「……っ！」

ぼんやりとふたりの姿を眺めていると、途端に目もとが熱くなってきた。慌てて顔を背け、居たたまれなくなってその場にズルズルと座り込む。

――泣くな。泣くな。泣くな！　碧にとってめでたい時だってのに！

必死に涙を堪える。銀目はもう立派な烏天狗だ。子どもみたいに泣くなんてみっともないとも思うし、万が一にでも夏織にそんな姿を見られたくない。

「大丈夫？」

すると隣に金目がやってきた。銀目の頭を撫で、穏やかな瞳でじっと見つめる。

「貯め込むのはよくないよ。吐き出したら？」

優しい片割れの言葉に、銀目はほんの僅かな間だけ黙り込んだ。泣いてはいけない。そう思うのに、大好きな片割れの存在に、涙腺があまりにもたやすく決壊する。

銀目は、唇をはくはくと動かすと、耐えきれなくなって金目に抱きつく。

「おっ……俺。俺さ、羨ましくって」

「うん」

「俺も、母ちゃんにぎゅうってして欲しかった」

「うん……」

　ぽろり、銀目の瞳から涙が零れる。ぽろ、ぽろり。堪えようとしても、絶え間なく溢れ出してくるそれを止める術は、今の銀目にはない。

「母ちゃんの飯を食ってみたかった。ひっ……うう、一緒に寝たり、手を繋いで歩いてみたかった。頑張ったら褒めて欲しかったし、悪戯したら滅茶苦茶怒られたかった。いいなあ。碧が羨ましい。母ちゃん、いいなあ……」

　──ああ、ないものねだりばっか。

　ほとほと自分に呆れながらも、それでも言葉は止まらない。

「母ちゃんってどんな温度なんだろう。温かいのかな、ひんやりしてるのかな。匂いは？　どんな感触だろう。ふわふわ？　それともちょっと硬かったりすんのかな……」

　銀目は金目の肩に顔を埋めると、震える声で言った。

「どういう風に笑うんだろうな。どんな声で話しかけてくれるのかな。わかんねえや。わかんねえ。なんでわかんねえんだよ。普通に、皆知ってることだろ」

　やたらと熱を持った涙が滲む。それは、心の奥底に留まっていた判然としないものを煮溶かしたような涙だ。火傷《やけど》しそうなほどに熱いそれは、銀目の頬を伝ったかと思うと、青い梵天にぽつりぽつりと染みを作り、くすんだ色に変えていった。

「母ちゃん。どうして俺らを捨てたんだよ……っ!!」

自分のどこが悪かったんだろう。自分がなにをしたというのだろう。

母に帰ってきて欲しかった。それだけなのに、求めたものはなにも返ってこない。

「大丈夫だから。銀目、落ち着いて」

泣き続ける銀目を金目が必死に宥めている。

嗅ぎ慣れた匂いだ。銀目にとって最も安心できる匂い。

けれど、母から与えられるものとはきっと違う。決して、銀目の心を充分には満たしてはくれない。そしてそれは、金目もそうなのだろうと思う。

銀目と金目は違うものだ。双子とは言え、なにもかもが同じじゃない。

けれども根底で求めているものは一緒だ。ふたりはいつだって、いなくなった母に手を伸ばし続けて……呼び声が届かなかったことに絶望し続けている。

それを改めて自覚したせいだろうか。銀目は、胸の奥にずっと仕舞い込んでいた、口にすまいと心に決めていたはずの言葉を零してしまった。

「捨てるくらいなら、産んで欲しくなかった」

すると、金目は大きく目を見開いた。

少し傷ついたような顔をして、片割れを見つめる。

——あ。言わなければよかった。

その瞬間に銀目は心の底から後悔した。どう言い訳しようか……銀目にしては珍しく後ろ向きなことを考えていると、ふと甘い匂いが鼻を擽った。あまりにも場違いな甘さに、驚いて顔を上げると、視界に白いものを見つけて思わず目を見張る。

「嘘だろ……？」

「銀目？」

金目から離れて、ふらふらと上を向きながら歩く。銀目の視線の先にあるのは、枝先に鈴なりに咲いた小さな白い花だ。先日まではまるで花開く様子はなかったというのに――知らぬ間にエゴノキの大樹が満開を迎えている。

「お前、馬鹿だな。なんでだよ。どうして……」

何輪かで集まった白い花が放つ香りは涼やかに甘い。

こんなに甘いのなら、あらゆるものを引き寄せるだろう。集まって来た鳥や虫たちは、喜び勇んで蜜を吸い、受粉を促して秋には多くの実を結ぶに違いない。実はどこかへ運ばれ、新たに芽吹きを迎える。

それは、植物としては極々当たり前の行為だ。

しかし、土着神でもあるこのエゴノキには、もう必要のないことのはずだった。

なにせ、この神は碧という次代をすでに見つけている。なのに、残り少ない命を削るように花を咲かせているのだ。それは銀目からすれば、自殺行為にしか思えなかった。

「どうしてだよ。お前、もうすぐ死ぬんだろ。今更、子を作ったってどうしようってんだ。

命を繋ぐ必要なんてもうないだろうが!!」

その時、苦しげに呻いた銀目の頭上に、なにかが落ちてきた。ノロノロと視線を上げると、そこにあったのは白い花。銀目が目を瞬かせていると、次から次へと花が落ちてくる。

「雪の鐘《スノーベル》……」

エゴノキにはもうひとつ特徴がある。

それは、花を咲かせた端から散らし、地面を雪のように白く染めることだ。

はらり、はらはら。樹上からまるで雨のように、そして雪のように降り続ける花は。

どこか儚くもあり――同時に、厳しい環境で生き続ける生命の、次代へ繋ぐための飽くなき欲求のようにも思えた。

「アッ……アハハハハハ！」

瞬間、銀目はお腹を抱えて笑い出した。ごろん、とエゴノキの花が散らばる地面の上に転がって、ひいひい息を切らしながら笑い続けている。

それを、金目はキョトンと見つめている。弟が何故笑い出したのかちっとも見当がついていない様子で、呆然と立ち尽くしていた。

「そういうことか。そうか、そうかあ……」

「……大丈夫？」

金目はボリボリと頭を掻くと、おもむろに銀目の傍にしゃがみ込んで額に手を当てる。

銀目はクックッ笑うと、その手を優しく払った。

「熱なんてねえよ。そんなに心配すんなって」

「心配するよ。銀目は僕の唯一だからね」

ぱちくり。銀目は大袈裟な仕草で瞬きをすると、次の瞬間、にいと白い歯を見せていつものように笑う。勢いよく手を伸ばして、金目の体を引っ張った。

「うっわ！　なにするんだよ！」

「アハハハハ！　わりい、痛かったか？」

銀目はそのまま金目を抱きしめた。混乱している片割れに、しみじみと言う。

「金目。忘れたら駄目だよな。俺らって今は烏天狗だけど、昔はただの雛だったんだ」

「……なんだって？」

怪訝そうな声を上げた金目に、銀目はヒヒッと笑って続ける。

「俺らの母ちゃんも昔はそうだった。でっかい自然の中のちっぽけな命で……俺らにとっては特別でも母ちゃんは〝ただの〟獣だったんだ。烏天狗でも人間でもねえ……なんにも特別じゃない一羽の鳥。だから、大きな流れには抗えなかった」

喋りながら考えを整理する。頭を使うのが苦手であったことがまるで嘘だったかのように、銀目の思考は限りなくクリアだ。

――そう。銀目たちにはなんの問題もなかった。

だが母鳥は双子を見捨てた。今になっては理由はわからない。

わからないが――そうせざるを得なかったのだろう。それが〝自然〟。命を繋ぐためにすべてを懸け、不要なものは容赦なく斬り捨てる。そんな営み。

「母ちゃんは俺らを捨てた。それはきっと、必要なことだったんだよな」

銀目がその言葉を口にした瞬間、金目は不快そうに眉を顰めた。

視線をあちこち彷徨わせ、なにか奥歯に物が挟まったような物言いをする。

「たとえそうだったとして、それは僕らに関係あるの？」

「――ねえな！」

銀目は即答すると、金目の背中をポンポン叩きながら言った。

「俺らが死にかけたのは間違いねえからな。心にできた傷は簡単には癒えないし、母ちゃんの匂いも感触も声もなにもかも知らないまま、生きていかなくちゃならねえ。でもきっと、呑み込まねえといけねえんだ。だってさ、俺らだって自然の一部なんだから」

銀目は拳を握りしめると、ハラハラと白い花を散らしている土着神に向かい突き上げる。

「俺、母ちゃんのこと赦すぜ。あれは仕方のねえことだった。母ちゃんはきっと、俺らを捨てたぶん、どこかで新しい命を繋いだはずだ」

すると、金目は勢いよく首を横に振った。

「馬鹿を言うなよ！　僕らがこうして生き残れたのは、ただの運だ。僕は自分が死ぬのは構わないけど、銀目が死ぬのは絶対に嫌だ！　絶対に赦せるもんか！」

「こら、金目。自分を蔑ろにすんな」

「ぐむっ……！」

　金目の頬を銀目がすかさず抓る。怒りの感情を露わにする銀目に、金目は困り顔になった。銀目はすぐにヘラッと気の緩んだ笑みを浮かべると、噛みしめるように言った。

「俺は赦《ゆる》す。金目は赦さない。それでいいんだ。それでいいんだよ」

　そして赤くなった金目の頬から指を離すと、改めてぎゅうと強く抱きしめた。

「俺らはふたりで一人前。でも別人でもある。だから、反対の想いを抱えてていいんだ。勘違いしたら駄目だぜ。金目」

「……っ！」

　銀目の言葉に金目は体を硬くした。次の瞬間には、脱力して銀目に全体重を預ける。

「なんだよ。ちっとも理解できない。勝手に成長して僕を置いていくな。馬鹿」

「なに言ってんだ！　俺が金目を置いていくわけないだろ？　ふたりでちょっとずつ進もうぜ。そんでもって、少しずつ世界を広げていこう」

「…………うん」

　それきり黙り込んでしまった金目の後頭部を撫でながら、頭上に広がる光景を眺める。

　大きく広がったエゴノキの葉。満開の花がはらはらと雪のように降り注ぐ。

　空には雲ひとつない。見惚れるほどの星空だ。なんて綺麗だろうと思う。

　この〝壮大〟で残酷な世界が――銀目は堪らなく好きだ。

　銀目は微かに漏れ聞こえる子守歌に耳を傾けながら、ゆっくりと目を瞑った。

　その心は、長雨が上がった後の空のように、どこか晴れやかだった。

幕間　いつまでも狭い世界に沈む僕は

穏やかな寝息が聞こえる。ゆっくりと体を起こした金目は、地面に寝転がったまま熟睡してしまったらしい片割れを見つめた。

「世界を……広げる……ねえ」

銀目の顔に落ちた花を指で払って、乱れた髪を直してやる。寝顔をじっと眺めると、起こさないようにと配慮しながら立ち上がった。

夏織たちも、ことの顚末《てんまつ》を知りたくてソワソワしているはずだ。痺れを切らしてここに押しかけてくる前に、簡単な報告くらいはしてやろう——金目はそう思っていた。

しかし、おもむろに足を止める。

垂れ目がちな瞳を鋭くして見つめる先には、なんの変哲もない茂みがあった。金目は翼を大きく膨らませると、表情を消し、ゆらりとそちらへ向かって一歩踏み出す。

「ああ！　バレてしまいましたか。やはり貴方は逸材ですね」

しかし、相手はそれほど我慢強い方でも、駆け引きを楽しむ方でもなかったようだ。いとも簡単に姿を現すと、中折れ帽を胸に当てて一礼した。

「僕は赤斑と申します。いやいや、茶番のお付き合いお疲れ様でした」

茶番、という言葉に金目の片眉がピクリと反応する。

「失礼。お気に障りましたか。僕ははっきり物事を言い過ぎるきらいがありまして」

黒髪に赤いメッシュを入れた男は、まるで舞台俳優のように大袈裟な手振りで驚いた様子を見せると、にんまりとどこか含みのある笑みを浮かべた。ゆるゆると森の中を歩き金目に近寄ると、金色の瞳をまっすぐに覗き込む。

「まあ、それはいいでしょう。それよりも、貴方によい話を持ってきたのですよ」

懐を探る。あるものを取り出すと、ニッコリと胡散臭《うさんくさ》い笑みを顔に貼り付けて続けた。

「これは、あくまでもお取引の提案です。なあに、そんなに悪い条件ではないと思いますよ。あなたの大切な方が損なわれることに比べたら」

瞳を三日月型に歪めた赤斑は、まるで熟れた柘榴のように真っ赤な瞳で、金目を品定めするように見つめ――フフ、と上機嫌に笑った。

「僕は主の望みを叶えたい。ただそれだけなのです。どうかご協力を」

金目は目を眇めると、はあと大きく息を吐いて、真っ赤な瞳を覗き返す。

その心は、銀目と過ごしていた先ほどまでとは打って変わって、真冬のように冷え切っていた。

第三章　貸本屋ゆうれい

——妙なことになったなあ。

私は内心でため息を零した。

目の前には寿司下駄。カウンターの向こうには職人さん。ガラスケースには新鮮そうな海鮮類が並べられている。そう、回らない方の寿司屋（しかも高級）である。

寿司下駄の上には、ツヤッツヤの光り輝くお寿司たちが上品な顔で並び、私に食べられるのを今か今かと待っていた。非常に美味しそうだ。大トロが私を誘っている。すぐにでも味わってあげたいところなのだが、私は手を出しあぐねていた。

その原因は、隣で上機嫌そうにしている紳士にある。

「大将、のどぐろを。軽く炙ってもらおうかな。ガスエビもいいね。夏織は知ってるかな？　コイツは、黒っぽくて見た目は美しくないが、寿司にすると抜群に美味い。大将、こちらのお嬢さんに握ってやってくれ」

「あいよ」

「ちょ……っ！　待ってください。私、そんなにご馳走になるわけには」

慌てて注文を止めると、その人は片眉を上げた。

「なにを言う。せっかく金沢《かなざわ》まで来たのだから、地のものを食べないでどうするんだ」

「いや、でも！　安いものでもないでしょうし」

「若者が遠慮するんじゃないよ。年長者に気持ちよく奢らせるくらいでちょうどいいんだ。それともなにかね？　この私とは一緒に寿司は食えないと？」

「い、いいえ。そんなことはありません。清玄《せいげん》さん……」

「よろしい！」

清玄さんは上機嫌に頷き、お銚子を私の手に握らせて自分はお猪口《ちょこ》を持った。

「私はね、酌をしてもらいながら寿司を食べるのが好きなんだ。付き合っておくれよ」

「はあ……」

お酒を注ぐと、清玄さんは一気に中身を飲み干し、頬を緩めて言った。

「美味いな。さあ、君もどんどん食べてくれ。今日という素晴らしい日を満喫しよう」

「は、はい」

すすめられて、おずおずと大トロに手を伸ばす。

——うっ……！　これは脳みそが溶ける。東雲さんにも食べさせてあげたい！

あまりの美味しさに涙が滲んできた。先ほどまでの遠慮をすっかり忘れ、次の寿司をつまむ。そんな私を、清玄さんは嬉しそうに見つめている。

ここは石川《いしかわ》県金沢市。

どうして私がここにいるのか。説明するには、少々時間を遡らねばならない。

＊＊＊

それは、幽世の町が濃厚な霧に包まれた朝のことだった。

居候たちの旺盛な食欲に応えるため、ここ最近の私は普段よりも早めに起きることにしている。眠い目を擦りつつ、しん、と物音ひとつしない台所に立つ。

「よっし、次は出汁……」

腕まくりをして戸棚から鰹節を取り出す。

その時、とん、とん、と戸を叩く音が聞こえた。

音がしたのは店の方だ。時刻はちょうど五時半。店を開けるには早すぎる時間だ。

——どうしようかな……。

ちら、と二階へ続く階段を眺める。来客時は自分を呼べと、水明に口酸っぱく言われているのだ。しかし、こんな時間である。ただでさえ睡眠の浅い水明のことだ。一度起こしたら、今日はもう眠れなくなるに違いないだろうから、なんだか忍びない。

とん、とん、とん。

急かすようにノックの音が続いた。もしかしたら、急ぎの用かも知れない。

「……フガッ！」

東雲さんの、やたら大きいいびきが響く。養父を起こす案も浮かんでいたが、やめておいた。あの様子では、寝始めてからそう時間は経っていないだろう。

「こんな日に限って、にゃあさんがいないなんて」

まるで狙ったようだと思いつつ、エプロンを脱ぎ、急いで店の方へと向かった。

明かりの灯っていない店は真っ暗だ。提灯に幻光蝶を入れる。黄みがかった光が辺りを照らし、うっすらと本棚が浮かび上がった。つっかけを履いて入り口に向かうと、静まりかえった店内にカラコロと足音が響く。磨りガラスの向こうに、ぼんやりと人影が見える。シルエットから察するに、どうも女性のようだ。

「どちら様ですか？」

しかし、相手はなにも反応を返さない。

ゆら、ゆらとまるで柳の葉のように揺れているだけだ。

――聞こえなかったのだろうか。

もう一度訊ねようとして――悲鳴を上げそうになった。

「ひっ……！」

何故ならば、来客の女性が磨《す》りガラスにべったりとくっついたのだ。

ガラス越しに、女性の姿が浮かび上がる。その人の顔は、生きているのかと疑いたくなるほどに血の気がない。ギョロ、ギョロと不気味なほどに大きな目を左右に動かし、店の中の様子を窺っているようだ。腰ほどまである長い黒髪は、べったりと肌に張り付いていて、お世辞にも手入れが行き届いているようには思えない。目の下には赤黒い隈が刻まれていて、唇はくすんでいた。身に纏っているのが白っぽい服だということもあり、顔色の悪さがやけに際立つ。

「……あ、あ……」

思わず声を漏らすと、その人はようやく私の存在に気が付いたようだった。

ニィと大きな口と瞳を三日月型に歪めると、掠れたような声を上げる。

「もし……本を貸して頂きたいのです」

その言葉に、停止しかけていた私の思考が復活した。

「お、お店は九時からです。開店前ですので、申し訳ありませんが……」

「どうして!!」

「ひっ……!」

穏便に終わらせようと断りの言葉を口にすると、その人は勢いよく磨りガラスに額をぶつけた。ガン、ガン、ガン……割れはしないものの、少々不安になる頻度で打ち付け続ける。ガタガタと年季の入った建具が揺れて、壊れたらどうしようなんて思う。

「あの、やめてください……!」

堪らず制止すると、その人はピタリと動きを止めた。まるで機械仕掛けの人形のようにぎこちない動きで首を傾げると、蚊が鳴くような声でこう言った。

「……遠方からわざわざ来たのです……ご迷惑なのは理解しております……そんなにお時

間は取らせません……どうか、入れてくれませんか……」

「そう、ですか」

女性の言葉にしばし考え込む。現し世のように交通機関が発達していない幽世では、旅先への到着が遅くなるなんてよくあることだ。旅人相手の宿もこの町にはあるが、一晩中、蝶の明かりは落とさないと聞いたことがある。

――わざわざ本を借りに来てくれたのだし。

意を決すると、ガラス戸の鍵に手を伸ばした。昔ながらのネジ式の鍵だ。金属が擦れる音と共に、閂《かんぬき》が外れた。ゆっくりと戸を開ける。ひゅう、と早朝にしては生温い風が頬を撫で、抹香のような香りが鼻を擽る。ぬらり、濃霧が店内に入り込んできた。

「どうぞ」

「ありがとう……」

そこに立っていたのは、二十代半ばほどに見える若い女性だった。白地に紫陽花《あじさい》の浴衣を着ていて、赤い風呂敷に包まれた荷物を大切そうに抱えている。細く、たおやかな首には、抜けるような白さの包帯が巻かれていた。その人はゆるゆると頭を下げると、店の中に入って来る。カラコロと下駄が鳴った。

「なにかお探しの本はございますか？」

照明に提灯から蝶を移しながら訊ねる。

その人は、ゆらりと首だけをこちらに向けて言った。

「小さな……そう……赤ん坊に読み聞かせるような絵本を」

そして腕に抱いた荷物に視線を落とした。それは、人形ほどの大きさの荷物だ。

「そうですか！」

私はニッコリと笑みを浮かべると、店内の一角に向かった。昨日、ちょうど小さな子ども向けの絵本を集めたコーナーを作ったばかりだ。さっそくお客様に見てもらえるなんて！　と少し浮かれてその場所へ行くと、くるりと振り返った。

「こちらで――……」

その瞬間、私は大いに動揺した。

何故ならば、女性がまるで煙のように消えてしまっていたからだ。

「あれ？　どこに行ったんだろう」

店内をくまなく捜す。しかし、女性の姿は見えない。

「帰っちゃったのかな……」

首を傾げて、なんとなしに絵本のコーナーに戻る。

すると私は、驚きのあまりに目を見開いた。

「……んで！　これがなくなった本の代わりにあったお金！」

得体の知れない女性がやってきた一週間後、私は皆にあるものを差し出した。茶色い染みがついた袋に包まれているそれは「寛永通宝《かんえいつうほう》」だ。袋の中には六枚入っていた。

「六文銭……三途の川の渡し賃ってか？　じゃあ、この袋は頭陀袋《ずだぶくろ》か」

「怖！　頭陀袋って死人が首から下げる奴じゃん。お化けだったんじゃないの〜？」

「き、金目！　怖《こえ》えこと言うなよ〜！　夜、眠れなくなったらどうすんだよ！」

「あやかしがお化けを怖がるってどういう了見なの。駄犬、くっつかないでくれる？」

「いいいい、いや！　オイラは黒猫が怖がってないかって心配で」

「…………」

東雲さんは怪訝な顔をして袋を矯《た》めつ眇《すが》めつ眺め、銀目に抱きつかれた金目はケラケラ笑っている。クロはにゃあさんのお尻にくっついて震え、三本の尻尾でビシビシ叩かれていた。集まった面子《メンツ》の中で、唯一無言なのは水明だけだ。仏頂面のまま、腕を組んで目を瞑っている。

「その人、何度かうちに来たんだけどね、毎回、お店に入った途端にフッと姿を消しちゃうんだ。そしたらね、いつの間にか借りた本が元の場所に戻っていて。また違う本がなくなってお金が置いてあるんだよね。その繰り返し」

「変な客だな。オイ、にゃあ。お前は見ていないのか」

「知らないわよ。その客、決まってアタシのいない日に来るんだもの」

女性と会ったのは三回。しかし結局、直接女性と会えたのは私だけだ。

すると、金目に縋りついて涙目になっていた銀目がどこか心配そうに言った。

「それよりも大丈夫か？　怖かっただろ？　言ってくれれば追い返してやったのに」

「とんでもない！」

私はヒラヒラと両手を振ると、ヘラッと気の抜けた笑みを浮かべて続けた。

「確かに、最初は怖かったけどね。何度も来てくれてるってことは、うちの店を気に入ったってことでしょう？　それが嬉しくて！　後、今日は絶対に見失わないぞ！　ってドキドキしながら接客してたら、段々楽しくなってきたんだよねえ」

すると銀目は「そうかそうか！」と嬉しそうな顔になり、金目は呆れ顔になった。

「まったく夏織は、本のことになると途端に緩くなるよね〜」

「正直、自覚してる。でも、本を借りにくるお客さんを無下にはできないよ。でも……」

私はちゃぶ台の上に肘を突くと、ため息を零した。

「ちょっと困ったことになっちゃって。代金がね……」

「どうしたの？　古いお金なんだよね？　そういうのって高く売れそうだけどな！」

「クロもそう思うよね!?　でもね……」

私は皆に、この古銭の価値を知りたくて、遠近さんに相談を持ちかけたことを話した。

持参した寛永通宝を繁々《しげしげ》と眺めた遠近さんは、肩を竦めてこう言ったのだ。

『よくある一文銭だね。正直、これじゃあペットボトルのお茶も買えない』

その答えに、私が唖然としたのは言うまでもない。

慌てて近くのネットカフェに飛び込んで、古銭の市場を確認したくらいだ。何百枚という一文銭が纏めて二千円で売られているのを見た時は、思わず頭を抱えてしまった。

「うわ、マジか……」

私の話を聞くと、東雲さんは苦々しい顔になった。客商売である以上は、特定の相手にだけ安い値段で貸し出すわけにはいかないのだ。通常の対価を払ってくれているあやかしたちに申し訳が立たなくなる。

「だからさ、今日は皆に相談したくて」

私は居住まいを直すと、勢いよく頭を下げた。

「女の人に正当な料金を払うようにお願いしたいんだけど、誰か付き合って！　あの人、ちょっと顔が怖くて……誰かがついていてくれると嬉しい」

そんな私の申し出に、東雲さんはどこか煮え切らない様子だった。他の皆も戸惑った様子で顔を見合わせている。その瞬間、どこか苛立ったような声が響いた。

「駄目だ」

それは水明で、彼は険しい表情を浮かべると、強い調子で言った。

「そんな客、もう二度と店に入れるんじゃない。何度も説明しているだろう。今はなにがあるかわからないんだ。連日、黒猫や俺たちがどれだけ苦労していると思っている。そもそも、正体の知れないあやかしの相手をするな」

ここ最近、にゃあさんや金目銀目たちが留守がちだったのは、ぬらりひょんの要請に従って、幽世中を駆け回っているからだった。そのことは私も理解していた。だけど、簡単に引き下がるわけにはいかない。

「そ、そうは言うけどさ。あの人の正体に関しては、ほぼほぼ見当がついてる。十中八九『飴買い幽霊』だと思う」

——それは、日本各地に伝承が残っている母親の幽霊だ。

場所によって、やや内容が違ったりはするものの大筋は一緒である。

子を身ごもったまま死んだ母親が、埋葬された後に出産をした。母親は夜な夜な幽霊となって町を彷徨い、三途の川の渡し賃である六文銭を使って、子のために乳代わりの飴を買い求める、というものだ。

「あの人は、きっと赤ちゃんのために本を借りているんだと思う。なんで飴じゃなくて本なのかはわからないけど……うちの本で赤ちゃんをあやしてるのかなって」

それが本当ならば、なんて素敵なことだろうと思う。

子を想う母の気持ちがひしひしと伝わってきて、だからこそきちんと対応したいとも考えた。それが甘すぎる考えであるのは重々理解してのことだ。私は幽世のあやかし皆に育てられた。だから、困っているあやかしがいるのなら、自分にできそうな範囲で、なにかしてあげたかったのだ。

「お願い。皆が忙しいのはわかってるんだけど……」

「駄目だ！」

再び頭を下げた私の言葉を、水明の冷え切った声が遮った。取り付く島もない様子に、なんだか泣きたくなってくる。ここ最近、行動を制限されていたこともあって、いつもなら「仕方ないね」で終われそうなことが、どうにも我慢できない。

「どうしてよ！　その人がもう一回お店に来た時に、一緒にいて欲しいだけだよ？」

「さっきも言ったが、もうそのあやかしは店に入れるな。営業時間外だと帰せ」

「うう……！　なんでよ！　水明の正論馬鹿！」

「なんだと？　このお人好し馬鹿が！」

「待って待って待って！」

水明と睨み合っていると、金目が割って入ってきた。

「珍しいねえ。ふたりが喧嘩するなんて」

彼は小さく笑って、私と水明の手をそれぞれ取った。

「水明、そんなにカッカしないで〜？　心配なのはわかるけどさ。言い方ってあるでしょ？　まあねえ、水明はなによりも夏織のことが大事だもんね。知ってる〜」

「……なっ！」

「夏織もちょっと意固地になり過ぎ。本のことになるとやり過ぎるのはいつものことだけどさ、開店前なのに店をわざわざ開けるのは、僕だってどうかと思うよ。貸し出し料金もそうだけど、最低限のルールは守らなくちゃ」

「うっ……」

黙り込んでしまった私たちに、金目はにこりと笑った。

「なにはともあれ仲直りしようよ。ともかく、格安で本を貸しちゃったのは確かなんだし、一旦、そのあやかしとはお話ししないと駄目でしょ？　そんなに手間のかかることじゃないからさ～。東雲もそう思うよね～？」

金目がちらりと養父に視線を送ると「そうだな」と、どこか複雑そうに頷いた。

「店主の許可が出たね。じゃあ、そういうことで～！　仲直り！」

金目は、私と水明の手を無理矢理引っ張って近づけた。

私たちはお互いにちらりと視線を交わして――おずおずと握手をする。

「ごめんね、わがまま言って」

「俺も聞く耳を持たなくて悪かった……」

「本当、めんどくさいわねアンタたち」

「水明！　仲直りできてよかったね～！　オイラも嬉しいよ！」

わんにゃんコンビの生温い視線を感じる。私たちはどことなく居たたまれなくなって、すぐに手を離したのだった。

＊　＊　＊

翌日から、私の朝食の準備には誰かが一緒についてくれることになった。皆眠そうだったけれど、手伝いをしてくれたりして、普段より炊事が捗ったと思う。

あの女性がわが家にやってきたのは、三日後のことだ。

その日は現し世でアルバイトがある日だった。他の人とのシフトの兼ね合いで、出勤するのは私と金目。ちょうどいいからと、その日は金目が付き添ってくれていた。

「ふわ……。流石にまだ眠いよねえ」

「ごめんね。無理をお願いしちゃって。はい、どうぞ」

しきりに目を擦っている幼馴染みに、できたばかりの玉子焼きを差し出す。

金目は心から嬉しそうに笑うと、大きな口を開けてそれに齧り付いた。

「美味しい～。僕、玉子焼きの味付けは、ナナシより夏織の方が好きなんだよね」

「おお。嬉しいこと言ってくれるじゃない。ソーセージも食べる？」

「やった。役得じゃん～」

年頃の男の子らしく、朝から食欲旺盛な金目に思わず笑みを零す。そんな私を、目を細めて見つめていた金目は、背後に回ると頭の上に顎を乗せてきた。

「金目、重いんだけど」

「夏織がちっちゃいのが悪いよね。顎を置くのに最適な高さ」

「これから伸びるもんじゃなし、それって不可抗力じゃない!?」

思わず抗議の声を上げるも、クスクス笑って取り合ってくれない。

「それよりも夏織。ぬらりひょんから海月を預かってたよね。アレどうしたの？」

「ああ……あのちっちゃい子？　ぬらりひょんがなかなかうちに寄ってくれなくて、まだ返せないままなんだ。今は金魚鉢に入れてあるけど」

ちら、と台所の隅に視線を向ける。納屋から引っ張り出してきた金魚鉢には、ぬらりひょんから預かった海月を放してある。普通ならばもっと気を遣わなくちゃいけないのだろうが、厳密には普通の生き物と違うらしい海月は、餌もあげていないというのに、今日も元気に水の中をぷかぷか浮いたり沈んだりしていた。

「あんなとこにあったんだ。あ、僕いいこと思いついちゃった。夏織にこれをあげよう」

ゴソゴソと懐を探った金目が取り出したのは、何本かの烏の羽根だ。

「え、金目の抜け毛じゃん」

「言い方〜！　間違ってないけどさあ」

金目はケラケラ笑うと、それを私のポケットに押し込んだ。

「この羽根を持ってたらいいことあるよ。多分ね」

「ええ……なにそれ。天狗の羽根ってご利益あったっけ？」

「あるある。きっとあるよ。なにせ僕の神通力っぽいものが籠められてる」

「アハハ。ぽいって……」

――とん、とん、とん。

金目といつもの調子で話していると、その時、待ち侘びていた音が聞こえてきた。

私は金目と視線を交わすと、ガスを止めてエプロンを脱いだ。店の方に行こうとして、金目が反対方向に向かっているのに気が付いて声をかける。

「どこに行くの？」

「僕は外から回るよ」

にこりと笑った金目は、カラカラとガラス戸を開けて縁側に出ると、ふわりと宙に舞い上がった。金目の姿が見えなくなると、大きく息を吐いて気合いを入れる。

――今日こそは！

提灯を手に持ち、ついでに用意しておいた料金表を手にする。つっかけを履いて店の人り口を目指せば、カラコロ、軽快な足音が物音ひとつしない店内に響く。月が綺麗に出ているからか、普段よりか幾ばくかは明るい。幻光蝶の黄みがかった光と、月の青白い光が混じり合って、開店前で冷め切った貸本屋の内部を優しく照らしていた。

「どちら様ですか」

相手はわかっているものの、一応声をかける。

すると磨りガラスの向こうの人影は、ゆらり、柳の木のように揺れて「本を貸して頂きたいのです」といつもの台詞を放った。

「今、開けますね」

『そんな得体の知れない客、もう二度と店に入れるんじゃやない』

その瞬間、ムクムクと不安な気持ちがこみ上げてきたが、すぐに気を取り直した。

もしも、この人が私に害を為そうとしているのであれば、今まで少なくとも三回もチャンスがあったはずだ。それをむざむざ無駄にしているのだから、きっと大丈夫。

「……よし！」

私は気合いを入れると、ガラス戸の鍵を開けた。

からり、戸を開けた途端に温い風と抹香の匂い。その人は、今日も生気がまるでない顔で、赤い風呂敷に入ったなにかを大切そうに抱えて立っていた。

「あの、今日はお話があります」

女性が消えてしまう前にと話を持ちかける。

「実は、お代について相談したいことが――」

慎重に言葉を選びながら話し始める。もしかして気分を害してしまうんじゃないかとドキドキしている私を、女性はどこを映しているか判然としない瞳で見つめている。

「これ、貸本屋の料金表です。あの……非常に申し上げにくいんですが、今まで頂いたお代だと、本を貸し出すにはかなり足りなくて」

一旦、女性から視線を外した。

折りたたんでいた料金表を開こうと、手もとに視線を落とす。そして――。

「ひっ！」

思わず、悲鳴を上げて仰け反った。

何故ならば、黒々とした髪の毛が手もとに大量に落ちてきたのだ。

「なに。なにこれ」

ねっとりと脂で固まっている髪を振り払おうとする。けれど、なかなか取れずに焦りが募った。全身が粟立ち、他人の髪の毛への嫌悪感で悲鳴を上げたいくらいだ。

「……っ！　取れた」

やっとのことで髪の毛を振り落とした私は、安堵の息を漏らして――しかし、ひくりと硬直した。濃厚な抹香の匂いが鼻につく。

あの女性が、知らぬ間に吐息が聞こえそうなほど近くに立っている。

――下駄の音なんてしなかったのに。

耳の奥で、なにか鈍い音が鳴っている。それが己の心臓の音なのだと気が付くまで、数瞬かかった。恐ろしい勢いで鼓動を重ねる心臓は、私の全身から汗を噴き出させる。

――どうしてこんなに恐怖を感じるんだろう？

ふと疑問に思う。なにせ私は幽世育ちだ。今まであやかしたちとは散々顔を合わせてきた。巨大なあやかしに本能的に恐怖を覚えることはある。けれど、それも相手のことを知るまでだ。この人とは何度も会っている。いい加減慣れてもいいだろうに、毎度のように恐怖を覚えるのがどうにも腑に落ちなかった。

「あの……」

深呼吸をしてから、心を奮い立たせて顔を上げる。そこには、漆黒の髪の毛のカーテンの奥で、じいと私を見下ろす女性の顔があった。

「……っ」

言葉を失った私に、女性は引き攣ったような笑みを浮かべた。血が滲んだ色の悪い唇を微かに振るわせて、ささくれだった指で首に巻いていた包帯の端を掴む。

するり、するするすると包帯が解けていく。現れたのは、首を一周する生々しい鬱血の痕。

「……ひっ」

「なにしてんの！」

悲鳴を呑み込んだその瞬間、金目の鋭い声が響いた。

先ほどまでとは打って変わって、素早い動きで女性が振り返った。通りの真ん中で仁王立ちしている金目を見つけて小さく舌打ちすると、脱兎の勢いで駆け出す。

「あっ……待て！　こりゃ踏み倒すつもりかも知れないよ！　夏織早く立って！」

「そ、そんなこと言われても……」

正直、腰が抜けそうだった。散々、怖いものを見せつけられた後なのだ。生まれたての子鹿よりも走れない自信がある。

「ああもう！　仕方ないなあ！」

マゴマゴしていると、金目は私をおもむろに抱き上げた。

「ありが……」

「重っ……」

「それは禁句！」

金目は通りの真ん中に出ると、翼を大きく開く。浮遊感が襲ってきて、私たちはたちまち空へと飛び上がった。人間である私に誘われて、幻光蝶がどこかから集まって来る。

ふわり、ゆらり。美しい蝶を引き連れて、上空から逃亡者の姿を探る。

「——あ、あそこ！」

すると、少し先を行ったところにある辻を女性が曲がったのが見えた。

「怖かったら目を瞑っててていいからね！」

金目はスピードを上げると、辻に向かって一直線に飛んだ。風を切る音が耳もとで唸り、お言葉に甘えて目を瞑る。その時「あれ？」と金目の拍子抜けしたような声がした。揺れが収まっている。どうやら目的地に到着したらしい。

そろそろと目を開けると、そこにあったのは暗闇に沈む路地だ。

女性の姿はどこにもなく、辺りを見回してもなんの気配もしない。

「逃げられちゃった……？」

「だねえ」

金目と顔を見合わせて、深くため息をつく。

その瞬間、ドッと疲れが襲ってきた。これぞ骨折り損のくたびれもうけ。脱力感に見舞われていると、そこに聞き慣れない声がした。

「——おや。金目君じゃないか。どうしたんだね」

「……先生！」

途端に金目の顔が輝く。あまり他人に心を開かない金目にしては珍しいと驚いていると、その人はコツコツと革靴を鳴らしながらこちらへ歩いてきた。

それは、英国調のスーツを着た紳士だった。糊の利いたシャツに、革靴は磨き上げられていて汚れひとつない。白髪交じりの灰色がかった髪は几帳面に撫でつけられ、柔らかく細められた瞳は、キャラメルを思わせる甘い色。目尻には笑い皺があり、四十代後半くらいに見える。しかし、彼が醸し出す雰囲気はどこか若々しい。

遠近さんと似たような年齢だが、あの人の薔薇を思わせる華やかさとは違い、彼はどちらかというと寒空に花開くハクモクレンのような凛とした趣があった。やや持ち上がった口もとには、成熟した大人の男の色気を滲ませている。

「こんな早朝から捜し物かね。君も、ぬらりひょんにいいように使われているようだ」

「いえ、今日は違うんですよ。貸本の代金を踏み倒そうという輩がいまして」

「へえ……それで、相手を見失ったと？」

「お察しの通りです」

「ハッハ！　それは大変だったね」

——誰だろう？　見慣れないあやかしだ。

それに、どこかで会ったことがあるような……？

キョトンとしてふたりの話を聞いている私に、金目がその人を紹介してくれた。

「この人ねえ、うちの爺さん……僧正坊の知り合いなんだよ。名前は清玄」

「私はしがない化け狐さ。鞍馬山の大天狗に比べれば、取るに足らない存在だがね」

清玄さんはクツクツと笑うと、私の周囲に舞い飛ぶ幻光蝶を眺めながら言った。

「君は貸本屋の娘さんかな？　金目から噂はかねがね聞いている」

「あ、は、はい。夏織です。金目がお世話になっているようで……」

清玄さんは鷹揚に頷くと、突然、こんなことを言い出した。

「私ね、君たちが捜しているあやかしを見たかも知れないよ」

「えっ……！」

「さっき、浴衣姿のあやかしが黒縄地獄への門を慌てて潜っていったんだ。こんな早朝に珍しいな、と思っていたんだけれどね。もしかして……」

「そ、ソレです！　黒縄地獄……って金目、北陸方面で合ってる？」

「そうだねえ。北陸に飴買い幽霊の伝承があれば、棲み家が特定できるかも」

「おお、それなら知っているよ。金沢辺りには飴買い幽霊の話が遺っている」

「……!!」

私は金目と視線を交わすと、清玄さんの手を強く握った。

突然のことに清玄さんは目を丸くしている。私は興奮を抑えきれぬまま言った。

「よかったら、それを詳しく教えてください！」

「あ、ああ。構わないよ。そうだ、それなら案内がてら一緒に金沢に行こうじゃないか。金沢の飴買い幽霊の伝承は、複数の寺院に跨がっていてね。口で説明するよりは直接行った方が断然わかりやすい。どうだろう？」

「いや、でも……今日はアルバイトがあって」

嬉しい申し出ではあるが、流石に仕事をサボるわけにはいかない。

　すると金目が笑って言った。

「いいんじゃない？　僕が遠近に伝えておくからさ。最近、家に籠もりっきりだったから、気晴らしも兼ねて行ってくれれば？」

「ええと、いいのかな……。水明が怒るんじゃ」

「水明？」

　私の言葉に、清玄さんは軽く片眉を上げると、にこりと優しげな笑みを浮かべた。

「君のボーイフレンドかな。随分と心配性なことだ」

「いっ……いいえ、そういうわけじゃないんですが」

「なら、構わないんじゃないか？　元々出かける予定だったんだろう？　そこの金目君が黙っていてくれさえいれば、誰にもバレないさ」

「そうでしょうか……」

　──あれだけ私のことを心配してくれているのに、なんだか申し訳ないな……。

　でも、金沢にも行ってみたい気もする。北陸新幹線開業に合わせてリニューアルした駅舎を、一度くらいは見てみたいと思っていたのだ。

　ちら、と上目遣いで清玄さんを見つめる。彼は小首を傾げると、砂糖を煮詰めたように甘い色をした瞳を細めた。

　──金目が懐いている人だもん。大丈夫だよね。

　私は覚悟を決めると、清玄さんに案内を頼んだ。朝食後に落ち合う約束をする。

「よかった。君との旅路を楽しみにしているよ」
こうして――私は清玄さんと一緒に金沢へと行くことになったのである。

＊　＊　＊

正直に言おう。金沢に到着した途端、出発前に抱いていた後ろめたさは霧散した。

「はあ～！　鼓門《つづみもん》！　おっきいねえ……！」

能楽で使われる鼓をモチーフに作られた門は、金沢の玄関口である駅前にどどんと鎮座していた。そのあまりの大きさに圧倒されて、上を見上げたままクルクル回る。

「そんなにはしゃいだら、気持ち悪くなるんじゃないかい？」

「だあいじょうぶですよ！　私、大人ですし！」

「それだったらいいんだけどねえ」

のほほんと答えた私に、清玄さんは呆れ気味だ。

金沢駅舎を存分に満喫した私は、さっそく清玄さんに声をかけた。

「じゃあ、清玄さん！　飴買い幽霊の伝説がある寺へ……って、どうしました？」

途端、清玄さんの表情が一変した。呆れ果てたような顔から、余裕たっぷりの笑みへ。

彼は私の肩に手を乗せると「それは後だ」と断言した。

「せっかく金沢まで来たんだよ？　加賀百万石《かがひゃくまんごく》を満喫しないでどうするのかね」

「ええ……。私、皆に嘘をついて来てしまったので、できれば早く帰りたいんですが」

「ははは。さっき君は、自分が大人だと言ったじゃないか。別に気にすることはない。大人は、真実の中に適度に嘘を織り交ぜて生きるものだろう？」

私はキュッと眉を寄せると、じとりと清玄さんを見つめた。

「……私、そういう生き方はあんまりしたくないです」

「おや。仲間に嘘をついてここに来ている君がそれを言うのかね？」

「うっ……！」

清玄さんはクククと喉の奥で笑うと、私の肩を抱いてどこかへ向かって歩き出した。

「どっ……どこに行くんです？」

彼は伽羅色《きゃらいろ》の瞳を子どものように煌めかせると、渋みがかった顔を緩ませて言った。

「なにか食べよう。寿司！　寿司がいいな。金沢に来たら寿司だ！」

「お、お寿司ですか……。手持ちが心許ないんですが」

「なにを言ってるんだ。私の奢りに決まっているだろう」

「へっ⁉」

素っ頓狂な声を上げた私に、清玄さんは心底楽しそうに笑った。

「可愛らしい女性をエスコートするのも、大人の男の楽しみのひとつだよ」

「か、可愛らしい……」

「いやあ、若い子を連れ回すのは気分がいいんだ。ごらん、通りがかった同年代の紳士たちが羨ましそうに私たちを見ているじゃあないか！」

「ひ、人をアクセサリーみたいに……！　大人なら、相手の意思を尊重すべきです！」

「そんな大人は知らないなあ」

「都合の悪い時は知らない振りするの、如何にも大人って感じですけどね⁉」

精一杯抗議するも、清玄さんはちっとも取り合ってくれなかった。

飴買い幽霊の伝承なんてほったらかしにして、金沢市内を連れ回される。

最初は清玄さんの希望通りにお寿司屋さん。回らない寿司なんて初めて食べたものだから、もう二度と回転寿司しか知らない元の体に戻れる気がしなかった。

「今までまっさらな体だったのに。私は汚されてしまった……」

「誤解を招くような発言はよしてくれたまえ」

「酷い。責任取って」

「ど、どうしろと言うんだ……」

「食後のアイスクリームで手を打ちましょう！」

「君の純潔はいやに安いな⁉」

その後はふたりで近江町《おうみちょう》市場《いちば》に行った。金沢市民の台所として知られているその場所は、狭い路地にぎっしりと店が建ち並んでいる。鮮魚店から青果店、はたまた雑貨屋までもひしめき合う近江町市場には、多くの人が行き交っている。

「うわあ。ここは相変わらず賑わってるなあ」

「おや、来たことがあるのかい？」

「ええ、養父と一緒に一度だけ！」

加賀野菜を手に取りながら、当時のことを思い出して笑みを零す。

「六歳くらいの頃ですかね。養父の仕事についてきたんです。そしたら、忍者寺っていうのがあるよって、地元の人に教えてもらって。行きたいって駄々をこねたら、渋々連れて行ってくれることになったんですよね」

忍者寺とは、妙立寺《みょうりゅうじ》のことだ。加賀藩三代当主前田利常《まえだとしつね》が創建した寺で、緊急時には出城としての役目を果たした。そのため、落とし穴にもなる賽銭箱《さいせんばこ》や、床板をずらすと現れる階段などがあり、それが忍者の仕掛けのようだと言われているのだ。

「子どもが好きそうでしょう？　東雲さんの商談で散々待たされた私は、ワクワクしながら寺に行ったわけです。でも……」

正直なところ、当時の私は素直に楽しめなかった。

なにせ、私よりも大きい子どもが大はしゃぎしていたので。

『オイ、マジか……！　階段が出てきたぞ！　えっ……つまりだ、敵が襲ってきたらここから逃げる……!?　かっこいい……俺も欲しい……』

「あの人ったら、子どもみたいに目をキラキラさせて。案内の人に止められるくらいにねちっこく見学するもんだから、私ってば恥ずかしくって……」

『し、東雲さん。もういいじゃん、帰ろう!?』

『待て。俺はここで学べるすべてを吸収してからでないと帰れん！』

『なにを学ぼうとしてるの、馬鹿ァ！』

ウチの店には隠し階段がある。

実は、それを作ったのは忍者寺がきっかけだったりするのだ。

「本当にしょうもないですよね。子ども心に呆れちゃいました」

くすりと思い出し笑いをして、しみじみ呟く。

「東雲さんの行動が嫌で嫌で……幽世に戻る時、養父と距離を取って帰った記憶があります。今考えたら、そういう無邪気な部分も好きだなって思えるんですが」

「ふうん」

白けた相槌が聞こえて、隣に視線を向けた。清玄さんは、手にした野菜を粗雑な仕草で棚に戻すと、どこかつまらなそうにしている。

「君のところって義理の関係だろう。ちょっと私には理解できないな」

何度か目を瞬き、頬を緩める。大人だとばかり思っていた清玄さんの表情に、少し不貞腐れた子どものような部分を見つけたからだ。

「もしかして、お子さんと上手くいっていないとか？」

「君には関係ないことだろう？」

「そうですね」

――どう言えばいいかな。なにも言わない方がいいのかな。

ちょっとだけ考え込んで、視界の中にとある店を見つけた。私は店員さんに加賀野菜を返すと「ここで待っていてください！」と断りを入れてその場を離れる。

目指すは——精肉店だ。

そこであるものを買い求め、急いで清玄さんの元へ戻った。

私が手にしたものを目にすると、彼は困惑したように眉を下げる。

「さっきアイスクリームも食べただろう。君はまだ食べるつもりなのかね」

「アハハ！　そうですね。でもこれは別腹ですよ、別腹」

私が買ってきたのは、揚げたてアツアツのコロッケだ。サクッと軽く揚がった衣を指で割ると、たっぷりと肉そぼろが入った具が顔を覗かせる。想像していたよりも肉の割合が多くて嬉しい。飴色の玉ねぎが混じった具からは、胃を刺激する匂いが放たれていて、空腹は感じていないはずなのに思わず唾を飲み込んだ。

「能登牛《のとうし》コロッケですって。ここってお肉も美味しいんですよ！　ご存知でしたか」

説明しながら、半分を清玄さんに差し出す。

彼は軽く目を見張ると、次の瞬間にはひそりと眉を顰めた。

「これは？」

「よかったら半分こしましょう！」

「…………」

「美味しいも楽しいも、誰かと半分こしたら、二倍にも三倍にもなると思いませんか」

私の言葉に清玄さんはすぐに反応しなかった。僅かに瞳を揺らして、視線を地面に落としてしまう。彼の手を取って、半ば無理矢理コロッケを握らせる。

清玄さんの伽羅色の瞳を覗き込むと、少しはにかみながら言った。

「確かに、私と東雲さんは義理の関係ですけど……家族って血の繋がりじゃないと思うんです。思い出とか、優しさとか。いろんなものを半分こできる関係が家族かなあと考えています。そうやって、私たちは他人から家族になった。清玄さんも、いつかお子さんとなにかを分け合えたらいいですね」

「…………そう、だね」

するると、清玄さんは私にこう訊ねた。

「君は優しいね。誰にでもそうするのかな」

私は口の中のコロッケを飲み込むと、小さく首を傾げて言った。

「神様じゃあるまいし、誰にでもはしませんよ！　でも、誰かに優しさをもらったら、同じぶんだけ優しさを返してあげなさいって、そう言われて育てられたんです。清玄さんにも優しくしてもらいました。だから……って、ちょっとお節介でしたかね……へへ、いつも怒られるんですよね」

どうにも恥ずかしくなってきて、コロッケを大口で囓って紛らわす。

そんな私を、清玄さんはじっと物言わぬまま見つめていた。

＊　＊　＊

夕方が近くなると、小雨がぱらつき始めた。

雲は限りなく薄い。夕陽が透けるくらいの空模様だから、通り雨だろうと傘も差さずに金沢の町をゆく。

清玄さんとやって来たのは、金沢に伝わる飴買い幽霊の伝承で一番有名な場所だ。

金沢市内には、寺社が集まる箇所が三つほどある。ここはその中のひとつで、浅野川《あさのがわ》の近くにある卯辰山《うたつやま》山麓寺院群、光覚寺《こうかくじ》に繋がるあめや坂だ。かつてここには、道沿いに何軒もの飴屋が並んでいたらしい。その多くが金沢の老舗「あめの俵屋《たわらや》」の暖簾《のれん》分《わ》けであったそうだが、現在その名残はなく、閑静な住宅街が広がるばかりだ。

坂を上りきった先に見えるのが光覚寺。雨で濡れたアスファルトが、鮮やかな夕陽を反射してキラキラと光っていた。

「えっと……飴買い幽霊の伝説が遺っているのは、四つの寺院ですね。ここのお寺には、飴買い幽霊を供養するためのお地蔵さんがあるんですっけ」

金沢駅で入手した観光ガイドを見ながら、清玄さんに訊ねる。

「ああ。寺の墓地にあるはずだよ」

「よし！　行きましょう！」

気合いを入れて坂を上る。最悪、代金の回収はできなくとも、あの女性が持ち帰ったままの本だけは取り戻したい。

あめや坂は結構な急勾配だった。あまりにもキツいものだから、かつて藩政期には、子どもたちが荷車を押して駄賃をもらっていたと言われているくらいだ。あまり運動が得意でない私にとって、この坂を上るのは少々骨が折れた。

「……ひい。しんどい……」

ようやく坂を登り切り、噴き出してくる汗をハンカチで拭う。

朝方、金目にも重いと言われたし、ダイエットがてら運動をするべきかも知れない。

「大丈夫かな？」

「うう……清玄さん、余裕ですね」

「私は足腰だけは自信があるんだ」

――体力は年齢と関係ないのね……。

そんなことをつらつら考えていると、遠くに白い人影が見えた。

「ああっ！」

思わず大きな声を上げる。すると、人影はふらりと建物の影に消えて行った。

白地の紫陽花柄の浴衣、長い髪の毛。あの女性に間違いない。

「清玄さん！」

「はいはい」

ちっとも急ごうとしない清玄さんを置いて、私はひとりで駆け出した。

——足がガクガクする！　ああもう、だらしないったら！

ダイエットどころか、筋トレを決意して境内を駆ける。寺院内に人影はない。ひたすら女性の姿を追って走って行くと、境内の裏手に墓地に続く階段が見えた。

また結構な坂だ。元々、金沢は河岸段丘の町で高低差がある場所が多い。加えて、ここは卯辰山の麓である。全力疾走するには些か難易度が高い。

「はあ、ひい……」

フラフラになりながらも、木々に囲まれ、少し苔むした階段を上る。

そうしてたどり着いた先——多くの地蔵が建ち並ぶ場所に彼女はいた。

大きな木のもとに、地蔵尊が三体並んでいる。苔むしてはいるものの、きちんと手入れされているようで、瑞々しい花が供えられていた。女性は、手にした赤い風呂敷包みを優しげな手付きで撫でながら、なにかブツブツ呟いているように思える。

この頃には小雨は上がっていた。

雲間から天使のはしごが下りてきて、地上を優しく照らしている。鮮やか過ぎるほどの夕焼けだ。視界が茜色に染まって、長く昏い影が伸びている。

「あの……」

私が声をかけると、その人はゆらりとこちらに顔を向けた。

ドキン、と心臓が跳ねた。何故ならば、女性がさめざめと泣いていたからだ。

「よくも……」

「え？」

「よくもまあ、そんな平気な顔をしてここに来られたものですね」

——なんだか雰囲気が違う。

店で感じたような、儚さ、おどろおどろしさは消え失せている。その代わりに生者独特の重苦しい空気を纏っていて、見ているだけで息が詰まりそうだ。

——それに平気な顔って……どういうことだろう？

首を傾げると、女性は風呂敷包みに頬を寄せて続けた。

「貴女には聞こえないのでしょうね。この場所に渦巻く、愛する子を手放さなければならなかった母の無念の声が。理解できないのでしょうね。懸命に飴でわが子の命を繋いだ母の決意が。故郷を捨て、親を捨て……幽世に紛れ込んだ貴女には」

「……どういうことです？　なにが言いたいんですか」

女性の言葉に、頭の隅がチリリと熱を持った。

この人は、私のなにを知っていてそれを語っているのだろう。

そもそも前提が間違っている。私の故郷は幽世だ。生まれが現し世であるのは事実だが、幼かった私自身が選んだことではない。私には幽世の皆に育てられたのだという自負がある。まるでそれが偽りであったと言わんばかりの女性の口ぶりに、顔を顰める。

不快感を露わにした私を、女性は涙で濡れた顔でぼんやりと見つめた。

「なにが？　貴女に言いたいことは山ほどありますけれど。そうね、そうよね。貴女はなにも知らないのかも知れない。まずはこれを見てもらいませんと」

　そう言うと、女性はゆらゆら揺れながら私に近づいてきた。

　虚ろな瞳。紫を通り越して黒ずんだ唇。やつれた頬。常夜の幽世で見た時よりも、陽光に溢れた現し世で見るその姿は凄惨のひと言に尽きて、思わず身構える。

「貴女には知ってもらわないといけないわ。ええ、そうよ。さあ、見て。見て――」

　女性は私の真っ正面に立つと、物悲しげに顔を歪め、大事そうに抱えていた風呂敷包みをするりと解いた。

　ぷうん、一匹の蝿が中から飛び立つ。

「……っ！」

　中身を目にした途端、私はその場に尻餅をついてしまった。

「うえっ、うぐ……うえええ……」

　猛烈な吐き気を催して嘔吐《えず》く。視界がチカチカする。目にしたものが信じられなくて、視界がぐわんぐわんと回っている。

　女性が抱いていたのは、赤ん坊の死体だった。

　死んでからかなり経過しているのだろう。変色した体はグズグズに崩れかけ、耐えがたい腐臭を放っている。

　状況がまるで理解できない。どうして彼女は、私にそんなものを見せようと思ったのか。必死に考えを巡らせるも、追い打ちのように告げられた言葉に益々混乱する。

「この子は貴女が殺したも同然」

「どっ……どういう……」

——ああ！　早く！　清玄さん、早く来て！

未だ姿を見せない古狐のあやかしを待ち焦がれながら、少しでも距離を取ろうとじりじりと後退る。彼女は指先でわが子の頬を突くと、どこか平坦な声で言った。

「この子、冬に生まれたばかりだったのよ。大切に、大切に育んできたのに、ある日突然人間に攫われてしまったの。必死に幽世中を捜し回った。でも見つけられなくて。途方に暮れていたら、あの人が教えてくれたのよ。この子の亡骸の場所を」

すう、と女性は私の背後を指さした。動揺しつつも、ゆっくりと振り返る。

「え……」

そこにいたのは、清玄さんだった。

「やあ！」

夕陽を背に立った彼は、にこやかに手を上げる。

「清玄さん……？」

驚愕に目を見開く私を、清玄さんはなにも言わずに見つめている。

すると、女性が再び語り始めた。

「私、あの人から聞いたの。貴女が現し世の祓い屋と繋がっていること。貸本屋に潜り込み、あやかしたちを誑《たぶら》かしていること。あやかしの体の一部は、祓い屋に高く売れるんですってね？　うちの子も、お金のために攫ったんでしょう!!」

「なにを言ってるの。私がそんなことをするわけ……」

「嘘を言わないで！　貸本屋で祓い屋の少年を匿っている癖に!!　ソイツを通じて、あやかしを売り渡していたんだわ、なんて女なの！」

「確かに元祓い屋だった人はいるけれど、そんなことは絶対にしていません！」

カッと頭に血が上る。堪らず反論すると、その人は青白い顔を醜く歪ませた。

「貴女の言葉なんてなにひとつ信じられるものですか。貴女が私の子を攫う手引きをしたのよ！　そこの人がそう言ったの。全部、全部……貴女が悪いんだって。絶対に赦さない。本当はもっと早く殺したかったけれど、あの貸本屋は厄介だった。あそこでなにか仕出かしたら、すぐにでもぬらりひょんにバレてしまうもの。でも……貴女はここに来てくれた。私に殺されに来てくれた！　嬉しい。さあ、殺してあげる！」

女性は黒い髪を振り乱して叫んだ。にんまりと怪しい笑みを浮かべると、ぷつりと唇が切れて深紅の雫が零れる。

「大丈夫。一番痛くしてあげるわ」

その瞬間、女性の首が浮かび上がった。ゆらゆらと首だけ宙に舞った女は、黒い髪を揺らめかせて、ゲタゲタと壊れたような笑いを上げる。

「その首、噛み千切ってあげる！　腸を食らって、そこらにまき散らしてあげるわ！」

そして、猛然と私に向かって飛んできた。

「ひ、飛頭蛮《ひとうばん》……!?」

慌てて体を伏せる。頭上をものすごい勢いで首が通過していった。ブチブチと嫌な音がして、頭に激痛が走る。髪をいくらか持っていかれたらしい。

――なにが一体どうなっているの……！

足に力が入らず、這いつくばるように逃げ惑いながら、清玄さんに視線を送る。しかし、彼は腕を組んで僅かに微笑みを浮かべるのみで、一向に動こうとはしない。

「……っ！」

――騙されたのだ。

それを知って、涙が零れた。水明にあれほど口酸っぱく言われていたというのに、のうのうと現し世にやってきた自分が情けなくて、情けなくて。涙が止まらなくなる。

同時に、この女性に恐怖を感じていた理由も理解した。

来店時、女性の視線には明らかな殺意や憎しみが滲んでいたのだろう。

鈍感な私がまったく気が付いていなかっただけだ。後悔ばかりが募る。

「大人しく食われろォ！」

けれど、私はここで死ぬわけにはいかない。

飛頭蛮の攻撃を必死に躱しながら、清玄さんとは逆の方向に走り出す。坂を無理矢理駆けてきたからか、下半身がガタガタで今にも転びそうだ。

脳裏に浮かんでいるのは、大好きな貸本屋の面々の姿。

――皆に嘘をついてしまった。謝らなくちゃ……！

急な階段を駆け下り、墓石の合間を縫って進む。しかし、飛頭蛮はいとも簡単に私に追いつくと、腕や脚の肉を抉ってはゲラゲラ下品に嗤った。

「死ね、苦しめ、逃げ惑え!!　うちの子はもっと苦しかったんだ!!　ギャハハハ!!」

――このままじゃ……！

体験したことがないほどの激痛。零れ落ちていく鮮血。ひたひたと〝死〟の足音が聞こえてきたような気がして必死になって逃げ惑った。しかし段々と視界が霞んできた。

「やだ……助けて……！　誰か……！」

これほどまでに自分の無力さを悔やんだことはない。

私に東雲さんのような力強さがあれば。私にナナシのような薬の知識があれば。

私ににゃあさんのような妖術を操る力があれば。私に――……。

彼のような勇気と術を扱うだけの能力があれば。

「水明……！　助けて!!」

声を張り上げて叫ぶ。ここに彼がいるはずもないのに、どうしてか頭の中は水明のことでいっぱいで。彼の姿を探して、思わず視線を彷徨わせた。

「ギャハハハ……ギャッ……」

その瞬間、狂ったように嗤い続けていた飛頭蛮の声が途切れた。

「えっ？　……う、わあっ！」

意識が逸れ、足をもつれさせて勢いよく転ぶ。全身を強かに打ち、痛みに喘ぐ。すぐに立ち上がろうとしたが、走り続けていたせいで体が上手く動かない。

――このままじゃ食べられる……！　でも、もう走れない！

己を待ち受けている末路を想像して絶望していると、真っ赤なラインの入った靴が見えた。あまりにも見覚えのある靴だ。無愛想で、不器用な彼が愛用している靴――。

「えっ……」

思わず顔を上げると、そこには酷く焦った顔で自分を見下ろす水明の姿があった。

「お前！　どうしてこんなところにいるんだ！」

水明は私を抱き起こすと、怪我の具合を確認して苦しげに眉を顰めている。

「あ……わた、私……」

「喋るな。事情は後で聞く」

水明はポーチから薬を取り出すと、手早く私の怪我を手当していった。

「ど、どうしてここに？　金沢だよ？」

「だから喋るなと……まあ、いい。飛頭蛮の子が行方不明になったと聞いて、ぬらりひょんから調査しろと言われたんだ。だが、当の飛頭蛮になかなか会えなくてな。金目にこの辺りで見かけたと聞いて……そうしたらお前がいて」

――金目。金目、金目、金目……！　ああ！

胸が痛い。頭の中がグチャグチャで、なにも考えられない。小さな頃からずっと一緒にいる大好きな幼馴染み。彼がしたことなんて想像したくもない。

「うう……ううう……」

水明のパーカーをぎゅうと掴んで静かに涙を零す。

そんな私を、水明は無言で強く抱きしめてくれた。

その時、墓石の影から黒いものが飛び出してきた。それは犬神のクロだ。

「水明！　とりあえず足止めはしてきたよ！」

長い胴に短めの脚。見慣れた可愛らしい姿にホッと安堵の息を漏らしていると――突然、クロの小さな体が吹っ飛んだ。横から黒い影が襲いかかったのだ。

「ギャンッ！」

「クロッ!!」

それはクロよりも二回りほど大きな四つ足の獣だった。色合いはクロと同じだというのに、狼のように立派な体躯をしている。突然現れた獣に、水明は素早く護符入りのポーチに手を伸ばす。しかし、直後に大きく目を見開いて動きを止めた。

彼の見つめる先――そこには、清玄さんの姿がある。

「――と、父さん？」

その瞬間、ガツンと鈍い音が聞こえて、水明の体がぐらりと傾いだ。

元々満身創痍《まんしんそうい》だった私は、為す術もなく水明と共に倒れ込んだ。私の視界には、ぐったりと目を瞑る水明と、血で染まった石を手にした――金目の姿があった。

「金目、どうして？」

声をかけるが、スイと目を逸らされてしまった。

「嘘……嘘よ。嘘だって言って！」

私は首を横に振って、ただただ涙を零すことしかできない。

そこに陽気な声が響いた。

「いやあ、やっと倅《せがれ》を取り戻せた。金目君には感謝しなくちゃねえ」

清玄さんはニッコリと頬笑んだ後、まるでスイッチが切れたように表情を消した。

そして——動けないままの私の首に手を伸ばす。

「あっ……ぐっ……」

「君にも礼を言わなくてはね。安らかに眠れ。ご苦労様」

頸動脈を締められ、徐々に意識が薄らいでいく。

私はポロポロと大粒の涙を零しながら——。

——東雲さん。ごめんね。

今まで私を育ててくれた養父に、心の中でひたすら謝り続けていた。

第四章　偽りの想いを花水木《はなみずき》の願いに込めて

すべてが曖昧《あいまい》だった。朦朧《もうろう》としてあらゆるものが滲んでいるような。

色や音、自分と他人の境目すらも判然とせず、気を抜けば意識が混濁しかねない。

なにかを考えようとすると、すぐに思考が霧散してしまう。自分が和室に寝かされていること、白い浴衣を着ていること、その部屋がお香の甘ったるい匂いで満ちていること、大怪我をしていることくらいは理解していたが、それ以外はなにもわからない。

そんな私の傍には常にある人物がいた。

「今日のご機嫌は如何かな。さあ……包帯を取り替えよう」

彼はとても優しかった。まるで壊れ物に触れるように丁寧に手当をしてくれ、高熱にうなされる私を、昼夜問わず献身的に看病してくれる。

彼の献身の甲斐もあり、私の体は徐々に回復していった。しかし、傷跡が完全に消えることはないらしい。

「あやかしは本当に愚かで救いがたい。私のものをこれほどまでに傷つけるだなんて」

彼は傷の手当てを終えると、いつも悲嘆に暮れた。私の体に傷が残るのを悔しがり、申し訳ない、申し訳ないと謝罪の言葉を繰り返す。

そんな時、私は必ず彼の頬に触れた。指の腹でゆるゆると彼の頬をなぞり、笑う。

「気にしないでください。優しいんですね。ありがとう」

「…………」

そうすると、彼は必ずといって少し寂しそうな顔をした。

「気を遣わせて悪かったね。今日も本を読もう。昨日の続きだね……」

治療が終わると、彼はいつも物語を読んでくれた。私が本好きだと知ってのことだ。

穏やかに物語を綴る彼の声に耳を傾けながら、そっと目を閉じる。

本当ならば本の内容に集中したいところなのだが、意識が朦朧としていて話の筋を追うことすら難しい。なにかに意識を向けると、甘い匂いが鼻を擽り、頭がぼんやりして正常な思考が阻害されてしまうからだ。

しかし、穏やかに読み聞かせをしてくれる彼の声色は耳に心地よく、止めるのは忍びなかった。美しい音楽を聴いているようなつもりでその時間を過ごす。

ぱたん、と本が閉じられた。彼の伽羅色の瞳が細められ、目尻に笑い皺ができる。

「今日はここまでだ。続きは明日にしよう。疲れただろう？　眠りなさい」

彼は私の髪を撫でると、額に唇を落とした。

「ありがとう。清玄さん」

「いいんだ、みどり。君は、僕の可愛い奥さんなんだから」

清玄さんは私の髪を優しく撫でると、そのまま部屋を出て行った。

襖が閉まるまで彼の後ろ姿を見送り、ほうと息を吐く。

目を閉じて、またあの曖昧な世界に身を投じる。ズキズキと未だ完治していない傷が痛む。香の甘い匂いに意識を任せると、すべての境が滲んで溶けた。ゆらゆら、ゆらゆら。

あまりにも曖昧な世界は私を不安にさせて、ふと自分のことを思い返した。

私の名前は白井みどり。

彼、白井清玄の妻だ。

先日、重症を負った私は、ここ白井家の屋敷で静養している。

＊　＊　＊

二週間も経つと、私の体は随分とよくなった。まだ手足の感覚が覚束《おぼつか》ないものの、介助があれば動ける程度になったのだ。そのことを清玄さんはとても喜んでくれた。

「ああ……！　本当によかった！　普通の生活を送れるように、徐々に慣らしていこう。頑張れそうかい？」

「はい。清玄さんがいてくれるなら」

「まったく君は。嬉しいことを言ってくれるじゃないか！」

翌日から、清玄さんはリハビリだと私を外に連れ出してくれた。

初日は部屋から出て縁側に座るだけ。翌日はもう少し距離を伸ばして。ずっと横になっていたせいか体力が落ちきっている私に、清玄さんは辛抱強く付き合ってくれた。リハビリは大変だった。けれど、日に日に回復していることを自覚できて嬉しくもある。

ただひとつだけ、気になることはあったが……。

「ねえ、清玄さん。水明にはいつ会えるの？　最近、顔を見ていないから心配だわ」

「今は、遠いところで仕事をしているよ。なにも心配することはない。家業はあの子が継いでくれた。君は体が頑丈じゃないんだから、ここでのんびりしていればいいんだ」

「そう……」

私には可愛いひとり息子がいる。……いる、はずだった。けれど、どうにも思考が鈍くなっているせいか、上手く思い出せない。なんとももどかしかったが、それも間もなく終わるだろうと予想していた。

何故ならば、怪我が回復するにつれ、曖昧だった意識がはっきりとしてきたのだ。

そのことに私は内心ホッとしていた。あの思考が妨げられる感覚は、体が健康に近づくにつれて不快に感じられて仕方がなかったのだ。代わりに、頻繁に頭痛がするようになっていたが、気になるほどの痛みではない。

――それにしても。

かなりの大怪我だったとはいえ、こんなにも頭が働かなくなるものだろうか？

一度、清玄さんに原因を訊ねたことがある。彼曰く、部屋で焚いている香の効果なのだそうだ。確かに、怪我をして寝込んで以来、私の部屋は常に香の匂いで満ちていた。

蜂蜜のような甘ったるい匂い。それを嗅ぐと、脳天が痺れ、意識が朦朧としてくる。

私は香を焚くのを止めてくれないかと頼んだ。自分の意思に関係なく眠らされることに恐怖を感じたからだ。すると彼は、まるで子どもに言い聞かせるように言った。

「あの香は痛みを鈍くする効果があるんだ。止めたらきっと眠れなくなる。すべては君のためなんだ。我慢してくれるかい？」

そう言われては了承するしかない。

彼の行動はすべて思いやりや優しさから来ている。私のためにとやってくれていることを、否定するのは申し訳ないと思う。それにこれも怪我が完治するまでだ。

その日を待ち焦がれながら、彼との穏やかな日々を過ごしていく。


ある日のこと。昼寝から目を覚ますと、清玄さんの姿が消えていた。

「起きるまで傍にいるって言っていたような……？」

わが夫ながら妻を甘やかし過ぎだろうと半ば呆れつつも、少し不安になった。

記憶にある限り、清玄さんは私との約束を破ったことはない。香炉の火も落ちている。

彼が席を外して随分と経っているようだ。

私は、羽織を肩からかけてそっと廊下に出た。

「足裏の感覚がまだ変だなあ……」

転ばないように慎重に床板を踏みしめながら、清玄さんの姿を探して屋敷を彷徨う。

白井家のお屋敷は立派な造りをしていた。この家は祓い屋として長い歴史を持っている。犬神遣いの白井家と言えば、界隈では有名だ。その歴史に比例するかのような長い長い廊下沿いには、部屋が数え切れないほどに連なっていて、廊下の一番奥は闇に沈んでしまっているほどだ。

──ちょっと不気味。

小さく震えて、廊下の奥から視線を逸らす。その瞬間、なにか光るものを視界の隅に捉え、私はおもむろに視線を戻した。

「蝶々……？」

薄暗い廊下の向こうを、チラチラと燐光をまき散らして飛ぶ蝶の姿がある。

その儚げで美しい姿に魅了された私は、足音を消して蝶に近づいて行った。

「それで、状況はどうだ」

すると、通りがかった部屋の中から清玄さんの声が聞こえてきた。普段、私に話しかけている時とはまるで違う硬い声。驚いて足を止めると、更に別の声が続いた。

「上々です。予定は八割がた終了しております。負の感情は日に日に強くなり、あと少しすれば術式は完成するでしょう」

──一体、なにを話しているのだろう……。

言葉ひとつひとつに不穏な空気を感じる。すると、再び清玄さんの声がした。

「そんなことはどうでもいい。私が聞いているのは貸本屋のことだ」

——貸本屋？

その単語を耳にした途端、心臓が跳ねた。

自分の中のなにがそれに反応しているのかまるでわからない。けれど、その言葉は私の胸を高鳴らせ、同時に不安にさせた。

その時、先ほどの人物とはまた別の声がした。

「はいはい。そっちの管轄は僕だね。まあ、ご想像の通りだよ。大切なあの子がいなくなったって血相変えているね。ちょっと可哀想なくらいに。……おっと」

その人物は、ある程度まで話すと口を閉ざした。随分、中途半端なところで止めるのだなと思っていると、すらりと襖が開く。

「先生。お客さんが来ているけど？」

襖から顔を覗かせたのは、黒髪に金目の青年だ。修験僧のような不思議な恰好をしている。彼は私を上から下まで不躾に眺めると、どこか薄っぺらい笑みを浮かべた。

「初めまして。先生の奥さんですよね？」

私は何度か目を瞬くと、ぺこりと頭を下げた。

「初めまして。妻のみどりです」

すると青年の背後から、ひょいともうひとり顔を覗かせた。

紅いメッシュの入った黒髪に、女性かと見紛うほどに線の細い顔、パーカーに着流しという今風な組み合わせの彼は、清玄さんの使い魔である犬神の青年だ。

「もう少し眠っていらっしゃると思っていたんですが。起きてしまわれましたか」

「あ、は、はい。ごめんなさい。目が覚めたら清玄さんがいなくて」

「それで探しにいらっしゃったと。香が足りなかったでしょうか。いつもと同じ量を焚いたつもりだったのですが。大変失礼しました。……ご主人様」

「ああ」

　すると部屋の奥から清玄さんが現れ、立ち尽くしたままの私の手を取る。

「姿が見えなくて驚いただろう。ちょうどいい時間だ。お茶にしないか」

　先ほどまでのものとはまた違う、聞き慣れた優しい声。

　私はホッと胸を撫で下ろすと、「はい」と彼の手を握り返した。

「今日の茶請けは黒糖饅頭なんかいいかも知れないな」

「そうですね」

　ふたり並んで部屋へ向かう。

　なんとなく視線を感じて後ろを振り向くと、金目の青年と目が合った。

「……ハハ」

　彼は少し気まずそうに眉を下げ、ヒラヒラと手を振った。そのまま赤斑と一緒に部屋に戻っていく。そこで、ふと思い出してあの光る蝶を探した。やはり見間違いだったのだろうか。蝶なんてどこにもいない。

「どうかしたのかい？」

「いいえ。大丈夫です」

なんとなく気になりつつも、私は隣を歩く清玄さんに意識を戻した。


「綺麗ですねえ」

「ああ。今年も綺麗に咲いてくれた」

数日後。私は白井家の広大な中庭で、清玄さん、そして赤斑と花見をしていた。

赤斑が管理を担っているそこは、四季折々に美しい花が楽しめるように整えられている。今の時期に庭を彩っているのは純白の花水木だ。花弁のようにも見える四枚の総苞片《そうほうへん》の中央には、小さな黄色い花が咲いている。元々は北アメリカ原産の木なのだが、新しいものが好きな清玄さんのために、わざわざ取り寄せて植えたのだそうだ。穢れひとつないその白さは、純和風な庭園の中にあっても自然と馴染んでいる。

私たちは花水木の下に竹製の縁台を置いてもらって、今まさに盛りを迎えている花を眺めていた。春の日差しは穏やかで、弱り切った体に活力を与えてくれるようだ。

普段はきっちりスーツを着込んでいる清玄さんも、今日ばかりは単衣《ひとえ》仕立ての小紋の着流しを身に纏い、リラックスした様子だった。

しかし、私にはひとつ気がかりなことがあった。

「もしかして……夜、眠れていないのではありませんか？」

彼の目の下には濃い隈が刻まれていた。

ここ数日は食欲もあまりないようで、少し痩せたように思えてならない。

「そんなことはないよ」

「誤魔化さないで。お疲れのようだし、絶対になにかありますよね？　ねえ、赤斑」

私が訊ねると、後ろで控えていた赤斑は、中折れ帽を胸に当てて一礼した。

「奥様のおっしゃる通りです。ご主人様の睡眠時間は、以前よりも減少しています」

「おい、余計なことを言うんじゃない」

「事実ですので」

清玄さんの鋭い視線を、赤斑は涼しげな顔で躱した。

私は「やっぱり！」と怒りながら、両手で優しく清玄さんの頭を抱え込む。

「う、わっ」

そしてそのまま、彼の頭を自分の膝の上に乗せた。

「ちょっと狭いかもですけど」

くすりと笑って、彼の灰色がかった頭を撫でてやる。清玄さんは動揺しているようで、耳まで真っ赤になってしまっていた。

「それで、なにか気がかりなことでもあるんですか？」

私の問いかけに、清玄さんは数瞬黙り込んだ後、おもむろに口を開いた。

「……体調はどうだね？」

「私、ですか？　おかげさまで大分よくなりました。もう少しで完治するかと」

「そうか」

彼は相槌を打つと、なにかもどかしいのか指先で首筋を掻いた。普段は革手袋を嵌めていて見えない手が露わになっている。興味を惹かれて、そっと手を伸ばす。筋張っていて、あちこちに大小様々な傷跡があった。

苦労人の手だ、と思う。

おもむろに傷跡を指先でなぞると、彼は私の手を捕らえて軽く握った。

「――不安なんだ」

「不安？」

やわやわと私の手の感触を楽しむように指を動かしながら、清玄さんは訥々《とつとつ》と語る。

「……君の体がよくなったら……私のもとを去ってしまうんじゃないかと」

首を傾げる。私とこの人は夫婦だ。どうしてそう思うのだろう。

「どこにも行きませんよ？　奥さんですし……寿命の話だったら、清玄さんの方が年上だから、置いて逝かれるのは私ですよね？」

「そういうことじゃない。そうじゃないんだ……」

苦しげに呟いた清玄さんは、手を握る力を強めると言った。

「聞いてくれるかい？　私の話を」

小さく頷くと、彼は安堵したように息をゆっくり吐いた。

そして語り始めた。それは、白井清玄という男の半生だ。

「――私の〝居場所〟は常に誰かに奪われてきた」

清玄さんは白井家ではなく、代々続く祓い屋の家系の長男として生まれた。

幼い頃から祓い屋としての技術を叩き込まれ、普通の家庭の子どもたちが楽しそうに遊んでいるのを羨ましく思いながらも、家のためにと研鑽《けんさん》を重ねてきたのだそうだ。

彼曰く、実力は平々凡々。それは名家の跡取りとしては致命的だった。

歴史ある家を継ぐためには、相応の能力が求められる。

彼も……そして周囲の大人たちも、少しでも実力をつけようと躍起になっていたらしい。

彼の手に刻まれた傷の数々は、その頃についたものなのだそうだ。

「そのうち歳の離れた弟が生まれた。父が愛人に産ませた子だ。初めは可愛いと思っていたよ。ある日を境に、そんな気持ちは霧散したがね」

弟が五歳になったある日。祓い屋としての適性検査が行われたのだという。結果は清玄さんにとって想定外のものだった。彼の弟は〝天才〟だったのだ。

「翌日から、弟と私の部屋が取り替えられた。食事の際には弟が私よりも上座に座るようになり、明らかに待遇が変わった。私に与えられるはずのものはすべて弟にいき、おこぼれしかこなくなった。そう――私は次期当主の座を奪われたのだよ。その瞬間から、私は私ではなく、弟の〝スペア〟に成り下がった」

「〝スペア〟だなんて……」

「そういう家だったのだよ。偉大なる祓い屋一族であるという矜持《きょうじ》だけはご立派な、救いようがない……愚かな家だ」

それからの日々は、清玄さんにとって辛いものであったようだ。

〝当主になるのだから。自分は他の子とは違うのだから、仕方がない〟

そう思うからこそ、理不尽な仕打ちや過酷な修行に耐えてこられたのに、肝心の次期当主の座を奪われてしまった。今までの苦労はすべて水の泡だ。かといって、その日から普通に生きられるわけでもない。〝スペア〟はあくまで〝スペア〟。万が一に備えて、清玄さんはただただ古いだけの家に囚われ続ける羽目になった。

「生殺しというのはこういうことを言うのだろうね。家から出ることも逃げることもできずに、弟の取り巻きには馬鹿にされ、不遇な境遇にも耐えなければならない。弟こそが〝スペア〟であったのに、と内心穏やかではいられなかった」

「……大丈夫ですか」

するりと、空いている方の手で清玄さんの肩を撫でる。私からは清玄さんの顔は見えない。けれど、その背中がどうにも泣いているようにしか思えなかった。

清玄さんは私の手を頬に寄せると、話を続けた。

「そのうち弟に子ができた。その子は私よりも優秀であったらしい。そこでようやく私の〝スペア〟としての役割は終わった。次に与えられたのは……政略結婚のための駒だ」

清玄さんの結婚相手とされたのは、彼の生家と同じくらいに長い歴史を持つ、とある祓い屋の一族の女性だった。

「白井家への婿養子の話が出た時は、正直ホッとしたんだ。やっとあの忌々しい家から出られると。新しい家に行けば〝次期当主〟でも〝スペア〟でもない、私が私でいられる場所が見つかるのではないかと」

彼は小さく自嘲すると「甘かったんだ」と吐き捨てるように言った。

「家から出られることに浮かれ、私は自分があくまで政略結婚の駒であることを失念していた。新しい家に来たって……私の〝居場所〟があるとは限らないのに」

待っていたのは〝お飾りの当主〟の座だった。

白井家は犬神憑きの家系で、その血に宿した強力な犬神を代々引き継いで来た。

結婚相手の女性は病弱で、当主としての仕事は不可能だった。そこで、血統だけは文句のつけようがない清玄さんに白羽の矢が立ったのだ。

「この家に本当に必要とされていたのは、私の実家の名であり血だった。私ではない」

「ま、待ってください」

そこで私は話を遮った。頭が混乱している。今の話はどういうことだろう。

白井家とはこの家のことだ。

そして、清玄さんの妻とは……私ではないのか？

「私の他に、奥さんがいるんですか」

声が震えそうになりながら訊ねると、彼はハッとしたように顔をこちらに向けた。

体の向きを変えると、私の頬に手を伸ばす。

「悪かった。今のは……別の話だ。忘れてくれ……君の悲しむ顔を見たくない」

「……清玄さんがそういうのなら」

違和感を覚えつつも、疑問を呑み込む。

それよりも今は、目の前の弱り切っている人を放って置けなかった。

「清玄さんは、私の隣をとても心地よく思ってくれているんですね。だから、なにかの拍子に私がいなくなるのを恐れている」

膝枕なんてしたせいで乱れた髪を指で梳《す》いて、そっと訊ねる。すると、清玄さんはまるで迷子の子どものような顔になった。クスクスと笑って続ける。

「大丈夫ですよ。私はあなたの〝居場所〟であり続けます」

清玄さんが小さく息を呑んだのがわかった。彼の額にかかった髪をそっと退けてやる。

「〝居場所〟がないって、辛いですよね。逃げ込む場所がないってことですもん。苦しくてもどこにも行けない。とても生き難いでしょうね……」

人は誰しも〝居場所〟を必要としている。それがないと上手く羽を休められない。

〝居場所〟はなんだっていいのだ。恋人、家族、友人、好きな場所、没頭できる趣味。つまりは、心が安らぐ場所であればどこでもいいし、なんでもいい。

そこにずっといたい。それさえあれば、明日を迎えるのが怖くない。

それが〝居場所〟。誰もが当たり前に持っているようで、一度失ってしまうと、なかなか取り戻すのが難しいものでもある。

「私はどこにも行きませんから。清玄さんは、妻である私をとても大切にしてくれた。私ね、誰かから優しくしてもらったら、同じぶんだけ優しさを返してあげなさいって教わったんです。だから……一緒にいます」

――それは誰から教わったのだったか。

チリ、とまた頭が痛む。無精髭だらけの男性の顔が、フッと脳裏に浮かんだ気がした。

――なんなのこれ……。

不思議に思いながらも、切なそうに私を見上げている清玄さんに笑いかける。

「もう〝居場所〟を奪われるのを怖がらなくてもいいんですよ。そうでしょう？」

「…………」

すると、清玄さんは黙ったまま、私の腰に抱きついてきた。

ぎゅう、と。まるで、甘えん坊の子どものように。

そして蚊の鳴くような声でこう言った。

「……君が……本心からそう思ってくれるなら」

私は軽く目を見開くと、彼の肩をポン、ポンと優しく叩いた。

――なんて不器用で、可愛い人だろう。いつまでも素直になれないんだなあ。

ふと見上げると、春らしいくすみがかった空に輝く、満開の花水木が目に入った。花水木の花言葉は……確か〝私の想いを受けてください〟だ。

――花水木が抱いた願い。控えめでありながらも、身を焦がすような強い気持ちが籠もったそれに、応えてあげたい。だって私は、彼の妻なのだから。

その時、花水木の花が風もないのに微かに揺れた。

じっと目を凝らすと――先日見かけた、光る蝶が飛んでいるではないか！

「清玄さん、あそこ！　ほら、不思議な蝶がいませんか……！」

興奮気味に清玄さんの肩を揺らす。しかし、彼はそれにはまったく取り合わず、益々私を強く抱きしめると、ぽつりと言った。

「蝶なんていない。蝶なんていないんだ。みどり……」

私は小首を傾げると、花の周りを戯れ飛ぶ蝶に視線を戻した。

先日とは違い、その姿が消えることはない。

確かにそこにいるのに、清玄さんはいないという。

私の目がおかしいのだろうか？

不安になって赤斑を見ると、彼は柘榴のような色をした瞳を細め、なにを考えているかよくわからない表情でそこに立っていた。

＊　＊　＊

ふと、夜中に目を覚ました。

障子戸越しに、青白い月の光が室内に差し込んでいる。

梅雨前だというのにやたら蒸している。寝間着の襟《えり》を寛げ、枕もとの水差しに手を伸ばそうとすると——視界の隅に人影を見つけて、びくりと体を硬くした。

「おや。ようやくお目覚めですね」

それは赤斑だった。

私の布団の傍に座り、じっとこちらを見つめている。

「そろそろ香が切れる頃かと思いまして。驚かせてしまいましたね。申し訳ありません」

「え、どうして赤斑が？　清玄さんは……？」

「お疲れのようでしたので、自室でお休み頂いております。それに今日は、僕ひとりの方が、都合がよかったものですから」

「都合……？」

「こちらの話です。お気になさらず」

赤斑は、にこりと形だけの笑みを顔に貼り付けた。

——気にするなって言われても……。

女性の部屋に侵入しておいて、理由をはぐらかされるのは非常に不愉快だ。

睨みつけようとして……けれども、また頭痛がしてきたので止めた。今回の痛みは今までにないほど酷い。まるで脳天を鈍器で殴られたようなそれに、堪らず呻く。

必死に痛みに耐えていると、目の前に水の入ったコップが差し出された。

朦朧としながら視線を上げると、笑っているようで笑っていない赤斑の顔がある。

「どうぞ」

「あ、りがとう……」

コップを受け取って、一気に中身を飲み干す。ぬるい水は優しく体に沁みて、ほんの僅かだけ痛みを和らげてくれた。

「……はあ。助かりました。最近、頭痛が本当に多くて」

ため息と共に零すと、赤斑の深紅の瞳がすうと細まった。

「香が徐々に効かなくなってきているのでしょう。人は慣れる生き物ですから」

「……お香？　ああ、痛みを鈍くするっていう……」

「それは正確な情報ではありませんね。鎮痛効果は確かにありますが、主たる効果はまた別です。対象の思考を鈍らせ、使用者が思い描く偽りの現実を見せ続ける。捕らえたあやかしを洗脳する際に使用する、秘伝の香なのです」

——洗脳？

物騒な発言に胸がざわつく。赤斑が小さく笑った。それはまるで、私の反応を楽しんでいるかのようだ。

「激しい頭痛は、洗脳が解け始めている証拠です。僕としては、香の効果なんてさっさと切れてしまえばいいと思っているのですが」

一体、彼はなにが言いたいのか。

益々混乱していると、赤斑は私に質問をしてきた。

「頭痛の頻度はどれくらいでしょうか」

「え……？　えっと、結構頻繁に」

「思考が妨げられる感覚などは？」

「ずっとなにかが引っかかっている感覚は……ある、と思います」

まるで医師の問診のようだ。深く考えずに素直に答える。

彼は満足そうに頷くと、私の枕を指さした。

「そこの下を探ってみてください。いいものが入っていますよ」

「え……？」

言われた通りに枕の下に手を入れると、なにかが指先に触れた。そこにあったのは、濡れ羽色をした数本の鳥の羽根だった。

――あの金色の目をした青年の髪の色と同じ。

その瞬間、頭痛がまた酷くなった。必死に痛みに耐えていると赤斑が続けて言った。

「さて。そろそろ頃合いのようです。わが主に怒られてしまうかも知れませんが……。仕方がありません。それもこれもすべては――〝主の望みを叶えるため〟」

赤斑は、またあの薄っぺらい笑みを浮かべて言った。

「奥様、少しお出かけしませんか」

「こんな時間に？　清玄さんの許可がないと、それは……」

「ご心配なく。これはご主人様のためでもあるのですから」

「ええと……？」

意味がわからない。思わずポカンと口を開けると、赤斑は「間抜けな顔ですね」とクスクス笑って、それから表情を消して真顔になった。

「貴女に拒否権はありません。これは決定事項ですよ」

そして懐からあるものを取り出した。これはマッチ箱だ。

「羽根を一本だけ手に持ってください。残りは懐にでも入れておいてくだされば」

赤斑はマッチを一本擦った。煙の匂いがふわりと香る。薄暗い室内に、ぽうと小さな明かりが灯った。私たちの影が伸びて、炎が揺れる度に踊る。

「実はね、僕も……迷子なんですよ」

彼はどこか弱々しい笑みを浮かべると、マッチの明かりをじっと見つめて言った。

「昼間に〝居場所〟の話をしていたでしょう。あれは僕にも大変刺さりました。ええ、それはもう痛いほどに。僕にはご主人様しかいません。けれど、ご主人様は僕を〝居場所〟とはしてくださらない。僕にも〝居場所〟なんてないんです」

でも、私は違うのだと赤斑は語った。

「貴女には〝居場所〟がある。ならばここにいるべきではない。貴女は、わが主の求めには絶対に応えられないのですから。だから、貴女にかけられたまやかしを解きます」

そう言うと、赤斑は炎に息を吹きかけた。途端に炎の色が赤から青に変わり、パチパチと七色の火花が弾け出す。あまりにも不思議な現象に驚いていると、彼は火をそっと羽根に近づけた。パチン！　と一際大きな火花が散り、羽根が先端から燃え上がる。

「えっ……」

「離してはなりませんよ。それは道しるべですから」

思わず羽根を手放そうとした私の手を、赤斑は包み込むように握る。そして、パチパチとはじけ飛ぶ色とりどりの火花を、うっとりと目を細めて眺めた。

「これが燃え尽きた時、貴女の夢は醒めます。準備はよろしいですか？」

私は小さく息を呑むと、泣きそうになって訊ねた。

「その前に訊かせてください。清玄さんは、本当に私を騙していたの？」

あの優しい夫が。寂しそうに私に触れていた彼が。私を香で洗脳していた？

――信じたくない。

「私が本当の妻でないというのなら、どうして彼は私を選んだんです……？」

「…………」

その問いかけに赤斑は答えてはくれなかった。

にこりと白々しい笑みを浮かべると、どこか芝居がかった口調で語り始める。

「ここですべてを詳《つまび》らかに説明してもよいのですが、僕自身、かなり捻くれている自覚がありまして。私情を挟まず、客観的に説明ができる自信がありません。ですから、ご自身の目で確かめてください。僕から言えることは、ただひとつ――」

赤斑は一旦言葉を句切ると、どこか意味ありげに言った。

「誰もが、子をなしたからといって親になれるわけではないのですよ」

謎めいた赤斑の言葉。その意味を汲み取ることができずに目を瞬くと、彼は打って変わって爽やかな笑みを浮かべた。

「この羽根はとある烏天狗のものでしてね。ご存知ですか。彼らは人を惑わすのが大変上手い。相手が幻に包まれているのを自覚できないくらいに完全に騙すんです。彼らの技は一級品。そして——幻から呼び戻す技も、そうであると僕は思います」

その瞬間、羽根から目が焼けるほど明るい光が放たれた。あまりの眩しさに目を瞑る。

指先にチリチリと熱を感じたかと思うと、羽根が指の中から消えたのがわかった。

「う……」

恐る恐る目を開ける。

すると——私は周囲のあまりにも劇的な変化に、思わず目を瞬かせた。

そこは私の部屋のはずだった。けれど、すべてが変わってしまっている。

綺麗だった壁はひび割れだらけになり、天井には蜘蛛の巣が張っていて、干からびた虫の死骸が引っかかっている。襖は黄ばみ、破れ、畳は床下から生えた木に押し上げられ、めくれてしまっていた。崩れかけた天井からは、見慣れたものとは違う、薄桃色の夜空が顔を覗かせている。まるで別世界に迷い込んでしまったようだ。

その時、ふわりと私の周囲に光るものが寄ってきた。それは、あの燐光を発する蝶だ。

ヒラヒラと遊ぶように舞いながら、私の顔を掠めるように飛んでいる。

「うう……」

その瞬間、今までにないほどの痛みが襲ってきた。頭が割れそうだ。マグマのように熱を持ち、表皮に近い血管が脈打っているのがわかる。視界にちらつく蝶の姿を見る度に、記憶の断片のようなものが脳裏に浮かんでは沈んでいく。その記憶はどれも見覚えがないはずなのに、胸を掻きむしりたくなるほど愛おしい。

「私……私は」

その場に蹲って、必死に痛みに耐える。

脳内を駆け巡っているのは、〝本当の〟私が過ごしてきた時間そのものだ。

幼い私。昏い世界。集まってくる蝶。絶え間なく襲い来る恐怖。流れ続ける涙。

けれど、そんな私の傍にはいつだって優しい異形の住民たちがいた。

私の〝居場所〟は彼らが棲まう場所にある。

人間とは違う価値観を持つ、怖いけれど愛嬌のあるあやかしたちが棲む場所――幽世。

『大丈夫だ。なあんも心配することはねえよ。俺がいる。俺がいるからな』

――東雲さん。

じわじわと温かな熱を持った涙が自然と溢れてくる。

ああ……私は〝みどり〟ではない。私は――。

「私は夏織。幽世の貸本屋の娘、だ」

やっとのことで呟くと、赤斑はゆっくりと頷いた。

「そうです。貴女は村本夏織。そしてここは幽世です。現し世と薄紙一枚で隔たれている常夜の世界。これが、貴女の真実ですよ」

赤斑は静かに語ると、押し入れの中から提灯を取り出した。

慣れた手付きで、近くにいた蝶をそこに入れると、私に向き直る。

「ご案内しましょう。よろしければ、僕が話せることを道々ご説明させて頂きます」

そう言って、どこか寂しげに笑った。


赤斑に連れて来られたのは、屋敷の一角だった。

廊下の明かりが届かないそこは、一見するとただの行き止まりのように見える。

しかし、そこには隠し階段があった。

床板を外すと、地下室へ行けるようになっているのだ。蝶の明かりだけを頼りに、そろそろと階段を下りていく。空気が淀んでいる。充満する黴の臭いに顔を顰めた。

階段を下りきると、そこは完全に闇に支配されていた。蝶の朧気《おぼろげ》な光だけではかなり心許ない。壁に手を突くと、剥き出しのままの岩壁は湿気で濡れているようだ。

予め言っていたように、赤斑は私に色々なことを説明してくれた。

金沢で意識を失った私は、すぐに幽世に連れ戻されたらしい。

香の効果で水明の亡き母である〝白井みどり〟だと思い込まされ、それ以来、清玄さんの妻として過ごしていたのだそうだ。

「……どうしてそんなことを？　目的がちっともわからないんだけど」

香の効果が切れたとは言え、私の中にはまだ〝みどり〟としての記憶が残っている。両親の顔も、幼い頃からの思い出も忘れていない。清玄さんと挙げた祝言の記憶すらあるのだ。それらが偽物だと言われても、すんなりと受け入れるのが難しいくらいには、その効果は凄まじいものだった。

「理由があって私を攫ったのだとしても、そんな面倒なことをする必要ないよね？」

「元々は、水明様に言うことを聞かせるための、切り札とするおつもりだったようです。しかし、どうにも心変わりをされたようで……詳しくは僕にもわかりかねます」

「そっか。それにしても……別人格を上書きするなんて、祓い屋ってすごいのね」

「正直、まともな祓い屋はこんな香の存在すら知りません。これは、外法の部類に入りますから。古い家には、忌まわしい技も伝い残っているものなのです」

あの香には、記憶の元となる人物の〝一部〟を混ぜ込んでいるらしい。

それがなんなのかは知りたくもないが、私に植え付けられた記憶は、白井みどり本人のものに限りなく近いようだ。

――じゃあ……私が、清玄さんに感じていたものも？

あのじわじわと温かく、時に苦しく、時に甘くて心地よい感情。

どう考えてみても、愛情としか思えないそれも、みどりさんのものなのだろうか。

「…………」

黙り込んで思案し始めた私に、赤斑は別の話題を振った。

「ところで、貴女……お気づきですか？　この家のこととか」

「家？」

思わず首を傾げると、赤斑はやや呆れ気味に言った。

「お忘れになってしまったのですか？　貴女はよくご存知のはずです。幽世は現し世で失われたものが蘇る世界。人の強い想いが交錯した場所は、特に幽世で再生されやすい。その理屈でいくと、この家が幽世にある意味とはなんでしょう？」

「……ちょ、ちょっと待って」

現状を理解するのにいっぱいいっぱいで、この家が幽世にある理由まで思い至っていなかった。幽世は失われたものが蘇る世界。そこに再生された家、つまり――。

「白井の家は、もう現し世にはないの？」

「はい。白井家は、すでに現し世に存在しておりません。水明様が犬神との関係を断ち切ったせいで、呪い返しを受けて没落したのです」

「……じゃあ」

――清玄さんの〝居場所〟は今どこに？

さあ、と血の気が引いていく。

『――私の〝居場所〟は常に誰かに奪われてきた』

そう語ってくれた清玄さんの様子が頭にちらつく。
彼の最後の〝居場所〟は、実の息子によって再び奪われたのだ。
——私の中の〝みどり〟が泣いているような気がする。
すると赤斑が立ち止まった。鉄製の格子扉が暗闇の中から姿を現したからだ。
彼は扉の鍵を開けると、私に中に入るように促した。
「さて、家が没落した元凶がこちらにおります。貴女が一番に会いたがったあの方が」
「……っ！」
私は小さく息を呑むと、赤斑の手から提灯を取った。
格子戸を潜り、暗闇の中をがむしゃらに駆ける。
転ぶかも知れない。壁にぶつかるかもなんて考えは、頭から吹き飛んでいた。
ただひたすら、その奥にいるであろう人物目指して足を動かし続ける。
「はあっ……！　はあっ……！　はあっ……！」
地下室に私の息づかいと足音が響いている。
すると、どこからか小さな声が聞こえてきた。
『ここから出して……』
それはまだ幼い少年の声のようだった。
その瞬間、耐えがたいほどに胸が苦しくなって、走るスピードを上げた。
——赤斑が言った通りに、幽世は現し世で失われたものが蘇る世界だ。

かといって、そのままの姿でいられるわけではない。徐々に幽世という世界に侵食され、馴染んでいく。最終的には、原型がわからないくらいに変容するものも多い。私室がボロボロであったのは、その影響であろうと思う。

現し世から幽世に蘇ったものには、もうひとつ特徴がある。

それは、現し世で染みこんだ強い想いや感情が、まるでレコードを再生するかの如く繰り返されることだ。そして、この地下室にはとある少年の声が刻まれている。

『ねえ、なんで？　どうして笑ったらいけないの？』

『ごめんなさい、ごめんなさい……もう二度と泣かないよ。笑わないよ。心を殺すから』

『お母さん。お母さん。どうして会いに来てくれないの。どうして？　お母さん！』

すすり泣く声。赦しを請う声。母親を求める声。

それらを聞く度に、私の胸は張り裂けそうになった。

やがて、暗闇の中に光を見つけた。座敷牢の前に小さな行燈《あんどん》が置かれている。

私は転びそうになりながらも、必死にそこに向かって駆け続けた。足をもつれさせながらもなんとか到着すると、木製の格子の向こうにいるその人の名を呼ぶ。

「水明……っ！」

すると、暗闇の中に薄ぼんやりと誰かがいるのが見えた。

暗過ぎてよく見えない。慌てて、提灯の中にいた蝶を格子越しに解き放つ。

黄みがかった蝶の光が内部の様子を浮かび上がらせる。そこには薄汚れた毛布を被り、相棒のクロを腕に抱えて座る水明の姿があった。

「水明、水明……っ！　大丈夫なの！」

必死に声をかけるも、彼はピクリとも動かない。まさか、死んでいるのだろうか。

ひとりオロオロしていると、盛大なため息が聞こえた。

「少々、冷静になったらよろしいのではないですか。これだから人間は」

そこにいたのは赤斑だ。彼は手に持った鍵で格子戸の鍵を開けてくれた。

「さあ、どうぞ」

「……！」

礼を言うのも忘れ、急いで格子戸の中に入る。

水明の傍に駆け寄ると、そこが甘ったるい匂いで満たされているのに気が付く。

「ご主人様は、彼にも例の香を使っていたのですよ」

「じゃあ、水明も誰かの記憶を上塗りされて……？」

「そうです。まあ、貴女のようには上手くは行きませんでしたが。流石は次期当主として犬神を使役してきただけのことはあります。あの香への耐性が高く、こうやって閉じ込めておく羽目に。さて、奥様……いいえ、夏織さん。先ほどの羽根の残りを」

「あ、うん！」

懐に入れておいた羽根を取り出して、赤斑に渡す。彼はそれに素早く火をつけると、水明の眼前に掲げた。パチパチと七色の火花が弾ける。

やがて、羽根が燃え尽きると——水明の瞼が僅かに動いた。

「……うう。頭が……」

水明は苦しげに眉を顰めた。睫毛を震わせ、薄茶色の瞳をゆっくりと開ける。

——生きている。

胸が震えて、そっと彼の顔に触れた。頭に受けた傷は手当をされているようで、顔色もそれほど悪くない。——しかし、その頬は涙で濡れていた。

『お母さん……暗いよう。怖いよう……』

その瞬間、遠い過去の声が聞こえてきて、ハッとして彼の耳を塞ぐ。

こんな暗くてジメジメした場所で、水明はずっとあの声を聞かされていたのだ。

大人に抗《あらが》うこともできず、酷い仕打ちに耐え続けるしかなかった幼少期を——黒かった髪を、白く染め変えてしまった地獄の日々を強制的に突きつけられて。

そんなの苦しくないわけがない。心が痛まないわけがない。

——なんてことを。酷い、あんまりだ。

「……夏織？」

水明は私の存在に気が付くと、僅かに目を細めて言った。

「無事だったのか。よかった。心配していたんだ。あの男になにかされなかったか」

「……っ！」

その瞬間、感極まって水明の首に抱きつく。

「す、水明の方が大変だったでしょう……？　人の心配ばかりして。馬鹿……！」

水明は私の背を撫でると、どこかホッとした様子で言った。

「俺のことはいい。お前を守ると、東雲に豪語しておいてこのザマだからな。すまない」

「そんなの！　君が無事でよかった。それで充分。ああ、本当によかった……」

「……泣くな。俺は簡単には死なない」

すすり泣く私の背を、水明はさらさらと撫でる。

その手付きがまた本当に優しくて、暖かくて。益々涙の勢いが増した。

そんな私を、水明は苦笑交じりに見つめている。

「……コホン。感動の再会のところ、申し訳ありませんが」

すると、やや居心地悪そうな赤斑の声が響いた。

「夏織さん。犬神を潰しておりますよ」

「あっ……！」

慌てて水明から体を離す。そこには、ぐったりとしたクロの姿があった。

「きゅう……」

「ご、ごめん！　クロぉ！」

「うわ……っ！　大丈夫か！」

クロの体をふたりで摩《さす》ってやっていると、赤斑が促すように言った。

「さあ、これで準備は整いました。おふたりには主のもとへご足労願いたいのですが」

水明はじとりと疑わしい視線を赤斑に向ける。

「なにを企んでいる。それに、お前は何者だ？　白井家の犬神は、クロしか残っていないはずだし、当主である清玄に新しく犬神を作れるはずがない」

「おやまあ、随分と実の父親に対して辛い評価をしますね？」

「アレがお飾りの当主で、たいした実力がないことくらいは知っている。母が死んだ後、老爺たちはあの男に犬神を作らせようとしたが、悉く失敗した。その男が、お前のような人形《ひとがた》を取れるほどに強力なものを作るなんて不可能だ」

赤斑はクックッと喉の奥で笑うと、くるりと私たちに背を向け、言った。

「なにも不思議なことはありませんよ。あの方も……必死だったのです。自分がいてもいいと思える場所を守ろうと、得体の知れない相手に縋るほどには」

彼は格子戸を潜ると、ちらりとこちらに視線を向けた。

ぼんやりと暗闇の中に浮かび上がる赤斑の顔からは、なんの感情も読み取れない。

「——水明様。貴方が去り、犬神の呪い返しで白井家は没落してしまった。けれど、かの方のご実家は助けてくれませんでした。厄介者として追い払いさえしたのです。ご主人様は絶望され……命を絶とうとしました。そこに救世主と呼べる方が現れたのです」

蝶が羽ばたく度に光が揺れる。

赤斑の熟れた柘榴のような瞳が、やたら色鮮やかに闇に映えていた。

「その人は〝人魚の肉売り〟であると名乗りました」

「人魚……まさか」

顔色を失った水明に、赤斑はすうと瞳を細めた。

「人魚の肉はとても希少なものです。どんな願いも叶えてくれる。それこそ永遠の命でも、なんでも。ご主人様は強大な力を望みました。祓い屋の当主として相応しく、犬神を従えるに充分過ぎる力を。そして……この僕を作り出したのです」

赤斑はひとつ息を吐くと、苦しげに言った。

「さあ、そろそろ〝茶番〟の幕を下ろしましょうか。ご案内いたしましょう」

私と水明は顔を見合わせると、どこか寂しそうな顔をした赤斑を見つめたのだった。

＊＊＊

赤斑が連れてきてくれたのは、屋敷の中庭だった。

以前は美しく整えられていたように見えた庭も、今は幽世に侵食されて見る影もない。

薄桃色の空の下に広がるのは、花水木の林だ。

計算され尽くして置かれた庭石も、生け垣も、大きな鯉が泳いでいた池すらも、無造作に生えた花水木に蹂躙《じゅうりん》され、滅茶苦茶になっている。

庭は荒れ果てているというのに、総苞片の純白が、そして舞い飛ぶ幻光蝶の姿が、夜空に映えていやに美しい。それがある意味、その場所の異様さを際立たせていた。

「やあ。心配したよ、どこに行っていたんだい？」

そこで待ち構えていたのは、きっちりとスーツを着込んだ清玄さんだ。革手袋で包まれた手で胸を押さえ、にこりと笑みを浮かべて私たちを見つめる佇まいは、場違いに紳士的だ。彼は私と水明を交互に見ると、大きくため息を零した。

「寝室にいないから驚いたよ。駄目だろう？　勝手にソレを連れ出しちゃあ。まだ躾の最中なんだ。もとの場所に戻しておいで、みどり」

「私はみどりさんじゃありません。それに水明をモノ扱いしないで！」

すると清玄さんは、ポケットから小さな袋を取り出して振った。

「なら、またみどりになればいい。香はまだある。君がいないと困るんだ」

彼の口調は、以前と変わらず優しいままだ。

しかし、今の私にはわかる。彼の瞳は私を見ているようで見ていない。彼の目が捉えているのは、私の向こうにある〝みどり〟という幻想なのだろう。

清玄さんは次にちらりと赤斑に視線を投げると、恐ろしく冷え切った声で言った。

「お前が私を裏切るとはねえ」

「僕はご主人様を裏切ったつもりはありません。僕がするべきは、貴方を助け、貴方の望みを叶えること。それ以上も、それ以下もありません。なすべきことをしたまでです」

「口だけは達者だな。やはり人ならざるものは信用ならない。ああ……その姿、目障りでならないいな。獣は獣であるべきだ」

そう言って、清玄さんは片手を大きく振り切った。

瞬間、赤斑の顔が苦痛に歪んだ。その場に蹲り、両腕で自分の体を抱きしめている。

「元の姿に戻れ。赤斑」

「ぐうう……っ！」

清玄さんが声をかけると、赤斑の全身が黒い毛で覆われていった。やがて姿を現したのは、狼のように立派な体躯を持った一匹の犬神だ。本来の姿に戻った赤斑は、その場にぺたりと伏せた。強制的な変化はかなりの苦痛を伴うようで、苦しげに喘いでいる。

「ふん、獣は獣らしくそこで這いつくばっていろ。いいと言うまで動くな」

清玄さんの言葉に赤斑は抗えないらしい。深紅の瞳で主を哀しそうに見つめている。

「――水明!?」

するとその時、水明が駆け出した。傍らには、意識を取り戻したばかりのクロがいる。

「悪いな、クロ。本調子でないと思うが付き合ってくれ」

「あったりまえさ。オイラは水明の相棒だからね！」

そして、ふたりは勢いよく清玄さんに向かって走り出した。水明は素早く印を結ぶとブツブツとなにか呟いた。クロの体が淡く光り、走る速度が上がる。

しかし、それは清玄さんにとっては想定内のものであったらしい。

清玄さんは、長い尻尾を鞭のようにしならせたクロに手を伸ばし――いとも簡単に尾を掴むと、無造作に地面に叩き付ける。

「ギャインッ！」

「くそっ……！」

清玄さんから距離を取りながら走っていた水明は、慌てて方向を変えた。清玄さんの懐に素早く飛び込み、掌底を叩き込もうとして——その手を捕らえられてしまう。

「犬神遣いの癖に、本人が敵に接近してどうするんだね。私の息子は些か冷静さが足りないねえ」

そのままギリギリと手を捻り挙げると、あっという間に水明を組み伏せてしまった。

「フム。私ごときに手も足も出ないとは情けない。修行が不足しているようだね？」

清玄さんは伽羅色の瞳を細め、愉快そうにクックックッと笑った。

その姿には、優しかった夫の面影はない。どこか嗜虐的な印象を受ける。

すると、清玄さんは苦しげに呻いている水明に冷たく言い放った。

「愚かな息子だ。祓い屋でなくなったからといって鍛錬を怠り、守りたいものを守れないなんて、本末転倒じゃないか」

「くそ……っ！」

「四の五の言わず、私の指示に従っていればいいのだよ、水明。お前は私の操り人形だ。意のままに動く道化。分相応にしていれば、それなりの待遇はするさ」

「待って！」

堪らずその言葉を遮った。清玄さんは、やたら機嫌がよさそうな笑みを浮かべる。

「どうしたんだい？　みどり」

「今の発言は、あなたが嫌っていた扱いとなにが違うんですか。人として普通に扱ってもらえなかったことを、あんなに嘆いていたのに！」

清玄さんは僅かに片眉を上げて、次の瞬間には小さく噴き出した。懐からスキットルを取り出して、ぐいと中身を飲み下す。

「……なにを言うんだ、みどり。私はもっと先のことを見据えているんだよ」

清玄さんはスキットルを仕舞うと、ほんのりと頬を染めて語り始めた。

「かつて、この国は魑魅魍魎《ちみもうりょう》が跋扈《ばっこ》する素晴らしい国だった。幽世から溢れたあやかしたちは、現し世で好き勝手に人を喰らい、恐怖をまき散らした。人々は救いを求めて祓い屋に縋り、我々の先祖は絶えず研鑽した妙技であやかしどもに挑んだんだ。政にすら祓い屋は影響を及ぼしていたという。最高だね。まさしく理想郷だ」

彼はうっとりと目を潤ませると、次の瞬間には表情を曇らせた。

「しかし、今はどうだろう。あやかしどもは幽世に引き籠もり、祓い屋は細々と暮らしている。我々には偉大なる力があるというのに、非科学的だのと批判され、詐欺師扱いだ！　私はそんな世界にうんざりしていた。己の非力さ、無力さも併せてね」

拳を硬く握った清玄さんは、目もとを和らげて続けた。

「だが、私は力を手に入れた。人魚の肉を食べたんだ！　今の私にできないことはそう多くない。だから、私は変えることにした。この世界を！　かつて人間たちが暗闇に怯え、祓い屋が自由に力をふるった時代と同じようにね！　そのために準備の手間は惜しまなかった。幽世に冬を留め置けはしなかったが、それ以外はなかなか順調だったよ」

あやかしの子を攫い、殺す。それが人間の仕業であると暗に報せ、負の感情を引き出す。積もり積もった負の感情は、強力な呪いとなって現し世に向かう。清玄さんはそれを利用して、ふたつの世界の境を取り払おうとしているらしい。

人間への恨みを募らせたあやかしたちは、喜び勇んで現し世に攻め入るだろう。

あの日、私を問答無用で襲ってきた飛頭蛮の母親のように。

「もうすぐ、我々祓い屋にとっての理想郷が再来する！　だから、水明。安心して私に任せなさい。なにも心配はいらないよ」

清玄さんの優しい声かけに、押さえつけられたままの水明は鼻で笑った。

「ハッ……。なにが〝安心して〟だ。馬鹿らしい。俺を俺として扱う気なんて、始めからないだろう。なあ、父さん。ひとつ訊かせてくれよ。どうして——」

水明は苦々しい顔になると、一息置いてから言った。

「お前自身の記憶が宿った香を、俺に嗅がせた？」

「…………」

その瞬間、清玄さんの表情が消えた。

無感情のまま組み伏せた水明を見下ろし、掴んでいた手を離す。その機を逃すまいと、すかさず水明は逃げようとするが、清玄さんは肩と腕を無造作に握ると、勢いよく捻った。

ゴキン、と鈍い音がして、水明が大きく仰け反った。

「ぐあああああああああっ！」

「水明……！」

「痛いかい？　本当は、あまり傷をつけたくないんだがね」

息子を傷つけたというのに、どこまでも冷え切った声に背筋が凍る。

「みどりの心証が悪くなるのを避けたかったんだが、これぱかりはどうしようもないね。正直に言おう。水明、お前は私の〝入れ物〟なのだよ」

「清玄さん、どうしてそんなこと……っ！」

「みどり、隠していてすまないね。実は、私にはあまり時間がないんだ」

清玄さんはおもむろに上着のボタンを外した。シャツを捲りあげて腹部を露わにする。

思わず息を呑んだ。何故ならば、そこがどす黒く変色していたからだ。

「どうも人魚の肉に不相応な願いをしてしまったようでね。あの忌々しくも強烈な効果を持つ肉は、私を人ならざるものへ変え、思い通りの力を与えてくれたが、体が貧弱過ぎたらしい。臓腑が腐り始めていてね。痛み止めを飲まないと動けないくらいなんだ」

そう言って、再びスキットルを取り出した。喉を鳴らして中身を飲み干し、放り投げる。庭石に当たったそれは、鈍い音だけ残して下草の中に消えた。

「だから、新しい体が必要だった。わが子というものは都合がよくてね。魂の移し替えが容易なんだ。これも古い家に伝わる外法さ。先人に感謝しなくては」

にこりと薄っぺらい笑みを浮かべた清玄さんは、痛みに呻く水明の髪を掴んだ。耳もとに顔を寄せると、低く唸るような声で続ける。

「私からあらゆるものを奪い続けたお前だ。これくらいは許してくれるだろう？」

「……うば……う？　俺が？　……な、なんのことだ」

「とぼけるな。わかっている癖に。ああ、まったく腹立たしい！」

清玄さんは瞳を怒りに染めると、吐き捨てるように続ける。

「忘れたとは言わせない。お前があの家を捨てたから、白井家は没落したんだ！」

「俺をあの家から解き放ちたいとクロに思わせたのは、そもそもお前だろう。あのまま理不尽に感情を制限され続けていたら、どうなっていたか……。自業自得じゃないか！」

「感情如き、まともにコントロールできないお前が悪いのさ。それに、お前が犯した罪はこれだけじゃない。お前を身ごもったせいで――みどりは死んだんだ」

さあ、と水明の顔から血の気が引いていく。しかし、憎しみの炎を瞳に宿した清玄さんは止まらない。水明の髪を更に引っ張ると、耳もとで怒鳴った。

「お前が生まれさえしなければ。お前が……みどりを私から奪ったんだ!!」

その瞬間、私は堪らず駆け出した。

「……やめて！」

清玄さんを思い切り突き飛ばして、水明を抱きしめた。私の行動なんて簡単に避けられそうなものなのに、尻餅をついて呆然としている清玄さんを睨みつける。

「水明はあなたの人形でも持ち物でも、ましてや〝入れ物〟なんかじゃありません！」

彼は何度か目を瞬かせると、途端にくしゃりと顔を歪めた。まるで玩具を取られた子どものような表情だ。不満を隠そうともせずに、私に食ってかかる。

「何故だ。どうしてだ!!　みどりがそれを庇う必要はどこにもないだろう!?　君は、いつだって私の味方だったじゃないか。馬鹿にされ続けていた私の〝居場所〟でいてくれると、あの日約束してくれただろう？　こっちにおいで。それは放って置けばいい！」

そう言うと、清玄さんは手を伸ばしてきた。

香で得られた記憶によると、彼と妻の〝みどり〟の夫婦仲は悪くなかったようだ。婿養子として入った白井の家に、清玄さんの居場所はなかった。妻以外の家人は、彼をお飾りだと蔑んだ。しかし、みどりさんは違った。夫と家族になろうと歩み寄った。彼は妻の隣に、自分の〝居場所〟を見いだしていたのだ。

――だからこそ、妻の命を削るように生まれた息子を憎んでいる。

ここでようやく理解した。彼は決して、水明の〝父親〟ではなかったのだ。血の繋がりはあれど、清玄という人の中には、父親としての意識がまったく育っていない。

……ああ。私の中の〝みどり〟が苦しんでいる。

彼女の記憶を知った私には、みどりさんの清玄さんへの愛情、そして彼との愛の結晶が欲しい気持ちがまざまざと理解できた。妊娠を望んだのはみどりさんだ。

なのに――清玄さんにはそれがわかっていない。いや、わかろうとしない。清玄さんに父親という自覚がない以上、血を分けた息子に対して愛着が湧くはずがないからだ。

――みどりさん、ごめんね。清玄さんを突き放します。

心の中の彼女に語りかける。私は、香で無理矢理作られた偽りの妻。赤斑の言ったとおりに……私は、彼の気持ちに絶対に応えられない。だから、〝みどり〟が望むようには彼を愛することはできない。

小さく息を吐く。私は、彼が伸ばしてきた手を優しく払いのけた。

「何度も言います。私はみどりさんじゃありません」

つきん、と胸が痛む。それを無視して、清玄さんの瞳をまっすぐに見つめて言った。

「いくら香を嗅がされても、みどりさんの代わりになることはありません。私が〝居場所〟になってあげたい相手はあなたじゃない。あなたじゃないの……！」

ぎゅう、と水明を強く抱きしめる。胸の中は不安でいっぱいだ。もしかしたら殺されるかも知れない。でも……言わなければ。私に〝みどり〟という偽りの姿を見て縋る彼に、現実を教えてあげる。それが、今するべきことだろうと思ったから。

「ごめんなさい。私が一緒にいたいのは水明なの。この人が好きなの。だから、彼をもうこれ以上傷つけないで」

ぽとん、と涙がひとつ零れた。

それを皮切りに、ポタポタと涙が流れ出す。自分の感情と〝みどり〟としての記憶がない交ぜになって、どう処理したらいいかわからない。清玄さんに優しくしたい。傷ついた彼を慰めたい。〝みどり〟はそう主張するけれど、私はどう足掻いても私で、この心が向かっているのは水明だ。

「夏織……」

するると、水明が私の肩をそっと抱いてくれた。

「う……ぐっ……」

「水明!?」

しかし、途端に水明の顔が苦痛に歪む。

先ほどやられた箇所が痛むのかとも思ったが違うようだ。彼は胸を手で押さえ、大量の脂汗をかいている。わけもわからず混乱していると、周囲に異変が現れ始めた。花水木の枝が風もないのに大きく揺れ、ざわざわと騒いでいる。地面に転がっていた石が、重力に逆らうように浮かび上がる。地鳴りが響き、地面には大きくヒビが入った。

「ご主人様！　どうか……どうかお心をお鎮めください！」

すると、今まで静観していた赤斑が声を上げた。

酷く焦った様子で、声を嗄らして清玄さんへ叫ぶ。

「嫉妬してはいけません！　このままでは、水明様が死んでしまいます！」

ハッとして清玄さんの様子を窺う。犬神憑きが誰かを羨むと、その相手を傷つけることがあるという。それを理由にして、心を殺せと水明は感情を制限され続けてきたのだ。

「……ハハ、ハハハハハッ！」

すると、地べたに座り込んでいた清玄さんがゆっくりと立ち上がる。

まるで柳の木の枝のようにゆうらりと揺れると、どこか切羽詰まった様子で言った。

「……嫉妬？　私の感情制御は、そこの出来損ないと違って完璧だ。冗談はよせ。私は力を手に入れた。そこの小僧を上回る素晴らしい力だ！　この力さえあれば、誰も私から〝居場所〟を奪えないし、欲しいものはなんでも手に入る！　私の心はこんなにも満たされているというのに、嫉妬なんてするはずがない。するはずがないんだ……」

そして大きく両手を広げると、どこか疲れたような顔でぽつりと言った。

「──ああ、もう。なにもかもどうでもいいな」

その瞬間、清玄さんの手に白い狐面が現れた。

彼が狐面を顔に装着すると、途端、青白い燐光が面から溢れ出した。光は空中に複雑な文様を描き出す。それは、水明がいつも使っている護符のものとよく似ていた。

「負の感情は、充分過ぎるほどに集まっている。水明の体を奪ってからと思っていたが仕方あるまい。世界の隔たりに穴を空けよう。向こうの世界にあやかしどもが溢れれば、祓い屋の価値は上がる。そうしたら……みどりも私を必要としてくれるはずだ！」

「……やめ……ろ……馬鹿やろ……っ！」

「清玄さん！　やめて……！」

必死にふたりで声をかけるが、清玄さんは聞く耳を持ってくれない。狐面の前で印を組むと、辺りに突風が吹き荒れた。

「さあ、古きよき時代に立ち戻ろう。私の〝居場所〟もきっとそこにある……！」

その瞬間、目が眩むほどの閃光と、鼓膜が破れそうなほどの轟音が響き渡った。

落雷と言わんばかりの衝撃に堪らず目を瞑る。ビリビリと肌を震わせるほどの音が鳴り止むと、辺りはしん、と静寂に包まれた。

「……なにが……」

恐る恐る目を開け――私は絶句した。

「あ……がっ……」

狐面が粉々に砕け散っている。清玄さんの体からは白い煙が立ち上り、あちこち黒く煤《すす》けた彼は、かくりとその場に膝を突いた。

「――ご、ご主人様……！」

赤斑が悲痛な叫びを上げた。動くなと命令されている以上、駆けつけることすらままならないのだろう。もどかしそうに清玄さんを見つめ続けている。

「うわはははははははっ！　大成功だなっ！　金目ェ！」

「いや〜。一時はどうなることかと思ったけど。よかったね、銀目〜」

その瞬間、やたら陽気な声が響いた。知らぬ間に屋根の上に大勢の人影が見える。

「夏織！　水明！　クロ！　無事か！」

「ああもう……！　心配したのよ！」

「駄犬！　いつまで寝てるつもり。だらしないわね、起きなさい！」

そこにいたのは東雲さんとナナシ、にゃあさん、鳥天狗の双子。彼らの後ろには、土蜘蛛や鬼、木っ端天狗など……あまり私と馴染みのないあやかしたちが集まっている。

「ホッホッホ。いやあ、上手くいったわい。上出来、上出来」

やがて、ひとりのあやかしが屋根から下りてきた。

彼は巨大な海月を引き連れながらふわりと地面に着地すると、私たちの傍までやって来た。整った顔に無邪気な笑みを浮かべると、その場にしゃがんでにこりと笑う。

「怖かったじゃろう。お主らには迷惑をかけた」

「ぬ、ぬらりひょん……！」

「――どういうことだ!!」

その時、怒りの声が辺りに響いた。見ると、ボロボロになってしまった清玄さんが、ふらつきながらも立ち上がろうとしている。

あやかしの総大将は、どこか意地の悪そうな笑みを浮かべると、愉快そうに言った。

「どういうこともなにも。お主は最初から、儂の手のひらの上で踊らされていただけということじゃ。主が術に利用しようとしていた〝現し世の祓い屋や人間に恨みを募らせているあやかし〟など、どこにもいなかったのよ」

ぬらりひょんは語った。祓い屋が〝負の感情〟を利用して、幽世になにかを仕掛けようとしていることは早々に察知していた。土蜘蛛の事件を発端として確信を深めたぬらりひょんたちは、今まで〝負の感情〟のコントロールに苦心してきたらしい。

「どうも、現し世の人間を恨むように仕向けているようじゃったからの。儂らは、事件が起こった先に赴き、誤解を解いて回ったのじゃ。犯人は現し世の人間ではない。最近、幽世に移り住んできた、祓い屋崩れであると。今の幽世は、確かに〝負の感情〟で溢れておる。しかしそれは、お主への恨みつらみじゃ。お主はそれに気づかずに術をかけた。結果は見ての通り。正しく、その力は〝負の感情〟の向かう先へと流れた」

「……どうして、犯人が私だと」

「ホッホ！　儂らには、頼もしい協力者がおっての」

ちらりとぬらりひょんが視線を送ったのは、赤斑だ。

赤斑は耳をぺたんと伏せると、申し訳なさそうに「くうん」と鼻を鳴らした。

「お前はっ……！　どこまでもっ……！」

「違います！　僕は……ご主人様の計画の先に、貴方の幸せはないと考えたから協力したのです。ご子息の体に魂を移し替え、その娘に亡き奥様の記憶を植え付けたとしても、それで幸せになれると思っているのですか！　貴方が歪な手段で作ろうとしている〝居場所〟は、本当に貴方自身が望んだ場所なのですか！　心安らぐ〝居場所〟こそが、貴方が欲しているものではないのですか！」

「そ、それは……」

赤斑の言葉に、清玄さんは言葉を詰まらせた。ぬらりひょんは小さく笑みを浮かべると、静かに赤斑の言葉を引き継ぐ。

「主人想いの使い魔じゃの。主人が間違った道を選ぼうとしているのを、身を挺して止めた。〝居場所〟がないと嘆くお主にも、慕ってくれる者はおるようじゃ」

「…………」

「はいはい！　僕のことも忘れないでね～？」

次いで元気な声を出したのは金目だ。何故か満身創痍な様子で、あちこち痣だらけで痛々しい。思わず顔を引き攣らせた私に、金目はヘラヘラと軽い調子で笑った。

「あ、これは東雲にやられたんだよ。ギリギリまで計画を秘密にしてたから！　僕が、その親父に夏織を引き渡したって言ったら激怒してさあ。いやあ、怖かったなあ」

「おまっ……！　それはだなあ。悪かったと思ってるよ……」

「いやいや、飛頭蛮に夏織が傷つけられたのは僕も想定外だったからね～。構わないよ。自業自得だとも思ってる。もう少し慎重になるべきだった。夏織、ごめんね」

神妙な顔をして頭を下げた金目に、清玄さんは怒りの籠もった眼差しを向けた。

「貴様……っ！　使えると思ったから利用してやったというのに！」

すると、金目はどこか嬉しそうに言った。

「アハ。従わなければ銀目を殺す……だっけ～？　まあ、脅し文句としては充分な威力だと思うよ。でも誤算だったねえ。僕の大切な人って銀目だけじゃないんだよ」

ニッと、銀目そっくりな笑みを浮かべる。その顔はどこか晴れ晴れとしていた。

「僕はね、夏織のことも大切なわけ。命の恩人で、幼馴染みだよ？　大好きに決まってんじゃん。それに最近、弟と世界を広げようって話をしたばっかりでさあ。水明も大切な人リストに入れてたんだ。そのふたりをどうこうしようって作戦ってありえなくない？　速攻、ぬらりひょんにバラしたよね。そんで赤斑も含むところがあったみたいだから、色々と計画練って〜。ててーん！　スパイ金目君の誕生！　結構大変だったんだからねえ？ほんと、褒めて欲しいよ」

するると、金目は懐からなにかを取り出した。

それは、私が以前にぬらりひょんから預かった小さな海月だ。

「これを屋敷の中に隠しておいたのも僕！　この海月ちゃんは、ぬらりひょんの〝目〟なのさ。ずっと夏織の周りを見張ってくれてた。先生の行動は全部筒抜け。意外と夏織を大事にしてくれてたみたいだったから、たっぷり時間を取れたよ。ありがとうね〜」

「馬鹿にするな!!　この下等生物めが……！」

「アハハ〜。その下等生物に後れを取ったのは誰。今は自分も人じゃない癖に」

金目は冷めた瞳で清玄さんを見ると、きっぱりと言い放った。

「観念しなよ。準備していた術は破られて満身創痍。大人しく、皆に喰われるんだね」

その瞬間、集まっていたあやかしたちが発する気配が変わった。

目をギラギラと光らせて、全身から粘ついた殺意を放っている。

恐らく、彼らは清玄さんに子どもを攫われたあやかしたちなのだろう。

「……クソッ……クソックソックソッ……！」

清玄さんは、悔しげに地面に拳を叩き付けている。

私は、そっと隣の水明の様子を窺った。実の父親の危機になにを思っているのかと、気になったのだ。私の視線に気が付いた水明は、吐き捨てるように言った。

「身から出た錆だとしか言いようがないだろう。幽世は現し世とは違うんだ。己が犯した罪は、その身で以て償うものだ」

「……そうだけど……」

——これでいいのかな。

不安になって水明の手を握る。彼はちらりと視線を寄越すと、軽く握り返してくれた。

「——ご主人様!! お逃げください!」

その瞬間、一際大きな声が響く。声の主は赤斑だった。清玄さんの言葉で縛られているはずなのに、彼は懸命に体を動かそうとしているようだ。

「ご主人様を喰う？ ふざけないでください。約束が違うではありませんか！」

必死に叫ぶ赤斑に、金目は心底不思議そうに首を傾げた。

「え、幽世式で処分を決めるって言ってあったでしょ。嘘じゃないよ〜？」

「それがこんなことになるなんて、誰が想像すると思うのですか!?」

「ええ……わかんないかなあ。郷に入れば郷に従えって言うでしょ？」

まるで取り合おうとしない金目に、赤斑は更に怒りを燃え上がらせたようだ。

「ご主人様、どうか僕に力をください！ こんな奴ら、蹴散らして見せます！」

「だ、だが……」

「僕は貴方の味方です。今も昔も……これからもずっと！　どうか信じて！」

真剣な赤斑の様子に、清玄さんは僅かに逡巡していた。しかし、すぐに覚悟を決めたようで、ボロボロになった手で印を組む。けれども、先ほどのダメージがまだ残っていたのか、途端に顔を歪めた。

「うっ、ぐう……！」

清玄さんの腕から鮮血が溢れ出した。籠められた力に体が保たなかったのだろう。両腕がみるみる血で染まっていく。すると、あやかしたちの間に緊張が走った。

「おい、アイツやべえぞ！」

彼らが視線を注ぐ先には、口から泡を零して唸っている赤斑の姿があった。

「グルルルルル……！」

なにやら様子がおかしい。深紅の瞳からは理性の色が消え失せている。

「これは……っ！」

清玄さんの顔に焦りの色が浮かぶ。どうやら想定外の事態が起こっているようだ。

赤斑はやおら立ち上がると、威嚇するような視線を周囲に投げた。姿勢を低くして、間断なく視線を巡らせながら歩き出す。それはまるで、野生の動物が獲物の品定めをしている仕草のようだ。

「オイ！　夏織、水明。そこから離れろ……！」

屋根の上から東雲さんが叫んだ。その瞬間、赤斑がこちらに向かって駆けてきた。

「いかん！　皆の者、ふたりを守れ……！」

ぬらりひょんがすかさず指示を飛ばすが、赤斑はあっという間に私たちとの距離を詰めてきた。私と水明は、動くことすらままならない。

「きゃっ……」

「夏織……！」

逃げるのは無駄だと悟ったらしい水明が、私に覆い被さる。仰向けになった私は、水明越しに、涎を滴らせて走ってくる赤斑の姿を見ていることしかできなかった。

しかし、その視界はすぐに遮られた。そこに大きな背中が立ちはだかったのだ。

その人はボロボロになったスーツの上着を脱ぎ捨てると、血まみれの腕を大きく広げた。

「……あ……」

次の瞬間、無言のまま立ち塞がった彼の首筋に、赤斑の鋭い牙が食い込む。

「——清玄さん!!」

赤斑の牙を受け止めた清玄さんは、そのままゆっくりと地面に膝を突いた。

そして、優しい手付きで赤斑の体を抱きしめると、静かに言った。

「落ち着きなさい、赤斑。大丈夫だ。さあ……」

その瞬間、赤斑の深紅の瞳に理性の色が戻ってきた。彼はゆっくりと口を開くと、呆然と鮮血に染まりつつある清玄さんを見つめている。

すると清玄さんは、どこか疲れたように言った。

「まったく……私の子は、どちらも手がかかる」


──止まらない。止まらない。止まらない！

まるで泉のように湧き出してくる血液を、布で必死にせき止める。

地面に横たわった清玄さんは、息を荒らげながらも、どこを見るわけでもなく空をぼんやり眺めている。顔からは血の気が消え失せ、先ほどの術の余波もあるのか、所々深刻な火傷を負っているようだ。

「ご主人様、どうして……！」

そんな清玄さんの傍らには、人形に戻った赤斑の姿があった。

彼は震える手で清玄さんの手を握り、ひたすら泣き続けている。いつもの落ち着いた雰囲気はどこへやら、まるで親を慕う子どものような姿は痛々しい。

赤斑と対照的なのは水明だ。

清玄さんと距離を取り、ただ横たわる父親を見下ろしている。青ざめてはいるものの、その顔にはなんの感情も浮かんでいないように思えた。

「どうしよう……なんとかしなくちゃ」

治療をしようと試みるも、なにもかもが上手く行かない。その間も、清玄さんから命が零れ落ちていく感じがして、あまりにも無力な自分に涙が溢れてくる。

「……水明……」

私じゃ手に負えない。薬屋で働いていて、治療に精通しているはずの水明に視線を投げる。しかし彼は、沈黙を保ったまま動こうとはしなかった。

でも、水明の態度を責める気にもなれない。清玄さんのしたことを思えば、素直に助けようと思えないのも仕方がない。涙を拭って必死に考える。

――この人を救う方法はなに。なにか手立てがあるはずだ。

「君は馬鹿だな」

すると、血で濡れた手が伸びてきた。筋張っていて、傷だらけ。長年の苦労が染みついたその手の持ち主は、伽羅色の瞳を細めて呆れ混じりに笑う。

「私自身、君にとても酷いことをした自覚があるんだが、お人好しが過ぎないかね」

私は何度か目を瞬くと、涙と鼻水を一緒くたに拭ってから言った。

「前にも別の人に同じことを言われました。その人も……渋い顔をしてましたね」

「でも、直すつもりはない？」

「これが私ですから」

「そうか」

清玄さんは長く息を吐いた。そして「そういう部分もみどりらしいな」と呟いた。ゆっくりと首を横に振って「私はみどりさんじゃないです」と返す。

「はは。理解しているさ。彼女の死に水を取ったのも、埋葬したのも私だからね」

「なら、どうして頑なに私を〝みどり〟と呼ぶんですか？」

　その問いかけに、清玄さんはどこか遠くを見ると、「前に金沢で、私と半分こをしようと言っただろう」と苦笑した。

「みどりも、誰かとなにかを分け合うのが好きだった。言ってくれたんだ。辛いことも楽しいことも……すべて〝半分こ〟できる夫婦になろうって。君は本当にみどりに似ているよ。彼女も犬神の呪いがなければ、そういう風に屈託なく笑ったんだろうな」

　清玄さんはゆっくりと息を吐き出すと、じっと私を見つめて言った。

「すまなかったね。余計な騒動に巻き込んでしまった。少し……夢を見てしまったんだ。初めは、水明に言うことを聞かせるための手札のつもりだった。でも、みどりに似た君が傍にいてくれたら……あの頃に戻れるような気がして。失ってしまった〝居場所〟も温もりも、全部取り戻せそうな気がしてしまったんだ……」

「………そうですか」

　血で染まる彼の手を見つめた。さっきは振り払った手だ。今度はそっと触れて、それから優しく握った。清玄さんは僅かに目を見開いて、穏やかに笑う。

「よお。お前が水明の父親か」

　すると頭上から、どこか不機嫌そうな声が降ってきた。見上げると、そこにいたのは苛立ちを隠そうともしない東雲さんだ。

「夏織、ちょっとどけ」

「わっ……」

東雲さんは、雑な手付きで私を避けると、清玄さんの傍らにしゃがみ込んだ。

唇が僅かに尖っている。東雲さんの機嫌の悪い時の癖だ。死にかけの相手になにをするつもりなのかと戦々恐々していると、養父はぽつんと小さく訊ねた。

「どうしてあのふたりを庇った？」

清玄さんは気怠そうに東雲さんを見やった。

次に私と――赤斑、水明を順に見て、訥々と答える。

「……どうしてだろうな？　わからない。気が付いたらああしていて。何故なのかと、今も……考え続けている。でも――なんだろう」

清玄さんの瞳が潤む。零れた涙は、すぐに血で染まって赤い軌跡を頬に残した。

「すごく安心したんだ。赤斑も水明もその子も無事だった。最期に大きな仕事をやり遂げたような……そんな、達成感がある。後悔はしていない」

「ご主人様……！」

感極まった赤斑が清玄さんに縋りついた。清玄さんは、痛みに顔を歪めつつもその背中を撫でてやっている。東雲さんはそれをじっと眺めると、ため息を零した。

「なんだよ。お前も普通の父親だな」

「……は？」

驚いたように目を見開いた清玄さんを放置して、東雲さんはゆっくりと立ち上がった。

首をゴキゴキ鳴らすと、途端に生き生きと指示を出し始める。

「オイ、ナナシ。お前、コイツを診てやれ。死なせるな。わかってんだろうな」

「はぁい。当たり前でしょ。アタシを誰だと思っているの？」

「双子ォ！　ぼけっとしてねえで赤斑を連れて行け。面倒起こさせるんじゃねえぞ」

「『あいあいさー！』」

「にゃあ！　クロを回収しろ。どうせ伸びてるだけだろ、叩き起こせ」

「乱暴にしてもいいのならやるけれど？」

東雲さんの指示で、皆が一斉に動き出す。

その様子を呆然と見ていると、私たちを遠巻きに眺めていたあやかしたちのひとりが進み出てきた。顔に八つの瞳がある。恐らく土蜘蛛だろう。

「オイ……どういうことだ。早くソイツを引き渡せ」

すると、東雲さんは胡乱げにその人を見つめた。

めんどくさそうに頭を掻くと、ジロリと相手を睨みつける。

「嫌だね」

「はっ……？」

その返事は予想だにしていなかったのだろう。土蜘蛛は一瞬、ポカンと口を開けたまま固まると、慌てたように唾を飛ばして抗議する。

「それはわが子の敵だ！　ことが終われば引き渡すという約束であっただろう！」

東雲さんは小さく舌打ちすると、ぼそりと答えた。

「あー……。気が変わった」

「それはどういう……」

土蜘蛛が、更に言い募ろうとした時だ。東雲さんと彼の間に、金目銀目が割って入った。

ふたりは目をキラキラ輝かせると、まるで道化のようにその人を茶化し始める。

「ええ～？　オジサン。わかんねえの？　大丈夫かよ、幽世何年目？」

「東雲はさあ、先生を渡す理由がなくなったって言ってんの。わかんない？」

「……はっ!?　はあああぁあああ!?」

堪らず素っ頓狂な声を上げたその人に、双子は意地の悪い笑みを浮かべて続けた。

「そもそも、俺らが怒ってたのは夏織と水明が攫われたことだけだったし？」

「僕らとしては、ふたりが無事に戻ってきたのと、暴走した赤斑から守ってくれたことで、諸々帳消しでいいかなって感じだよね～」

「てかさ、子ども攫われるとか。マジでセキュリティどうなってんの。そこの清玄とかいうオジサン以外にも、外敵いっぱいいるだろ？　去年も鵺《ぬえ》と揉めてなかった？」

「子どもが可哀想だねえ。ここは幽世、すべてが自己責任で弱肉強食。弱い者は駆逐されるだけだ。約束？　知ったもんか。それがたとえ敵討ちであったとしても！」

「僕ら（俺ら）はその男を殺さないことに決めた！　あやかしらしく気まぐれにね！」

ふたり同時に宣言する。顔を見合わせてケラケラ笑う。すると、呆然と彼らの話を聞いていた土蜘蛛の瞳が怪しく光った。怒りの感情を燃え上がらせ、背中から巨大な蜘蛛の脚を生やすと、叫び声を上げながら双子へ殴りかかる。

「男を渡さぬというのなら、われらと戦争だ!!」

物騒な言葉に、私はヒヤヒヤしっぱなしだ。しかし、双子は大喜びで土蜘蛛の攻撃を躱すと、近くにいた赤斑の両脇を固めて、にんまり笑った。

「戦争かあ。いいね。やろうやろう！　男が欲しければ、俺らを倒していくんだな！」

「銀目、物語の途中に出てくる雑魚みたいでウケる。まあ、僕たちが負けるはずがないんだけど。ほら、土蜘蛛以外の皆さ〜ん！　君らもあの男が欲しかったらおいで！」

「ちょ……貴方たち、一体なにを……」

「「赤斑も一緒に戦おう！　ご主人様を狙う敵を蹴散らせ！」」

事態をまるで把握していない赤斑を引き連れ、双子は襲いかかってくるあやかしたちを迎え撃つ。強風が辺りに吹き荒れ、あやかしたちが大勢吹っ飛んでいくのが見えた。

「あ、ずるいわ。アタシも行く！　最近暴れ足りなくて溜まってんのよ」

すると、にゃあさんまで戦いに参加した。それもクロを咥えたままだ。途中で目を覚ましたらしいクロは「うわあああああ!?　なに、なんなの！」と、情けない声を上げた。

「さて、俺も行くかあ」

最後に動いたのは東雲さんだ。気怠げに伸びをすると、ゆっくりりと歩き出す。

「お、おい。これは一体どういう……」

清玄さんが声をかける。東雲さんは足を止めると、顔だけ振り返って笑った。

「あの双子が言った通りだぜ？　気まぐれだ、気まぐれ。あやかしってなあ、そんなもんだ。それに、娘が大分世話になったみたいだからな。夏織には、優しさには優しさで返せって教えちまったもんで、俺もそうするだけだ」

そう言い残して、ヒラヒラと手を振って走り出す。そして一匹の龍に変化すると、稲光を伴いながらあやかしたちを蹴散らし始めた。

「なんなんだ……」

呆然と呟く清玄さんに、私とナナシはクスクスと笑った。

その様子が、私たちの行動に驚いている時の水明とそっくりだったからだ。

すると、水明が清玄さんの傍に立った。息子に見下ろされて、清玄さんはどこか居心地悪そうに視線を外す。水明はため息を零すと、その場にしゃがみ込んで言った。

「驚いただろう。理解できないだろう。俺も……ここに来たばかりの頃はそうだった」

「……水明……」

「だから……あー……」

水明は、少しだけ言い淀むと、決して清玄さんとは視線を合わさぬままに言った。

「家を没落させたことは謝らない。あの家から解放されたことを、後悔していないからだ。だが……迷惑をかけたことは間違いない。すまなかった」

「……それは」

清玄さんの表情が曇る。水明はそれには構わずに続けた。

「〝居場所〟が欲しいアンタの気持ちは痛いほどわかる。俺もそうだった。どこにも行けず逃げ場所もない。でも、今の俺は違う」

水明は私をじっと見つめると、薄茶色の瞳をすうと和らげる。

「俺は……ここで〝居場所〟を見つけたんだ。好きなように感情を表して、好きなことをして、好きな奴らと一緒に楽しく暮らしてる。だから、アンタも」

水明はゆっくり立ち上がると、清玄さんに背を向けて言った。

「現し世を変えようとか考えずに、あっちの常識も価値観も全然通用しない、このヘンテコな世界で、自分の〝居場所〟を探してみたらどうだ」

そう言い残して、水明は清玄さんのもとを離れていった。その背中を、清玄さんはじっと見つめている。ゆっくりと私に視線を向けると、一筋の涙を流しながら訊ねた。

「……私の〝居場所〟は、この世界のどこかに用意してあるのだろうか？」

私は優しく頬笑むと、彼の涙を指で拭って言った。

「ええ。きっと、どこかに」

くしゃりと清玄さんの顔が歪む。

「ああ……あ、あああああっ……」

そして、血まみれで傷だらけの手で顔を覆うと——彼は、小さく嗚咽を上げた。

終章　君だけの〝居場所〟

遠くから戦闘の音が聞こえる。といっても、ほぼ終わりかけと言ってもいい。幽世の貸本屋の面々は実力者揃いだ。相手が少々気の毒になるくらいには勝負になっていない。ちょっとくらい手加減してあげてもいいのに、と思ったのは内緒である。

私と水明は、戦闘に巻き込まれないようにと、庭の一角にある花水木の木の下へ避難してきていた。ナナシは清玄さんの治療にかかりっきりで、私たちがその場にいても邪魔になりそうだったからだ。

ふたりで木の幹に背中を預けて座る。もうクタクタだ。空を見上げると、綺麗な夜空が広がっていた。薄桃色の中に、碧色の割合が増えてきている。もう少しすれば、クリームソーダのような色に変わるだろう。そうなれば、いよいよ夏が近い証拠だ。

集まって来た蝶と指先で戯れつつ、水明の様子を窺う。

彼は疲れ切った様子で、ぐったりと目を閉じていた。

「まだ痛む？」

声をかけると、片目だけを開けてこちらを見る。

ふう、と静かに息を吐いて、再び目を瞑ってしまった。

「それほどでもない」

「そっか」

再び黙ってしまった水明をじっと見つめる。その真っ白な彼の髪に手を伸ばした。

地下室に閉じ込められ、白く変わってしまった髪。この白さは水明の悲鳴だ。理不尽に感情を抑えつけられ、暗闇の中に幽閉された少年の悲痛な叫び。

柔らかなそれに触れると、水明は少し擽ったそうに顔を緩めた。

「なんだよ……」

再び姿を現した薄茶色の瞳に私の姿が映り込む。見慣れた自分の顔。私は、感情が顔に出やすいらしい。そこに映った私は、なんだか泣きそうな顔をしていた。

「頑張ったね」

その言葉に、水明はどこか苦虫を噛み潰したような顔になった。

眉を寄せると、口を真一文字に結んで前をじっと見る。

「よくアイツにとどめを刺さなかったなと、自分でも思っている」

そして膝を抱えると、ポツポツと語り始めた。

「幽世に住むようになってから、何度同じ夢を見ただろう。父を殺す夢だ。自分が受けた理不尽な扱いのぶんだけ拳を振り下ろした。夢の中の父は、苦痛に喘ぎながら死んでいったよ。罪悪感なんてまるでない。ざまあみろ、それだけだ」

水明は硬く目を瞑った。歯を食いしばり、なにかを必死に堪えている。

「赦せない。絶対に。結局は自分のことばかりだ。俺の人生は、アイツの我が儘に振り回されただけだ。他人のことなんてなにも考えちゃいない。俺を道具としか思ってないに決まってる！　……なのに」

くしゃりと前髪を手で握りつぶして、絞り出すように言った。

「あの忌々しい香のせいで、知ってしまった。奴の記憶を、葛藤を、苦しみを、孤独を、絶望を。〝居場所〟を奪われ続けた辛さを……渇望を!!　そんなもの、知りたくもなかった。事情なんて知らないまま恨んでいられたら、どれだけ幸せだったろう。知らんふりして憎み続けられていたら――」

そう言って、水明は両膝の間に顔を埋めた。苦しげに顔を歪めてはいるが、その瞳は乾いたままだ。けれど私には、水明が泣いているようにしか見えなかった。

誰かの記憶を上塗りする香。水明が嗅がされたそれには、清玄さんの記憶が籠められていた。〝みどり〟であった私にはわかる。香によって擦り込まれた記憶は本物よりも生々しく、そして強烈だ。そこに含まれる感情は対象者の心を容赦なく揺さぶり、塗りつぶし――まるで自分のものであったかのように意識の表層に浮かび上がる。

水明は香の効果には屈しなかった。けれど、徐々に染みこんでいった父親の記憶は、彼の恨みの感情を鈍らせるほどには強い影響を残したのだ。

「俺さえいなければ。アイツの最後の〝居場所〟は今もあったのかも知れない」

水明の瞳が滲んだ。ゆらり、瞳の中で揺れた涙は今にも零れそうだ。

「俺が、奪ったんだ。俺がアイツを不幸にした。アイツには……俺を恨む権利がある」

ぽろり、透明な涙が零れた。水明の顔は——見たこともないほどに弱りきっている。

「俺は生まれない方がよかったんだ」

その瞬間、私は堪らず水明の腕を掴んで揺さぶった。

「そんなこと、絶対にない！」

水明は小さく震えていた。

自分が母親を殺し、父親がなにより大切にしていたものを奪ったのかも知れない。

——確かに、水明が生まれたことは、ひとつの要因だったかも知れない。

だからといって、それを全部水明が背負うことはない。

あくまでそれは、〝かも知れない〟という仮定の上に成り立つ考えだからだ。

「みどりさんは元々体が弱かった。水明を産まなければ長生きしたはずだなんて……そんなの想像でしかない！　水明が自分を責める必要なんてどこにもない。もしもの話をしたって意味がないし、誰も救われない。自分を責めるのはやめよう？」

「でも、それでも……」

「だから、駄目だって言っているでしょう！」

なおも続けようとする水明の言葉を遮る。

……ああ、涙が滲んできた。私が泣いてどうするの。

でも、哀しい気持ちが後から後から湧いてきて、どうにも抑えきれそうにない。

だって、私は水明がとても好きで。どうしても好きで。誰よりも好きで。

生まれなければよかったなんて言葉を赦せそうになかったから。

「私は水明がいてくれてよかったよ。水明がいなかったら、なんて考えられない。君は何度も私を助けてくれたじゃない。私が辛い時に傍にいてくれたじゃない……」

水明はノロノロと顔を上げた。

耳まで真っ赤になって、まるで泣く直前の子どもみたいな顔をして私を見つめている。

——ああ。知らなかった。恋って、こんなにも辛いものだったんだ。

胸が苦しい。みるみるうちに心に余裕がなくなっていくのがわかる。

好きな人のためになにかをしてあげたいのに、相手に響く言葉がまるでわからなくて、もどかしさだけが募っていく。

水明……私が初めて好きになった人。

君の力になりたいよ。苦しむ顔なんてみたくない。

なのに、どうしてこうも私は無力なの。

何度も私の心を救ってくれた君を、今度は私が助けてあげたい。

彼が二度と不安にならないような、決定的な言葉を私が持ち合わせていればいいのに。

でも、どんなに探してみても、そんなものは私の心の中に見つけられない。

仕方なしに、今持ち合わせているもので言葉を繋いでいく。

それはまるで、見えない糸で美しい布を織っていくような手探り感があった。

「信じて。これだけは忘れないでいて。私は君を必要としているってこと」

水明の傍に寄って、彼の背中に手を添える。その体は小さく震えていた。

彼の心を占める苦しみを和らげ、その震えが一刻も早く止まるようにと願いながら、優しく摩ってやる。

「たとえ誰かが君の存在を否定しても、絶対に認めない。だって私は本心から思ってる。生まれてきてくれて、私と出会ってくれてありがとうって。誰にも、いない方がよかったなんて言わせないよ。清玄さんであろうとも絶対に言い返すんだから！」

口にした言葉が正しく彼に届くかなんてわからない。けれど、これが私の精一杯の気持ちだ。私は自分の中に溢れているキラキラした、それでいて温かいものを言葉に乗せて、水明の心に届くようにと祈りをこめる。

「今の私は、水明がいてくれたから存在しているの。君は私にとって欠かせない人。ありがとう。君は……私をたくさん幸せにしてくれたよ」

「……っ！」

その瞬間、水明が抱きついてきた。私の首もとに顔を埋めて小さく嗚咽を漏らす。

私は彼を強く抱きしめ返すと、囁くように言った。

「大丈夫。大丈夫だから。いつだって私がいる。なあんにも心配することないよ」

――私が、君の〝居場所〟になるから。

東雲さんが、泣きじゃくっている私を慰めてくれたあの日のように。

同じ言葉を何度も何度も繰り返す。

私の言葉に水明は無言のまま頷くと、声を殺して泣き続けた。

ぽつり、ぽつり、背中が温かな雫で濡れる感触がする。

私はゆっくり目を閉じると、まるで子どもをあやすみたいにゆらゆら小さく揺れた。


「落ち着いた？」

数分後、涙が止まったようだったので、優しく声をかける。

「……なんか、お前の前で泣いてばかりじゃないか。俺……」

「別にいいんじゃない？」

「嫌だ。格好悪いだろう」

水明は不満げに声を漏らして、ゆっくりと私から体を離した。

笑いながらハンカチを差し出すと、不満たっぷりの顔でそれを受け取る。

真っ赤になってしまった顔をハンカチで押さえると、ちらりと私を横目で見た。

「そう言えば、ひとつ気になることがある」

「なに？」

「お前、さっき……俺のことを好きだって言わなかったか」

「はっ……!?」

思わず素っ頓狂な声が出て、慌てて口を塞ぐ。

――ええ!?　そんなこと言ったっけ？

「え、ちょっと待って。なに……ええ……？」

混乱しつつも慌てて記憶を探る。すると、つい先ほどの光景が脳裏に蘇ってきた。

『ごめんなさい。私が一緒にいたいのは水明なの。この人が好きなの。だから、彼をもうこれ以上傷つけないで』

――言ったわあ……!!

さあ、と血の気が引いていく。錆び付いたブリキのおもちゃみたいに、ギギギ、とゆっくりと水明に顔を向けると、彼はやけに真面目な顔で私を見つめていた。

――ひん。無理……！

勢いよく顔を逸らして、襲い来るむず痒い感情に必死に耐える。

しかし、自他共に認める恋愛経験値ゼロの私である。

ぽろりと零してしまった本音を、どう言い繕えばいいか、いい案がちっとも思い浮かばない。なので、そのまま四つん這いで逃走を試みた。

「逃げるな、馬鹿」

「ひっ……！」

しかし、浴衣の裾を掴まれてしまって、逃走計画はあえなく失敗する。

涙目になって水明を見ると、武士に命乞いをする庶民のような気持ちで言った。

「どうか……どうかお赦しください……！　あれは、勢いというかなんというか」

「ほほう？　あの状況で嘘をついたと？」

「嘘はついておりません！　間違いなく本心です！」

勢いで叫んで、ああ、もうどうにでもなれと居住まいを正す。

「わ、私。私はっ……！」

ぎゅうと拳を握る。汗で濡れた手は酷く滑って、変に力んだ体は震えている。

「……き、君のことが」

ああ、声が裏返りそうだ。息が上手く吸えない。心臓が今にも爆発しそう。

ごくりと唾を飲み込む。私は意を決すると――勢いよく言った。

「水明のことが、好きですっ……!!」

――言った！　言っちゃった！

あまりの恥ずかしさにその場で蹲る。

震えが止まらない。手足が冷えてきて、軽く目眩がするくらいだ。

どう答えが返ってくるだろう。

不安で胸がいっぱいになる。しかし、水明は未だにひと言も発しない。

――あ。もしかしてフラれた……？　こんな状況で告白とかって呆れられた？

そりゃそうだよね、時と場合を考えろって感じだものね！

うわあ。さよなら、私の初恋！

儚過ぎる己の恋に想いを馳せ、涙が滲んだ。

とはいえ、号泣して同情を誘うのだけは避けたい。

私の方が年上なのだ。失恋したとしても、大人の女性としての対応を見せたい……が、駄目だ。無理そうだ。なにせ私は恋愛に関しては限りなくポンコツな自覚がある！

悶々と考え込み、行き着いた結果がいろんな意味で情けなくて、ぐっと泣くのを堪える——が、待てど暮らせど返事が来ないのに気が付いた。

「……ん？」

——どうしたんだろう？

恐る恐る顔を上げる。すると——私の思考はそこで停止してしまった。

「……あ……う……」

そこにいたのは、茹で蛸みたいに顔を真っ赤にした水明だ。

大量の汗を流し、口もとを手で隠して、視線を宙に彷徨わせている。

「…………」

その姿からは、どう見たって否定的な感情は読み取れなかった。

いや、むしろこれは——。

「嘘……。本当に？」

「おおい！　水明、夏織！　片付け終わったぞ～！」

思わず呟いた瞬間、そこに、満面の笑みで銀目がやってきた。

水明と私の肩を抱くと、彼は楽しげに笑う。

「腹減ったあ！　さっさと帰ろうぜ。ナナシが飯作ってくれるってよ！」

「あ、うん……そうしよっか」

「そ、そうだな。今行く」

銀目の勢いに押されて立ち上がる。その瞬間、水明とバッチリ目が合ってしまった。

「〜〜〜〜〜〜っ!!」

同時に顔を逸らして、なんとも居たたまれなくなってしまった。

どうしよう。まともに顔が合わせられない。

水明の答えを聞かないまま、なあなあに話が進んでしまったせいで、羞恥心だけが募って暴れたい気分だ。

ちら、ともう一度水明の様子を確認する。

彼は口もとを袖で隠したまま、むっつりと地面に視線を落としていた。

——うう。気まずい。最高に気まずい……！

そんな私たちを、銀目は「どうした？」なんて言いながら、不思議そうに眺めている。

「ちょ、ちょっと疲れちゃったみたい。なんでもないよ。さあ、お家へ帰ろうか！」

「だな。ああ、早く風呂に入りてえなあ」

銀目の能天気さが最高に羨ましい。

ちょっぴり泣きそうになりながら、そっと空を見上げる。

夏の気配がする幽世の夜空だ。もうすぐ、水明が来て一年が経とうとしている。
──どうしよう……。勢いで告白してしまった……！
落ち着かない気持ちを胸に抱え、きゅうと軽く唇を噛みしめる。
村本夏織、人生最大のピンチ。
神様、仏様、天国のお父さん、お母さん。私は一体どうすればいいのでしょう……！
けれど、私の声に誰かが応えてくれるはずもなく。
途方に暮れながら、私は痛む体に鞭打って歩き出したのだった。

余談　忠犬、ふたり

「アッハッハ！　みんな派手だなあ。オイラ、ついてけないや〜」

貸本屋の一同が豪快にあやかしたちを蹴散らし、水明と夏織が語り合っているちょうどその頃——犬神のクロは、大きな花水木の木の下に行くと、ぺたんと腰を下ろした。

体があちこち痛む。清玄から受けたダメージが思いのほか大きいようで、これ以上の戦闘は難しそうだと判断したクロは、早々に戦線から離脱したのだ。敵対していたあやかしたちの数は大分減っていて、後は任せておいて大丈夫だと判断したのもある。むしろ敵が少なくなった今、うっかり黒猫の獲物を横取りしたらと思うと後が怖い。

「…………」

しばらく無心で毛繕いをする。隣から注がれる棘々しい視線には気づかないふりだ。

今は満身創痍でまともに相手をする気力もない。そう考えていたからこその行動だったのだが、とうとう耐えきれなくなった。クロは、恐る恐るその人物を見遣る。

「ええと。なあに？　オイラになんかご用かな」

「…………。別に、用はありませんが」

それは、確か赤斑と呼ばれていた犬神だった。

相棒の父親が使役する使い魔で、クロと違って人形になれる。しかも大層な美形である。世の奥様がたに受けが良さそうな……テレビに出ていてもおかしくないくらいだなあ、なんてのほほんと考える。

「用がないなら、どうしてオイラを睨むのさ。君も休憩しに来たんだろ？」

ぺろり。肉球をひと舐め。どうも、そこにあやかしの肉片が着いていたらしく、なんとも微妙な味が口の中に広がった。とんでもなく不味い。

「う～……。ぺっ！　ぺっ！　ああもう！　早く帰りたい！」

生肉は好きじゃない。それもあやかしの肉なんてごめんだ。水明の作ってくれるご飯が恋しくて、クロが不貞腐れ気味に地面に伏した時だ。黙っていた赤斑が口を開いた。

「貴方こそ、僕に用があるのではないですか？　でなければ、隣に座る意味がない」

キョトン、と首を傾げる。クロの行動にはなんの含みもない。たまたま、そこにちょうどいい具合の木があったから。そして、そこに赤斑が座っていただけのことだ。

だというのに、どうして赤斑はこんなに不愉快そうな顔をしているのだろう。

「別になにもないよ」

「いいえ、あるはずです！」

「ええ……？」

ないと言っているのに、即座に否定されて思わず変な声が出た。ちらりと隣に座る赤斑の様子を窺うと、まるで親の敵と言わんばかりに血走った目でクロを睨みつけている。

「うわあ。ないって言ってるのに。君ってばめんどくさいねえ」

思わず本音を零すと、赤斑の顔が真っ赤になった。小さく震え、涙目になっている。

「はっ……？」

それまでの印象とはまるで違う反応に、クロは虚を突かれて唖然とする。

口を半開きにしたまま反応を返さないでいると、赤斑は小さく洟《はな》を啜って言った。

「僕を馬鹿にしているのでしょう！　それはそうでしょうね。白井家最古参の犬神の貴方からすれば、たとえ主のためだったとしても、相手を裏切るような真似をして、仕舞いには主の命を奪いかねなかった僕なんて、取り合う価値もないのでしょうが!!」

「な、泣くなよう……」

「泣いてません!!」

「じゃあ、その水はなに」

「汗じゃないですか！」

「やっぱりめんどくさい子だねえ……」

クロがため息を漏らすと、ますます赤斑の顔が真っ赤になった。

ポロポロ、ポロポロ。モデルみたいな顔がクシャクシャになっているのを見るのは、どうにも忍びない。クロは尻尾をひゅん、とひと振りすると、訥々と話し始めた。

「別に、赤斑は悪いこと……して、ないってオイラは思うけどね」

自信なさげではありつつも、きっぱりと言い切ったその言葉に、赤斑は目を瞬かせた。

クロは前脚に頭を乗せて、離れた場所で夏織と話している水明の姿を眺める。

「オイラたちは〝道具〟だよ。呪術で作られたものだからね。犬神遣いは、オイラたちを武器にでっかいあやかしに立ち向かう。どっちが駄目でも命に関わる。それで死んでいった犬神をオイラはたくさん見てきたよ。伊達に長生きしてないからね」

白井家には、かつて多くの犬神がいた。クロはいつだって彼らの先頭に立って戦ってきた。しかし、自分が優れているとは欠片も思っていない。むしろ、クロよりも実力で勝る犬神をたくさん知っている。けれど、その悉くは命を落とした。死んでいった仲間たちは皆、共通の特徴があったと思う。

「死んだ奴らってさ、どれも〝道具〟で終わった奴らだよ。言われたことしかできないし、術者に心を寄せることもない。間違った使い方をされたら簡単に壊れちゃう」

だから死んでいったんだと語るクロの言葉に、泣き止んだらしい赤斑は洟を啜った。

まるで子どもみたいだなあ、と普段は周りから幼児扱いされているクロは笑う。

「だからオイラは、あの人のために懸命になってた赤斑を否定はしないよ。かっこいいじゃないか。やり方はまずいところもあったかも知れないけどさ、そこにはちゃんと心があった。好きだろ？　清玄のこと。オイラも水明のこと好きだぜ。好きな相手のために、一生懸命走れる奴は長生きするんだぜ。オイラが言うんだ。間違いない」

——まあ、これも間違うと大変なことになるんだけど。

自分が清玄にやられた後、自ら突っ込んでいった水明の行動を思い出して、途端に苦いものが広がっていった。あれはまずい。もし、あのせいで水明が死んでいたら、クロは一生涯自分を赦せないところだった。

「修行かなあ……修行だよねえ。ううむ、オイラも最近鈍ってるからなあ」

どうしたものかと思い悩んでいると、なんだか変な視線を感じて顔を上げる。

途端、クロはギョッとして目を剥いた。

「………凄い…………！」

「なになになになに!?　こっわ！　君、どうしたの！」

理由はこれっぽっちもわからないが、何故かキラキラした目で赤斑がクロを見ている。まるで恋する乙女のような熱量の籠もった瞳を向けられ、大いに動揺したクロは、思わず腰を浮かした。

その瞬間、赤斑の長い腕がするりと伸びてきて、クロの体を捕らえる。

脇の下に手を差し込まれて、ぷらんとクロの体が宙に浮いた。

「な、なにすんだあ！」

堪らず叫ぶと、赤斑はクロの鼻先に自分の顔を急接近させ、興奮気味に言った。

「……はあ……っ！　信じられません。こんなところに僕の理解者がいただなんて」

「理解者!?　なんのこと!?」

「ご冗談はよしてください。先ほど、僕のすべてを見通しているかのように熱く語ってくれたではありませんか！　そこには確かな愛がありました。ええ、ありましたとも！」

「あ、愛？　はあ？　いやほんとに。さっぱりわかんないんだけどお!!」

必死に抗議の声を上げるも、うっとりと目もとを赤らめた赤斑には届かない。

「先の失敗で、僕は自分の存在意義を見失いかけていました。命を捨てようとまで思っていたのです。しかし、貴方は迷える僕を救ってくれた。心から感謝を。どうか、貴方をこう呼ばせてください。――師匠、と……!!」

「はあああぁあああぁぁあっ!?」

堪らず素っ頓狂な声を上げると、赤斑はまるで極上の音楽を聴いた時のようにうっとりと目を細めた。恍惚で滲んだ瞳でクロを見つめると、そっと自分の鼻をクロのそれに近づけ……ツンと触れ合わせた。

「尊敬しています。どうかこれからも僕を導いてください。師匠……！」

さあ、と血の気が引いていく。

「おっ……お前の方がオイラより強いだろお!?」

「ハハハご冗談を。アレはきっと師匠が僕を試すために弱く見せかけただけでしょう？」

「んなわけないだろ!?　やだ……言葉が通じない……なにこの人ォ!!」

そしてクロは短い手足を懸命に動かして暴れると、心の底から悲鳴を上げたのだった。

「水明、た、助けてえええぇえ！　変なのが弟子になったああああああ！」

あとがき

こんにちは、忍丸です。

この度は「わが家は幽世の貸本屋さん」四巻をお買い上げ、お読みいただき本当にありがとうございます。シリーズもとうとう四冊目となりました。感慨深いものです……。

ネタバレ回避のために詳しくは述べませんが、一巻から少しずつちりばめてきた伏線を一気に回収した巻となりました。いや、ついこないだ編集さんにあの人は出せませんよ～ヘイト稼ぎ過ぎですもん（笑）とか言っていたのが懐かしい。忍丸のそういう発言は信用してはならないという証左になりましたね……。いやあ、本当にすみません。

ところで、物語を書く時、私が最も気を遣《つか》っている部分として、キャラクターたちの行動や発言があります。作者が頭の中で練った流れに沿って物語は進むわけですが、キャラクターたちの反応や発言は、自発的にしたものでないといけない、と考えています。

作者が作った台本通りに演技するのではなく、常にアドリブで語ったり行動したりしてもらう、という感じでしょうか。そういう風にしていると、思いがけない発言が出てきて、時に文字数がかさんだり（笑）物語に深みが出てきたりして、面白くも思っています。

この四巻では、夏織や金目が特にそういう部分を出してくれました。

夏織は東雲からもらった言葉や行動を、金目はナナシからもらった言葉を、知らず知らず無意識に自分の言葉として発したり、行動したりしています。連綿と続く想いや、愛情。そして優しさ。それもこのお話のテーマのひとつです。お時間があれば、そこの点を考えながら読み返してみると面白いかも知れません。

最後に謝辞を。ことのは文庫編集の佐藤さん。いつも本当にありがとうございます。今回はコロナ渦の影響まったただなかの執筆ということもあり、なんとか本にできてホッとしています。いつも褒めてくれてありがとうございます。もっと褒めてください。（強欲）

装画をご担当くださった六七質様。今回も本当に素晴らしいイラストをありがとうございます！　青森出身なもので、故郷をモチーフにした表紙というのはしみじみ嬉しいものです。ずっと眺めていたい……。本当にありがとうございました！

貸本屋さんですが、コミカライズが今月発売になっています。目玉焼き先生の素晴らしい作画で、一巻の……ええ、あの蝉の話まで。どうぞみなさん、お手に取ってみてください。泣けます。みんな最高にかっこいいし可愛いです！　おすすめはぬらりひょんです。

では、またお会いできるように祈って。夏織の告白の行方にご期待下さい。

金木犀が香る頃に　忍丸

ことのは文庫

わが家《や》は幽世《かくりよ》の貸本屋《かしほんや》さん
—春風《はるかぜ》の想《おも》いと狐面《きつねめん》の願《ねが》い—

2020年11月28日　初版発行
2021年10月10日　第2刷発行

著者　忍丸《しのぶまる》
発行人　武内静夫
編集　佐藤　理
印刷所　株式会社広済堂ネクスト
発行　株式会社マイクロマガジン社
URL：https://micromagazine.co.jp/
〒104-0041
東京都中央区新富1-3-7 ヨドコウビル
TEL.03-3206-1641 FAX.03-3551-1208（販売部）
TEL.03-3551-9563 FAX.03-3297-0180（編集部）

本書は、小説投稿サイト「エブリスタ」（https://estar.jp/）に掲載されていた作品を、加筆・修正の上、書籍化したものです。
定価はカバーに印刷されています。

ISBN978-4-86716-082-4　C0193
乱丁、落丁本はお取り替えいたします。